Die HamburgSaga

Wie alles begann

Dierk Strothmann

Die HamburgSaga

Wie alles begann

MIT DER HEIMAT IM HERZEN · DIE WELT UMFASSEN

In Erinnerung an
Dierk Strothmann

1945–2018

Kapitel 1

Es war heiß an diesem Tag, so unerträglich heiß wie nie zuvor in Eriks Leben. Schläfrig beobachtete der junge Wikinger, wie sich die rechteckigen gestreiften Segel leicht wölbten. Die ebenso sanfte wie warme Brise aus Nordwest und das auflaufende Wasser erlaubten es der kleinen Flotte von Drachenbooten, ohne Hilfe der Ruder den Fluss hinaufzusegeln. Die etwa einen halben Meter über der Wasseroberfläche herausgeschnittenen Löcher für die Föhrenholz-Ruderriemen waren mit Scheibchen aus Eschenholz abgedeckt worden, um zu verhindern, dass Wasser von außen eindrang. Vor jedes der Ruderlöcher waren Schilde gehängt, Schilde mit eisernen Buckeln zum Schutz der Hände. Diese waren abwechselnd in Gelb und Schwarz angemalt. Die beeindruckenden vergoldeten Tierköpfe am Bug der Schiffe ließen keinen Zweifel daran, wer hier unterwegs war.

Seit dem Morgengrauen, als er eine Art Knäckebrot aus getrockneter Baumrinde mit gesalzener Smjör zu sich genommen hatte, war es ständig heißer geworden. Erik reckte den Kopf, um einen Blick über die hölzerne Bordwand seines Schiffes zu werfen. Der Schwarm silbrig glänzender Fische, der die Armada bereits seit Stunden begleitete, war an einigen Stellen so dicht, dass die kleinen Körper sich gegenseitig aus dem Wasser drängten. Sie sahen aus wie die Heringe in seiner Heimat, aber doch ein wenig anders, dachte Erik. Während er darüber nachdachte, ob Fische eigentlich Wasser trinken, zog er immer wieder die blonden Brauen hoch, doch die schweren Lider wollten der Anstrengung nicht folgen. Schließlich schloss er die Augen.

Die gleichförmigen Bewegungen des Bootes, die brütende Hitze, die unendliche, flache Marschlandschaft auf beiden Seiten des Flusses und die fast gerade Linie des Horizonts ließen seinen Kopf auf die Brust sinken.

„He!“, der scharfe Ruf Ragnarrs schreckte ihn auf. Fast hätte er einen tödlichen Fehler gemacht. Schlafen durften Wikingerkrieger nur nachts, wenn Ragnarr das Kommando hatte.

Ragnarr, dem sie, wenn er nicht dabei war, den seltsamen Beinamen „Lodenhose“ gaben, war ein riesiger Kerl, der selbst den nicht gerade kleinwüchsigen Erik um ein gutes Stück überragte und dessen Brustkorb immer so aussah, als würde er ständig einatmen. Des Häuptlings Haar war grau; er stand am

Ende seines vierten Lebensjahrzehnts. Aber Ragnarr war immer noch stark wie ein Bär. Erik hatte selbst gesehen, wie der alte Däne im vergangenen Winter einem Elch mit bloßen Händen das Genick brach. Ragnarr hatte die unangenehme Angewohnheit, kleinere Tiere, die er bis zur Erschöpfung gejagt hatte, durch einen Biss in den Nacken zu töten. Das Ungewöhnlichste an dem Wikingeranführer waren aber seine schwarzen Augen. Sie hatten die Farbe von flüssigem Teer.

Ragnarr verstand keinen Spaß, vor allem dann nicht, wenn eine „Strandhögg", ein Überfall, unmittelbar bevorstand.

Zehn Wikinger-Drachenboote – schlanke, schnelle Kriegsschiffe – fuhren an diesem Julitag im Jahre 837 die Elbe hinauf. Ihr Ziel: Hammaburg. Das war ein erst vor wenigen Jahren gegründetes fränkisches Dorf vor einem steilen Geestrand auf den sumpfigen Wiesen einer Landzunge – von dem Flüsschen Alster in weitem Bogen begrenzt. Hier lag die Alsterfurt, der bequemste Übergang von Ost nach West auf dem uralten Höhenweg entlang der Elbe, und es war schon von alters her besiedelt. Vor den Franken waren es slawische Abodriten, davor Sachsen, die hier lebten.

Die „Hamme", das altsächsische Wort, das zugleich Wald, Bucht, Ufer und Sumpf bedeutete, gab der bescheidenen befestigten Burg mit der recht ärmlichen Siedlung von nicht mehr als einer Handvoll Bauernhöfen an ihrer Westseite den Namen.Auch die rund 200 Bewohner des Dorfes, ein buntes Völkergemisch aus Franken, Sachsen, ein paar Friesen sowie Slawen und wenigen Benediktinermönchen, litten an diesem Tag unter der ungewöhnlichen Hitze.„Es wird wohl heute noch Donner und Blitz geben.“ Der Mann, der dies sagte, blickte in den Himmel, der sich zum Westen hin bedrohlich blaugrau verfärbte. „Gut möglich“, murmelte der hagere, großgewachsene Mann in der einfachen Mönchskutte und beobachtete dabei mit deutlich sichtbarer Missbilligung, wie der kräftige Dorfgraf eine Mücke durch einen blitzschnellen Schlag auf den Oberarm zerquetschte. „Berengar, Ihr habt keine Ehrfurcht vor dem Leben“, sagte Ansgar und widmete sich wieder seinem Fischernetz, das er bereits seit Stunden zu flicken versuchte. Der hoffnungslose Ton, in dem er dies sagte, ließ Berengar dröhnend auflachen. „Und Ihr könnt nicht anders, als ständig andere Leute belehren. Was für ein freudloses Dasein ihr Kirchenleute doch fristet.“

Berengar verschwieg dem Mann an seiner Seite, dass er äußerst beunruhigt war. Denn er hatte vor einiger Zeit, bevor die schwarzen Wolken kamen, jenes Tanzen und Flackern des Lichts gesehen, das schon immer Unheil bedeutete. Da Ansgar nichts von diesen Heidengeschichten hielt, schwieg er. Dennoch war Berengar voller Vorahnungen. Die Totenlichter hatten sich noch nie geirrt.

Auch dass die schreienden Möwen sich nicht, wie sonst, unten am Strand über ihre dem Wasser entrissene Beute hermachten, sondern sie mitnahmen auf die Felder ringsherum, war ein böses Zeichen. Am schlimmsten aber war, dass sie nicht zum Wasser zurückflogen.

Berengar war der wichtigste Mann im Dorf. Auf ihn hörten vielleicht mit Ausnahme von Abbio und dessen Söhne alle, wenn es galt zu kämpfen, zu jagen oder zu fischen. Er war in Hammaburg die höchste Instanz in Dingen des täglichen Lebens. Berengar war ein Mann wie eine Tür, größer als die anderen, kein Riese, aber eben doch größer. Sein Kopf, der an eine Bulldogge erinnerte, war nur durch einen schmalen Haarkranz geschmückt, der bereits die Farbe von verharschtem Schnee angenommen hatte. Berengar war Ende 30, ein kräftiger Mann mit einer bäuerlichen Nase und ungewöhnlich buschigen Augenbrauen, unter denen grünlich blaue, listige Äuglein gutmütig und ständig ein wenig belustigt glitzerten. Er war der Anführer des kleinen Dorfes und des gesamten Landstrichs bis zum dänischen Gebiet im Norden, die Elbe hinauf nach Westen, bis zu den Slawen im Osten sowie im Süden bis zum Beginn der sandigen

Heide. In dem riesigen Gebiet lebten nur wenige Menschen. Hier und da stieß man auf winzige Flecken und vereinzelte Bauernhöfe. Mangel herrschte allerdings nicht an saftigen Weiden. Berengar nannte ein hübsches Haus mit einer Menge Land sein eigen, das von freien Bauern bewirtschaftet wurde. Er besaß Herden von Vieh und eine Heerschar von Sklaven, deren genaue Zahl er nicht kannte. Für die er sich allerdings auch kaum interessierte. Der Vater Berengars war von Kaiser Karl dem Großen mit diesem Gebiet beschenkt worden, weil er ihm als Heerführer unschätzbare Dienste erwiesen hatte. Berengar wurde in Hammaburg nicht nur geachtet, weil er so mächtig war, sondern vor allem, weil er diese Macht noch nie missbraucht hatte.

Der Mann neben ihm, Ansgar, war Erzbischof, obwohl man ihm dies nur in den allerseltensten Fällen ansah. Knapp sechs Jahre zuvor hatte ihm Kaiser Ludwig, der den Beinamen „der Fromme" trug, der Sohn des großen Karl, das Pallium verliehen. Das war eine aus weißer Wolle bestehende und mit sechs schwarzen Kreuzen verzierte Schmuckbinde, die sich der Würdenträger zum Zeichen um die Schultern legte, dass ihn der Heilige Vater zum wichtigsten Mann der Kirche weit und breit gemacht hatte.

Ansgar machte sich nicht viel daraus. Wichtiger war ihm der Ehrentitel „Apostel des Nordens", der seine Verdienste um die Christianisierung der heidnischen Länder nördlich der Elbe knapp und zutreffend umschrieb. Er war Missionar, er war sicher, dass Gott die Welt in sieben Tagen erschaffen hatte, und er wusste, dass es sie nur sieben Jahrtausende geben würde. Und er wollte mithelfen, dass in dieser Zeit jeder Mensch zum Christen werden würde. Die Missionsreisen, die ihm seinen Beinamen eingebracht hatten, führten Ansgar, der damals kurz vor seinem 30. Geburtstag stand, in unwirtliche Gegenden, in denen die Furcht vor Überfällen räuberischer Barbaren, die Sorge, leichte Beute für Wölfe oder Bären zu werden, seine alltäglichen Begleiter waren. Er war in Birka im Mälarsee gewesen, dem Machtzentrum des schwedischen Königs Björn, hatte dort eine Kirche gebaut, hatte im dänischen Städtchen Schleswig geschenkte oder gekaufte Heidenknaben auf die Taufe vorbereitet und war im Triumph an den Hof seines Kaisers zurückgekehrt.

Ansgar hatte damals den heimlichen Spott der anderen Bischöfe und Erzbischöfe gespürt. Denn der Kaiser hatte ihn zum Erzbischof von überhaupt nichts gemacht. Hammaburg war mit Abstand der armseligste Bischofssitz der Welt, umzingelt von feindlichen und verfeindeten Völkern – Dänen, Slawen, Angeln und Sachsen –, allesamt unzuverlässige Leute, die – wie es gerade kam – in unregelmäßigen Abständen Verbündete oder erbitterte Gegner waren.

Das geschah ihm ganz recht, dem jungen ehrgeizigen Emporkömmling aus dem Kloster Corvey, hatten sich die kirchlichen Würdenträger zu Weihnachten 831 in der Reichsversammlung im elsässischen Diedenhofen gesagt und sich zugeprostet und ein bisschen gewundert über ihren Kaiser, dass er überhaupt jemanden für diese unangenehme Aufgabe gefunden hatte.

Man war um so entzückter, weil Ludwig, der Besserwisser, hier einmal, wenn auch nur in Ansätzen, gezeigt hatte, dass er der Sohn des immer noch verehrten Kaisers Karl war. Man hatte ihn schon lange entmachtet, aber das hier, das mit Ansgar, das hatte er gut gemacht.

Aber die Herren hatten sich geirrt. Ansgar hatte aus seiner unmöglichen Mission eine Menge gemacht.

In seiner Tunika aus grobem harten Flachsleinen sah er aus wie der Gekreuzigte. Er war lang und dürr und hatte eine auffallend weiße Haut, die sich selbst nach langer Sonnenbestrahlung höchstens in ein leichtes Rosa verfärbte. Ansgar hatte kleine, sehr wachsame Augen, die immer ein wenig traurig blickten, so wie die eines Jagdhundes an der Kette. Aber sein Gesicht hatte die Klarheit und Ruhe des Himmels am Abend. Die langen und knochigen Füße steckten in einfachen Sandalen. Für seine Verhältnisse ungewöhnlich nachlässig, hatte er sich heute erlaubt, die Kutte wegen der Hitze über die weißen fleischlosen Knie hochzuziehen, was den Blick auf seine weißen, stockartigen Beine freiließ.

Was andere an Kraft zu bieten hatten, glich Ansgar durch Beweglichkeit und Gewandtheit aus.

Ansgar, der Kämpfer des Herrn, schaute hinüber zur Hammaburg, und für einen winzigen Moment konnte der genaue Beobachter Stolz in seinen Augen feststellen. Er nahm sich einen Apfel, den er sorgfältig an seiner Kutte abrieb, und biss herzhaft hinein. Eigentlich misstraute er Äpfeln. Sie hatten schließlich dafür gesorgt, dass die Menschheit aus dem Paradies vertrieben wurde, und das Apfelgericht des Paris hatte das gesamte Volk von Troja ins Unglück gestürzt. Aber er aß Äpfel nun einmal so sehr gern.

Ja, so dachte er, als er sich umblickte, heute begann das erste Einfahren der Ernte, die er in den vergangenen sechs Jahren gesät hatte. Trotz der drückenden Hitze war alles grün, alles wuchs in eine hoffnungsvolle Zukunft.

Zugegeben, sie war nicht besonders groß, seine Hammaburg. Aber sie hatte eine kleine, bescheidene, der Jungfrau Maria geweihte Kapelle, ausreichend Raum für mehr als ein Dutzend Mönche, einen kleinen Garten, den Bruder Benedikt angelegt hatte, und sogar Kammern für Fremde oder Kranke.

Die Einkünfte und Güter aus dem Kloster Turholt in Flandern, mit denen Kaiser Ludwig Ansgars Bereitschaft, in die Wildnis zu ziehen, ein wenig versüßen wollte, hatten sogar zu einem erstaunlichen Wohlstand geführt.

In der Elbe tummelten sich Fische aller Art – Lachse, Aale, Stinte und die kleinen heringsartigen Maifische. Die Beeren der Heide und das zahlreiche Wild im großen, nahegelegenen Wald östlich der Hammaburg, in dem es Eichen, Buchen, Hainbuchen, Birken und Pappeln gab, und die kleinen Wäldchen, die die feuchtigkeitsliebenden Erle zwischen Elbe und Alster bildete, ließen ihn immer öfter glauben, hier, am Ende der Welt, sein kleines Paradies gefunden zu haben. Graf Berengar dachte ähnlich. Sein Haus stand gut 60 Schritte von der Stelle entfernt, an der er gerade mit Ansgar saß. Es bestand nach Norden hin aus drei- oder vierkantigen Spalthölzern, die dicht an dicht in die Erde geschlagen worden waren. Die Südseite war aus einem Geflecht aus armdicken Birkenpflöcken. Die Wände waren innen und außen mit Lehm verschmiert worden. Er sah hinüber und erblickte Yba.

„Du bist groß geworden, meine Tochter“, dachte Berengar, „und sehr schön.“ Sie sah ihrer Mutter immer ähnlicher. Die schwarzen Augen, in denen sich alle Farben der Welt vereinigten, das dunkle, kräftige Haar, die schlanke und doch kräftige Figur, die trotz des mit Krapp gefärbten leuchtend roten Leinenkleids erkennbar war, das feine Gesicht mit den leicht hochstehenden Backenknochen, das auf einen Schuss slawisches Blut schließen ließ, und die von der Sommersonne gebräunte bronzefarbene Haut machten sie zum begehrtesten Mädchen weit und breit.

Als hätte Ansgar seine Gedanken erraten, fragte der Bischof: „Wie alt ist Yba eigentlich?“ Beide blickten hinüber und sahen, wie Berengars Tochter fröhlich wie eine zwitschernde Vogelhecke den wieselflinken quiekenden Ferkeln nachjagte, um sie daran zu hindern, den kleinen Gemüsegarten zu durchfurchen, in dem sie Schalotten, Zwiebeln, Kerbel und Dill, Sellerie, Porree und Pastinake, ein möhrenähnliches Wurzelgemüse, angepflanzt hatte. Wenn sie dann eines der kleinen Schweinchen erwischte, drückte sie es an sich und liebkoste es, was die Ferkel allerdings offenbar missverstanden, denn sie quiekten und zappelten unablässig.

„18“, beantwortete Berengar Ansgars Frage knapp, und das schlechte Gewissen begann wieder einmal an ihm zu nagen. Niemand im Dorf hatte es verstanden, als er Yba dem Sohn seines Nachbarn versprach. Aber Abbio besaß nun einmal die feuchte Wiese, die den bequemsten Zugang zur Bille ermöglichte, und er hatte sie ihm nicht verkaufen wollen. Und dann kam der Abend, als Abbio die Würfel herausholte. Sie hatten gelacht und getrunken, und Abbio hatte ihm vorgeschlagen: Wiese gegen Yba. Berengar schüttelte sich bei dem Gedanken an diese verhängnisvolle Nacht. Natürlich hatte er verloren, er hatte noch nie Glück im Spiel. Um überhaupt mit dieser Schuld leben zu können, redete er sich immer wieder ein, es wäre ja nicht für ihn selbst gewesen, sondern für alle. Er hatte es doch getan, um die Wasserversorgung des gesamten Dorfes und der Burg zu verbessern.

Aber es war nur ein schwacher Trost, denn Abbio und seine Söhne hatten einen denkbar schlechten Ruf. Ihr einziger Vorzug war, dass sie bisher noch nie über den Abend, an dem Berengar das Glück seiner Tochter verspielt hatte, gesprochen hatten. Und Berengar hatte zur Wahrheit bisher auch noch nicht den Mut gehabt. Denn es waren seltsame und gefährliche Burschen.

Manchmal waren sie wochenlang verschwunden und kehrten meist nachts mit Schätzen beladen zurück. Niemand hatte bisher herausgefunden, womit sie all diese Reichtümer verdienten, denn jeder, der danach fragte, erntete finsteres Schweigen, wenn nicht Schlimmeres. Das böse Wort Sklavenhandel war in aller Munde.

Nicht weit von Hammaburg – ein guter Reiter schaffte die Entfernung bei gutem Wetter in ein paar Tagesreisen – gab es zwei große Umschlagplätze für menschliche Ware: Haithabu, die große Wikinger-Handelsstadt an der Schlei, und am großen Meer im Osten Starigard, wo die Slawen demselben Gewerbe nachgingen. Überall würde man für ein Mädchen wie Yba viele Silberringe bezahlen. Wie auch immer, Abbio und seine Söhne waren schließlich seine Nachbarn, und Eilwart, der Jüngste, war gar nicht so übel, sagte sich Berengar, obwohl er es eigentlich besser wusste.

Es gab ihm immer noch einen Stich ins Herz, wenn er an die Tränen seiner Tochter dachte, als er ihr sagte, dass sie Eilwarts Frau werden würde. Kein Wort hatte sie gesagt, ihn nur mit versteinertem Gesicht angesehen und geweint.

Das war im vergangenen Winter gewesen, und seitdem hatten sie nie wieder darüber gesprochen. Vielleicht waren sie sich ja inzwischen ein wenig näher gekommen, so hoffte Berengar. Wie gesagt, schließlich waren sie seine Nachbarn, und so übel war Eilwart wirklich nicht.

Berengar seufzte leise auf. Ansgar, der ihn beobachtet hatte, schien ein weiteres Mal die Gedanken seines Freundes erraten zu haben. „Sie werden glücklich sein“, sagte er, „sie sind jung und werden Euch viele Enkelkinder schenken.“ Hoffentlich sehen sie nicht dem Vater ähnlich, dachte Berengar insgeheim, nahm das aber mit einem Blick zum Himmel schnell wieder zurück.

Von Westen her schob sich eine blaugraue Wolkenwand langsam näher. Vereinzelt zuckte ein Licht wie ein Holzspan, der aus dem Feuer springt. Mit gerunzelter Stirn verfolgten die beiden Männer das Naturschauspiel. Es war Zeit, Vorsorge zu treffen. Das Vieh, das schon unruhig geworden war, musste zusammengetrieben und die Häuser mussten gesichert werden.

Meist versammelte sich die kleine Dorfgemeinschaft in der Kapelle der Burg, wenn ein Unwetter drohte. Sie flehten dann gemeinsam Gott um Schonung an. Die Franken taten dies aus ganzem Herzen, die anderen, die Sachsen, Friesen und Slawen, noch etwas zurückhaltend, denn noch war ihnen der neue Gott, von dem ihnen Ansgar gepredigt hatte, fremd. Der eine oder andere hatte die alten Götter noch nicht vergessen. Mit ihnen war man schließlich auch recht gut gefahren.

Ansgar legte sein Fischernetz beiseite und erhob sich. Fische waren nicht nur das wichtigste Grundnahrungsmittel der kleinen Gemeinde am großen

Fluss, sie waren auch eines der ältesten Symbole für Jesus Christus. Daher liebte der Erzbischof von Hammaburg diese kleinen, silbrigen Geschöpfe besonders.

Weder Ansgar noch Berengar noch sonst irgendjemand in Hammaburg ahnte zu diesem Zeitpunkt, welch tödliche Gefahr sich ein gutes Stück flussabwärts langsam, aber zielstrebig dem Dorf näherte ...

•••••••••••••••

Verlassen wir Hammaburg für einen Moment und werfen einen Blick auf das, was man heute als „politische Großwetterlage“ bezeichnen würde. Dabei lassen wir den Rest der Welt außer Acht, von der schließlich auch die Bürger der Hammaburg nichts ahnten, etwa Amerika mit Inkas und Azteken, die großen Reiche in Indien, China oder Japan.

Vom Hörensagen wusste man allenfalls, dass die Kämpfer des Islam weit, weit im Süden die Worte des Propheten mit Feuer und Schwert zu verbreiten suchten, doch wen kümmerte das schon hier oben? Europa war politisch und kulturell Entwicklungsland. Wir Heutigen können uns kaum vorstellen, dass in jenem Jahrtausend, das wir Mittelalter nennen, in unseren Breiten kaum irgendjemand neugierig war auf die Zukunft oder begierig war, neue Welten zu erobern oder auch nur neue Gedanken zu denken. Wie sah sie also aus, die Welt im Europa des 7. bis 10. Jahrhunderts? Zunächst einmal gab es wohl kaum eine andere Zeit, in der so flächendeckend gemordet, gebrandschatzt, erobert und gekämpft wurde. Die Völker formierten sich neu, es war eine Zeit der großen Umbrüche.

Die beherrschende Macht im Herzen des alten Kontinents waren die Franken, deren Reich sich von den Pyrenäen bis zur Elbe ausdehnte, mal darüber hinaus, mal nicht. Karl, von Deutschen und Franzosen gleichermaßen „der Große" genannt, war ihr wichtigster Anführer. In seiner langen Regierungszeit von 768 bis 814 führte er einen mehr als 30-jährigen Krieg gegen die Sachsen, einen bis dahin beispiellosen Vernichtungskrieg von unglaublicher Härte und Grausamkeit.

Gleich zu Anfang seines Kreuzzuges gegen die unbeugsamen Heiden im Norden setzte Karl ein Zeichen von wirkungsvoller Symbolkraft: Er ließ im Jahre 772 die Irminsul umhauen, einen gewaltigen Baumstamm, der nach fester Überzeugung der Sachsen den Himmel abstützte und einem Nationalheiligtum gleichkam.

Nun stürzte dieser zwar zur großen Überraschung eines jeden überzeugten Heiden nicht ein, aber als die gewaltige Säule fiel (sie stand übrigens am Obermarsberg im heutigen Nordrhein-Westfalen), schwand damit auch die Hoffnung auf die Unbesiegbarkeit der eigenen Horden.

Zwar brachen immer wieder Aufstände auf, aber auf ein gemeinsames Vorgehen konnten sich die Sachsen zunächst nicht einigen. Karl zeigte überdies unmissverständlich, dass er es ernst meinte mit der Taufe. Mit brachialer Gewalt zwang er jeden Heiden, den er erwischen konnte, unter das Kreuz. Wer sicher weigerte, wurde massakriert. Dem Ansehen Karls tat dies nur wenig Abbruch. Wie das immer so ist: Je glanzvoller ein Mensch in der Geschichte dasteht, um so weniger zählen seine Verbrechen.

Als besonders widerspenstig erwies sich ein Volk am äußersten Nordrand des Karlschen Großreichs: die Nordalbinger, also jene Leute zwischen Elbe und Ostsee, zu denen auch die meisten der ersten Hamburger gehörten. Als die Nordalbinger mal wieder gegen das Land der Franken aufstanden, holte sich Karl aus dem Lager der Slawen Verstärkung. Er verbündete sich mit den Abodriten, die rund um ihre Feste Aldinburg oder Starigard (heute Oldenburg in Holstein) lebten.

Die Abodriten zogen geradezu mit Begeisterung gegen die nordalbingischen Nachbarn, da diese ihrerseits mit den slawischen Wilzen verbündet waren, den Erbfeinden der Abodriten. Das klingt ein wenig kompliziert, ist aber die Erklärung für die Tatsache, dass Hamburg einmal slawisches Territorium war. (Übrigens sind noch heute 34 Prozent der Ortsnamen im Kreis Herzogtum Lauenburg und 27 Prozent der Ortsnamen im Kreis Ostholstein slawischen Ursprungs. Lübeck beispielsweise wird von der Forscherin Antje Schmitz auf das altpolabische und damit slawische Wort L'ubka zurückgeführt, was so viel heißt wie „lieblicher, angenehmer Ort".)

Also noch einmal: Slawische Abodriten kämpfen mit Franken gegen nordalbinger Sachsen und slawische Wilzen. Im Jahre 798 kommt es zur Schlacht auf dem Sventafeld an der Alten Schwentine bei Bornhöved (im heutigen Kreis Segeberg).

Karl und die Abodriten siegten, was eigentlich niemanden ernsthaft überraschte, die Nordalbinger waren geschlagen. Aber noch nicht endgültig. Im Jahre 802 flackerte erneut Widerstand auf. Diesmal schickte Karl Stammesgenossen der Nordalbinger, also Sachsen, um die Unruhestifter zur Räson zu bringen. Wieder, selbst auf die Gefahr hin, dass es jetzt ein wenig langweilig wird, siegte Karl. Und ihm reichte es jetzt. Er ließ Tausende tief ins Frankenreich verschleppen, damit endlich Ruhe war.

Darüber hinaus verschenkte er das Land der Nordalbinger – also auch das winzige Hamburg, das damals nur aus ein paar Gehöften bestand. Die Hammaburg war noch nicht erbaut. Ihr genaues Gründungsjahr ist bis zum heutigen Tag noch nicht einwandfrei datiert – an Drasko, den Abodritenfürsten.

Aber – Sie erinnern sich vielleicht noch schwach – da waren ja noch die Wilzen. Und damit nicht genug. Nun betrat noch eine weitere Macht die Bühne: die Dänen. Diese überfielen die Abodriten in ihrer Hochburg Aldinburg und verjagten Drasko. Der Dänenkönig Göttrich, dem dieser bemerkenswerte Coup gelang, war übrigens im Jahre 808 der Gründer der Wikingerhochburg Haithabu bei Schleswig, die in unserer Hamburg-Saga noch eine wichtige Rolle spielen wird. Göttrich hatte nicht viel Freude an seinem Erfolg. Er wurde schon kurz darauf ermordet. Nein, nicht von Abodriten, Sachsen, Franken oder Wilzen. Diesmal waren es die eigenen Leute.

Es herrschte also ein ziemliches Durcheinander an der Nordgrenze des Frankenreichs. Unsichere Zeiten waren das, in denen die Menschen kaum über den unmittelbar folgenden Tag hinaus planen konnten. Und mit dem Tod Karls des Großen war noch lange nicht alles vorbei. 844 beispielsweise, also sieben Jahre nach dem Wikingerüberfall auf die Hammaburg, mit dem dieses Buch begann und den es wirklich gegeben hat, zog Karls Enkel Ludwig (der Deutsche) wieder einmal gegen die Abodriten. Ihr König Goztimuizlo wurde erschlagen, das slawische Herzogtum aufgelöst. Damit war (vorerst) Ruhe.

Wer war nun dieser Karl, den zwei Völker (Deutsche und Franzosen) „den Großen" nennen? Groß war er nicht nur im übertragenen Sinne. Karl war ein Brocken von Mann, 1,92 Meter vom Scheitel bis zur Sohle, kräftig, und was seine Zeitgenossen offenbar besonders faszinierte: Er besaß eine riesige Nase. Stets trug er ein kurzes Schwert an der Seite, ein Umhang aus Rattenfell oder ein Fischotternpelz lag um seine Schultern. Dieser furchteinflößende Eindruck muss allerdings ein wenig gelitten haben, wenn er zu sprechen anfing, denn übereinstimmend berichten die zeitgenössischen Quellen, dass er eine ausgesprochene Fistelstimme hatte. Das änderte nichts daran, dass fast alle in seiner Umgebung eine Heidenangst vor ihm hatten. Kaum ein Herrscher dieser Welt hat so viel an seinem Volk und mit seinem Volk gearbeitet. Karl erließ Regel um Regel, um das mittelalterliche Chaos zu lindern, er bestimmte das Leben seiner Untertanen bis in die kleinsten Kleinigkeiten hinein – beispielsweise wie viele Kräuter sie in den Gärten anzubauen hätten. Und er versuchte, leider vergebens, all das überlieferte Sagengut der germanischen Vorfahren, das es ja nur mündlich gab, aufzeichnen zu lassen. Er lernte sogar (äußerst mühsam, wie verlautet) lesen.

Karl war lebenslustig, aß leidenschaftlich gern und war ein rechter Raufbold, auch wenn er angeblich nur mäßig trank. Die genaue Zahl seiner Kinder ist uns nicht bekannt, vielleicht hatte er selbst den Überblick verloren. Von den legitimen Söhnen überlebte ihn nur Ludwig, der später den Beinamen der Fromme erhielt und der Ansgar zum Erzbischof und Apostel des Nordens machte.

Auch Ludwig war ein Riesenkerl, ebenfalls mit einer bedeutenden Nase ausgestattet. Und er besaß auffallend große Füße. Damit endeten dann auch schon die Ähnlichkeiten zwischen Vater und Sohn. Wie das so oft mit den Kindern bedeutender Menschen ist: Ludwig wusste alles besser, wollte alles anders machen und fiel damit gründlich auf den Bauch.

Schon nach relativ kurzer Zeit hatte er die mächtige Kirche und den nicht minder mächtigen Adel gegen sich aufgebracht. Diese Herrschaften stellten ihn kurzerhand kalt. Er wurde abgesetzt, wieder eingesetzt, wieder abgesetzt und wieder eingesetzt. Er wurde zum Spielball unterschiedlicher Interessen, und so begann der Anfang vom Ende der Karolinger.

Seine erste Frau, Irmingard, war im Jahre 818 gestorben. Ludwig trauerte zwar heftig, aber kurz. Noch im selben Jahr ließ er die Schönen des Heiligen Römischen Reiches antanzen.

Das Rennen machte Judith, die zweifelsfrei attraktive Tochter eines Grafen aus Süddeutschland. Und: Sie ahnen es schon, Judith kam nieder, und das nicht nur einmal. Nun gab es aus erster Ehe einen Sohn, aus der zweiten Ehe zwei, und alle erhoben Anspruch auf den Thron.

Nach Ludwigs des Frommen Tod im Jahre 840 wurde das Reich geteilt. Den Westen, also Frankreich, bekam Karl der Kahle, der Einzige, der das Zeug zum Herrscher hatte. Die beiden anderen – Lothar, der Kaiser wurde und das Mittelstück erhielt (aha, Lothringen!), und Ludwig, dessen Beiname „der Deutsche" ziemlich genau sein Herrschaftsgebiet umschreibt – waren ziemliche Versager. Es folgten die unvermeidlichen Machtkämpfe, die Reiche fielen nacheinander auseinander – außer Frankreich. Aber auch dort war es bald aus mit der Herrschaft der Karolinger.

Kapitel 2

Aber so weit sind unsere Freunde in der Hammaburg noch lange nicht. Schauen wir mal, wie es weiterging am Strand der Elbe anno 837.

Jeder in Hammaburg tat sein Bestes, um sich vor dem zu erwartenden Unwetter zu schützen. Die Häuser mussten verrammelt werden, das Vieh zusammengetrieben, Wasser herangeschafft, die Dächer gesichert werden. Die Mönche versuchten, den wertvollen Kräutergarten mit Reisig abzudecken, und bereiteten alles vor für den Gottesdienst, den Ansgar während des Gewitters abhalten wollte.

Mit den Naturgewalten hatten die Bewohner des Dorfes und der Burg schon ihre Erfahrungen gemacht. Am schlimmsten waren die hohen Fluten, die meist im Frühjahr und im Herbst auftraten. Man konnte jedoch nie wissen, vielleicht kamen sie auch einmal im Hochsommer zusammen mit Gewitter und Sturm. Es war aber nicht die einzige Gefahr, denn die Wikingerflotte hatte inzwischen die Felsen südwestlich des Dorfes erreicht. Es waren jene Gesteinsbrocken, die entstanden waren, als der Urstrom die Hälfte des dort vom

Eis zusammengeschobenen Bergs fortgerissen hatte. Sie waren nicht weit entfernt und verstellten wie eine Meute versteinerter Hunde den Blick auf den Flusslauf fast völlig. Sie waren wie dazu geschaffen, einem sich nähernden Feind Deckung für einen schnellen Überraschungsangriff zu bieten. Das hatte man in Hammaburg schon leidvoll erfahren müssen. So hatten die Bewohner schon seit langer Zeit beschlossen, auf dem Felsen einen Posten aufzustellen. Er sollte bei Gefahr die Dorfgemeinschaft durch einen Stoß ins Jagdhorn warnen.

Wie es das Unglück so will, wurde ausgerechnet für diesen heißen Tag der junge Garwig ausgewählt. Er war der Sohn von Dankmar dem Schmied und ein wirklich netter Kerl. Zu jedem war er freundlich; wenn es galt zu helfen, war er da. Er war immer fröhlich, scherzte gern mit den Mädchen, aber er war leider auch ein wenig leichtsinnig. So war ihm denn an diesem Tag, dessen drückende Wärme alle Sinne einschläferte, das schlanke Holzboot nicht aufgefallen, das sich dicht am Nordufer der Elbe, jede Deckung nutzend, ganz vorsichtig, ohne Segel, nur von kaum hörbar plätschernden Ruderschlägen angetrieben, langsam den Felsen näherte, die alle nur die Hundefelsen nannten.

Noch weniger ahnte Garwig, dass ein gutes Stück flussabwärts die Besatzungen weiterer neun Drachenboote ungeduldig darauf warteten, dass ihr Anführer endlich das Zeichen zum Angriff geben würde.

Ragnarr, der an der Spitze des Bootes kauerte, das sich Meter um Meter an die Felsen heranschob, lächelte säuerlich, als er die steinernen Hunde sah. Im Herbst vor zwei Jahren hatte er schon einmal versucht, dieses unselige, ärmliche Dorf zu überfallen. Damals hatte er dem Hornstoß, den er einige Zeit vor ihrem Angriff gehört hatte, nicht viel Bedeutung zugemessen. Nie wäre er auf den Gedanken gekommen, dass dies ein Warnsignal sein könnte. Das war ein Fehler.

Als seine Wikinger auf das Dorf und die Burg zustürzten, war niemand mehr da, den man hätte überfallen können. Die gesamte Dorfbevölkerung hatte sich hinter die dicken Eichenbohlen der Burg zurückgezogen, das schwere Tor war geschlossen, und seine Männer waren mit einem Hagel von Pfeilen und Speeren empfangen worden. Sie hatten mit hängender Nase abziehen müssen. Danach dauerte es lange, bis er seine zuvor unumstrittene Stellung als Seekönig der dänischen Wikinger wiedererobert hatte.

Ein paar Hühner hatte man erbeutet und einige alte Töpfe. Dafür hatten sie jedoch mit dem Leben einiger ihrer Besten bezahlt. Ragnarr fletschte die Zähne. Das sollte ihm, bei Odin, nie wieder passieren. Odin war sein Gott. Die Standarte am Bug seines Flaggschiffs, von seinen Töchtern genäht, zeigte die schwarzen Odinsraben. Als der Wikingerführer ans Ufer schaute, sah er einen Raben hochfliegen. Da war Odin, der Gott des Todes und des Sturmes! Er liebte es, als Adler, Schlange oder Rabe zu erscheinen. Ragnarr spürte die Erregung des nahen Kampfes. Was für ein Zeichen, was für ein Triumph! Ragnarr genoss diesen Augenblick. Aber er war ein Mann, der schnellen Stimmungsumschwüngen ausgesetzt war. Da war er schon wieder, der Gedanke an diese schreckliche Frau, die ihnen auf dem Rückzug in die Hände gefallen war. Auf den ersten Blick war sie noch sehr ansehnlich. Dunkle lange Haare, ein fein geschnittenes Gesicht mit auffallend hohen Backenknochen. Die Waldpilze, die sie in einem Korb bei sich trug, blieben aber seine angenehmste Erinnerung an die Begegnung mit ihr. Hätte er ihr doch gleich die Kehle durchgeschnitten! Aber er hatte gehofft, für sie ein paar Silberlinge zu bekommen. Wenigstens das.

Ragnarr verzog angewidert das Gesicht. Was für eine schreckliche Frau. Tagelang hatte das Weib geschrien, gezetert und geheult und dann wieder geheult, gezetert und geschrien. Das war derartig nervenzermürbend gewesen, dass er noch nicht einmal auf den Gedanken gekommen war, sie zu vergewaltigen.

Als sie die Flussmündung erreicht hatten, hatte er sie ins Wasser werfen lassen. Sie hatte noch ein wenig gezappelt, dann war sie verschwunden. Wahrscheinlich war sie ertrunken. Ragnarr schüttelte den Kopf, um die unangenehmen Gedanken zu vertreiben. Es war nicht mehr weit bis zu den Hundefelsen. Diesmal würde er keine Fehler machen.

Garwig, der Sohn des Schmieds, war schon seit dem frühen Vormittag auf den Hundefelsen. Er hielt gern Wache. Er war dann wichtig. Das Schicksal des gesamten Dorfes lag in seiner Hand. Eifrig hatte er in Richtung Elbmündung gespäht, bereit, selbst die kleinste verdächtige Bewegung zu bemerken, sie richtig zu bewerten und, wenn Gefahr drohte, die Seinen zu warnen. Er stellte sich vor, wie Garwig, der Held, sich allein einem Heer von angreifenden Slawen entgegenwürfe, mit schnellen Schwertstreichen Dutzende von Feinden niedermachte, sodass die anderen tausend in Panik die Flucht ergriffen.

Er hatte das kurze Schwert, das ihm sein Vater erst vor wenigen Monaten geschenkt hatte, aus der kunstvoll verzierten Scheide gezogen und schlug damit kraftvoll auf seine imaginären Feinde ein. „Tsch“, sagte er jedesmal, wenn sein Schwert durch die Luft fuhr. „Tsch“, hier ein furchtbarer Schlag von oben, dann ein Hieb von der Seite und schließlich ein Stich. Er war Garwig, der unbesiegbare Held von Hammaburg.

Dann wurde das Spiel doch etwas langweilig. Und heißer wurde es auch. Die Elbe war bestimmt schön kühl. Garwig streifte seine Kleider ab, versteckte das Schwert sorgfältig in einer Felsspalte und sprang ins Wasser. Er schwamm hin und her, paddelte auf dem Rücken und betrachtete die Landschaft an beiden Seiten des Flusses. Trotz der flirrenden Hitze war alles so grün. Er liebte die weiß-braun gestreiften Birken, die Beerensträucher mit all ihren Köstlichkeiten, und er nahm sich vor, nachher noch ein paar Blaubeeren zu pflücken, um sich auch von innen zu erfrischen. Er betrachtete die knorrigen, riesigen Eichen am Geestrand, grüßte die wilden Schwäne. Alles war so vertraut, so ruhig und so friedlich.

Endlich war er wieder ans Ufer geschwommen. Er legte sich in den warmen Sand, verschränkte die Arme hinter dem Kopf und begann zu träumen. Es gab so viele hübsche Mädchen im Dorf. Er würde sich das schönste aussuchen. Dann würden sie zusammen ein Boot bauen, die Elbe hinaufsegeln, sich fremde Länder ansehen. Er würde nach Aachen segeln und nach Rom, von dem Ansgar so oft erzählte. Aber vielleicht kann man gar nicht nach Aachen und Rom segeln, dachte Garwig. Auf jeden Fall wollte er den Papst sehen, den großen Vater, von dem Ansgar immer sprach. Der würde dann seine Söhne taufen. Und dann würden sie ... dann würden sie ... dann würden ... dann ... und dann war er eingeschlafen.

Als er das scharfe metallische Klirren hörte, war es schon zu spät. Das schwere Schwert Ragnarrs spaltete ihm mit einem Streich den Schädel.

Die nahende Gewitterfront hatte auch die Wikinger zur Eile angetrieben. Man wollte es diesmal nicht so machen wie sonst. Die übliche Vorgehensweise bestand weitestgehend aus Folgendem: die Boote an Land ziehen, die Kettenhemden überstreifen, die Waffen bereithalten, den Feind überfallen, die Männer erschlagen, das Dorf plündern, die hässlichen Frauen vergewaltigen und töten, die einigermaßen erträglichen vergewaltigen und verschleppen und schließlich ein brennendes Dorf hinterlassen.

Heute jedoch wollte Ragnarr die Boote an Land ziehen, die Kettenhemden überstreifen, die Waffen bereithalten, den Feind überfallen und die Männer erschlagen. Dann wollte er in den Häusern das Unwetter abwarten, dort die hässlichen Frauen gleich töten und die hübschen vergewaltigen und verschleppen. Und dann würden sie das ganze Dorf anzünden. Die Burg auch. Ragnarr wollte, dass es dieses Dorf morgen nicht mehr geben sollte. Dieses Dorf, das er von ganzem Herzen hasste. Der Plan gefiel den Männern aus dem Norden. Mal etwas anderes. Sie malten sich schon aus, was sie alles mit den Frauen in den Häusern machen würden.

Erik, der junge Wikinger, hatte den Tod von Garwig, dem leichtsinnigen Wächter, nur aus großer Entfernung sehen können. Er kannte Garwig nicht. Er war ein Feind, und Feinde tötete man. Er verschwendete deshalb keinerlei Gedanken mehr an den ersten Toten des nahenden Gefechts. Erik war vorausgeschickt worden. Er sollte feststellen, wie es im Dorf aussah. Ob vielleicht zufällig fränkische Truppen anwesend waren oder sonst irgendjemand, der für eine unangenehme Überraschung gut wäre. Er sollte herausfinden, ob alles normal ablief im Dorf, oder ob ein anderer Posten die Bevölkerung gewarnt hatte. Er sollte den besten Platz für den Beginn des Überfalls auskundschaften. Für den jungen Wikinger war es eine ganz besondere Ehre, dass ihm diese wichtige Aufgabe zugefallen war. Er war mächtig stolz, dass ihn Ragnarr ausgewählt hatte, obwohl er noch so jung war. Und das, obwohl er gerade bei einer Nachlässigkeit erwischt worden war. Erik war bis auf sein fast ein Meter langes Schwert fast unbewaffnet. Auch auf das gewohnte Kettenhemd hatte er verzichtet. Er trug ein kurzes Leinengewand und leichte Lederschuhe, die aus Lappen bestanden, die auf dem Fuß und an der Hacke zusammengenäht waren und den Knöchel knapp bedeckten. Selbst die lederne Kappe hatte er wegen der Hitze im Boot gelassen. Er war kräftig, wenn auch nicht auffallend muskulös. Seine blonden Haare hingen glatt bis auf die breiten Schultern hinunter. Er trug, im Gegensatz zu den meisten seiner Gefährten, keinen Bart. Er wusste es zwar nicht, aber er hatte ein Gesicht, das bei anderen Völkern durchaus als edel bezeichnet werden würde. Der junge Wikinger hatte eine leicht gebogene, relativ kleine Nase, große blaue Augen, deren ungewöhnlich lange Wimpern, wenn er die Augen schloss, seine straffen Wangen fast berührten. Schade, dass nur wenige Wikinger etwas mit Poesie anfangen konnten, sonst hätten sie seine Schönheit besungen, zu der seine durch Sonne und Schweiß golden glänzende Haut nicht unerheblich beitrug.

Erik schlich den Hang hinauf, was wegen des dichten niedrigen Gehölzes schwieriger war, als er gedacht hatte. Vor allem musste er immer wieder Deckung hinter Büschen oder Bäumen suchen. Er durfte kein Geräusch machen. In der stickigen, bleischweren Luft würde man, davon war Erik überzeugt, das Knacken eines Ästchens viele Hundert Meter weit hören. Er hatte gelernt, sich wie ein Tier der Umgebung anzupassen, um nicht aufzufallen.

Es konnte gut sein, dass Dorfbewohner zurückkehrten von der Jagd, ihn entdecken und gefangen nehmen würden. Es hieß also aufpassen. Was die Franken und Sachsen mit gefangenen Wikingern machten, das wusste man im Norden an allen Lagerfeuern. Sie schnitten ihnen die Haut in Streifen vom Körper, schlugen ihnen die Zähne aus, zogen ihnen Finger- und Fußnägel, blendeten sie, brachen ihnen alle Knochen , rissen ihnen die Leber heraus, und zum Schluss wurden sie auf einen Spieß gesteckt und gebraten. Dann wurden sie verspeist. Man hatte auch schon davon gehört, dass die Sachsen den Gefangenen das Fell abzogen und es an die Kirchentür nagelten.

Erik glaubte das zwar nicht alles, aber es genügte doch, dass ihm das Herz bis zum Halse schlug. Bei jedem noch so geringfügigen Geräusch zuckte er zusammen, blieb stehen und lauschte auf verräterische Laute.

Da.

Erik erstarrte mitten in der Bewegung. Dann warf er sich auf den Boden und rollte in ein nahes Gebüsch. Nur wenige Meter entfernt, hinter einem kleinen Hügel, auf dem schmalen ausgetretenen Pfad, der offenbar direkt zum Dorf führte, bewegte sich etwas. Da, wieder. Es musste etwas großes, schweres sein. „Reiter“, dachte Erik, jetzt war es aus mit ihm. Pferde würden seine Anwesenheit sofort bemerken. Er blickte auf.

Nicht weit von ihm entfernt suchte sich ein dickes, über und über mit schwarzem, verkrustetem Dreck besudeltes Schwein gezielt besonders wohlschmeckende Kräuter vom Boden, was es als ausgesprochenen Feinschmecker auswies.

Wohlig grunzend kam es immer näher. Als Erik sich ein ganz klein wenig bewegte, blieb es wie angewurzelt auf seinen hohen, dünnen Beinen stehen, hob den massigen, langen Kopf mit der spitzen Schnauze, wedelte mit den kurzen aufrecht stehenden Ohren und starrte mit listigen kleinen Augen argwöhnisch zu ihm hinüber.

Das Schwein verstand die hilflose Handbewegung, die kaum ausgereicht hätte, eine Fliege zu verscheuchen, offenbar falsch. Anstatt das Weite zu suchen, begann es, mit hoch erhobenem Kopf auf ihn zuzutraben.

„Komm jetzt“, hörte er in einer ihm unverständlichen Sprache eine klare, sehr weibliche Stimme rufen. „Komm, komm, nun komm“, lockte die Stimme, und er hörte sie lachen.

Und dann sah er sie.

Sie war ein junges hübsches Mädchen mit den bereits ausgeprägten Formen einer erwachsenen Frau und wunderschönem langem dunklem Haar, das üppig auf die Schultern ihres einfachen Leinenkleides fiel. Das Haar war blauschwarz und schimmerte grünlich, wie ein Rabe im Abendlicht. Erik fielen sofort die kunstvoll geschwungenen Lippen auf und die Augen, die ihn – ja – an das Blau in der Mitte der Fjorde seiner Heimat erinnerten. Ein besserer Vergleich fiel Erik nicht ein. Er hatte bisher noch nicht viel von der Welt gesehen. Ein Mädchen wie dieses war ihm noch nie begegnet. Die anderen in seinem Dorf, die schon versucht hatten, ihn für sich zu interessieren, waren doch nicht mehr als plumpe Gänse, die eines großen Kriegers, wie er einmal einer sein würde, nicht würdig waren. Seine ersten Erfahrungen mit dem anderen Geschlecht hatte er schon hinter sich; immerhin war er schon 22 Jahre alt, aber es war doch alles in allem enttäuschend gewesen. Nach den Erzählungen der älteren Männer, denen er begierig gelauscht hatte, hatte er sich unter dem, was Mann und Frau miteinander treiben, etwas anderes vorgestellt. Was war es ihm beim ersten Mal peinlich gewesen!

Aber dieses Mädchen.

Erik spürte, dass er schwerer atmete. Auch das Schwein schien es bemerkt zu haben. Es blieb aufmerksam ein paar Schritte vor ihm stehen und grunzte nachdenklich. Das Mädchen nutzte seine Chance. Blitzschnell warf es ein langes Hanfseil über den Kopf des Schweins und zog die Schlinge zu.

Das gefiel dem Tier überhaupt nicht. Wütend sauste es im Kreis herum und versuchte, das lästige Seil loszuwerden. Für das junge Mädchen schien das alles nur ein riesiger Spaß zu sein. Es quietschte vor Vergnügen und war durch seinen Kampf mit dem Schwein so abgelenkt, dass es die blauen Augen, die es unentwegt anstarrten, nicht bemerkte.

Die junge Frau zerrte und zog an dem Seil und kam kaum von der Stelle. Endlich, warum das Schwein

ein Einsehen hatte, blieb unerklärlich, brachte sie das Tier dazu, ihr zu folgen. Beide trotteten gemächlich Richtung Hammaburg.

Erik rollte aus seinem Versteck. Er musste vorsichtig sein, denn immer wieder blieb das Schwein störrisch stehen und äugte zu ihm hinüber. So, als wollte es darauf aufmerksam machen, dass dahinten etwas nicht in Ordnung sei, machte es immer wieder Kehrtwendungen. Das Mädchen war dadurch ebenfalls gezwungen, sich noch häufig umzudrehen, damit es das Tier weiterzerren konnte: Mehr als einmal schaffte es Erik nur ganz knapp, in Deckung zu springen, als das Vieh immer wieder wie versteinert stehen blieb.

Er nahm die Gefahr in Kauf, vor allem, weil er sich nicht sattsehen konnte an dem jungen Mädchen. Sie war zugleich zart und kraftvoll. Er liebte es, wenn sie das Schwein mit zornigen Augen anschrie, um kurz darauf wieder aufzulachen, wenn das Tier unvermittelt die Führung übernahm und sie hinter ihrem borstigen Freund herpurzeln musste.

Gern hätte er ihr geholfen.

Ein grummelnder Donner holte ihn zurück aus seinem Tagtraum. „Eine Warnung der Götter“, durchzuckte es den jungen Wikinger. Er verließ den ausgetretenen Pfad und lief tief gebückt über die Heide am Geestrand. Ohne es zu wollen, hatte ihm die junge Frau den Weg gewiesen. Er sah sie in weiter Entfernung um einen kleinen Hügel herumgehen. Da, wo er jetzt lag, wäre der Abstieg zum Dorf viel zu steil gewesen. Aber von hier aus konnte man das Dorf und die Hammaburg sehr gut überblicken.

Er sah, wie sich die Bewohner Zeit ließen. Sie schienen sich lediglich auf das Unwetter vorzubereiten, keinesfalls auf einen feindlichen Angriff. Der Wikinger beobachtete einen spindeldürren Mann in einem seltsamen schwarzen Gewand, der mal hierhin lief und mal dorthin, mal hier half und mal da. Und er sah einen großen älteren Mann mit einem grauen Haarkranz, der sehr besorgt nach irgendjemandem Ausschau hielt.

Ein Blick in den Himmel zeigte Erik, dass nicht mehr viel Zeit blieb. Er wünschte sich von Herzen, dass dem jungen Mädchen nichts passieren würde. Aber er hatte eine Aufgabe. Blitzschnell drehte er sich um und gab seinem Bootsgenossen, der sich in Sichtweite hinter ihm gehalten hatte, das Zeichen zum Angriff.

Berengar hatte sich unterdessen große Sorgen gemacht. Nicht wegen des Unwetters. Die Bewohner der Hammaburg hatten alles Erdenkliche getan, um es gut zu überstehen.

Yba war verschwunden. Gerade noch hatte er sie am Haus gesehen, danach hatte er zusammen mit Ansgar Hartwin, dem Fischer, geholfen, den schweren Kahn an Land zu ziehen.

Als er sich umdrehte, war sie verschwunden, wie vom Erdboden verschluckt. Berengar musste an den Wikingerüberfall vor zwei Jahren denken, und es zerriss ihm fast das Herz. Es war Herbst gewesen, die Zeit, in der seine Frau Edda fast täglich in den nahen Wald ging, um einige der köstlichen Pilze zu sammeln. So war es auch an jenem Tag, als plötzlich das Warnsignal ertönte. Berengar hatte noch versucht, Edda zu finden, war den Pfad entlanggelaufen, den sie gern benutzte. Ausgerechnet an diesem Tag musste sie jedoch in eine andere Richtung gegangen sein. Verzweifelt und voller schrecklicher Vorahnungen war Berengar ins Dorf zurückgelaufen und erreichte gerade noch das rettende Westtor, bevor die Wikingerhorden einfielen.

Die Einwohner von Hammaburg hatten zwar einen grandiosen Sieg errungen, aber seine Edda blieb verschwunden. Als die Wikinger verjagt waren, fanden die Dorfbewohner keine Spur von Berengars Frau. Wochenlang hatte er selbst jeden Meter um die Siedlung nach irgendeiner Spur abgesucht. Aber Edda blieb verschwunden.

Opfer eines wilden Tieres war sie sicher nicht geworden, obwohl es in jenem Herbst schon früh sehr kalt geworden war. Die ersten Wolfsrudel waren schon zeitig im Jahr gesehen worden. Wölfe lagerten, von Osten kommend, in fast jedem Winter rund um die Hammaburg. Berengar glaubte nicht daran, dass Wölfe Edda angefallen hatten, dann hätten sie irgendetwas finden müssen. Ein Kleidungsstück, die silberne Halskette oder den Korb mit Pilzen. Aber sie fanden nichts. Deshalb kamen auch die anderen wilden Tiere, die hier lebten, nicht infrage. Ein Bär oder ein Auerochse, Wildschweine oder Luchse. Berengar glaubte ohnehin nicht daran, dass es hier, in der Nähe der Hammaburg, Bären oder Auerochsen geben würde, aber es gab Dorfbewohner, die schworen Stein und Bein, welche gesehen zu haben.

Wahrscheinlicher war, dass sie den Wikingern in die Hände gefallen war. Berengar hasste es, darüber nachzudenken. Es gab sehr viele Möglichkeiten, was in diesem Fall mit Edda geschehen sein könnte. Eine wäre schrecklicher als die andere. Und jetzt war Yba fort.

Ansgar hatte die Unruhe seines Freundes beobachtet und wusste, dass er sich wegen Yba Sorgen machte. „Sicher ist sie nur hinter einer entlaufenen Sau her“, vermutete der Bischof, und wie auf das Stichwort erschien Yba, das störrische Schwein mit aller Kraft hinter sich herziehend. „Seht Ihr, ich hatte recht“, lächelte Ansgar, „dahinten kommt sie.“ Tatsächlich. Berengar atmete tief durch. Gott sei Dank. Da war sie. Voller Erleichterung lief Berengar lachend auf seine Tochter zu.

Da traf ihn der Pfeil.

Er grub sich tief in seine Schulter und blieb, offenbar durch einen Knochen aufgehalten, stecken. Berengar war so überrascht, dass er keinen Schmerz fühlte. Nur Verblüffung. Langsam sank er in die Knie. Als er den Kopf hob, sah er, wie eine Horde roher Gesellen brüllend auf ihn zulief. „Oh, mein Gott", sagte der Dorfgraf noch. Dann sackte er zu Boden und blieb leblos liegen.

Ansgar hatte als Erster derer, die noch außerhalb der Hammaburg waren, die Lage erfasst. „Schnell", schrie er, „bringt euch in Sicherheit." Dann hastete er wie vom Leibhaftigen verfolgt Richtung Burg. Er war erstaunlich schnell und lief den bewaffneten Wikingerkriegern leicht davon, sodass ihn Speere und Pfeile schon nicht mehr erreichen konnten. Der Bischof hatte von allen den weitesten Weg und erreichte als Letzter das Tor. Er schlüpfte durch den schmalen Spalt des riesigen, schweren Westtors. Mehrere Männer drückten es zu und schoben den gigantischen Eichenbalken vor. Ansgar und die anderen waren für den Augenblick gerettet.

Yba hatte das Schwein instinktiv losgelassen, als sie ihren Vater fallen sah. Ihr erster Impuls war, zu ihm zu laufen, um ihm zu helfen. Sie hatte nicht gesehen, dass ihn ein Pfeil getroffen hatte. Dann erst hörte sie das Kriegsgeschrei der Wikinger. Zufällig stand sie in der Nähe einer Grubenhütte, in der sie ihre Vorräte aufbewahrten. Blitzschnell öffnete sie das zeltförmige Schilfdach, schlüpfte hinein und zog es vorsichtig über sich zu. Die Grubenhütte war ein rechteckiges Erdloch von rund zwei Meter Breite und etwas mehr als vier Meter Seitenlänge.

Vielleicht hatten die Wikinger sie übersehen. Dafür gab es berechtigte Hoffnung, denn die Grubenhütte lag hinter dem Haus, sodass die von vorn angreifenden Nordmänner möglicherweise nicht bemerkt hatten, wie sie in ihr Versteck schlüpfte. Außerdem hatten sie gerade etwas anderes vor. Sie stürzten am Haus von Berengar und Yba vorbei direkt auf die Burg zu. Yba kauerte sich in eine Ecke und wartete. Inzwischen hatte das Unwetter mit aller Macht eingesetzt. Wie wilde Drachen rasten Blitze über den pechschwarzen Himmel. Krachender, ohrenbetäubender Donner übertönte sogar noch das Brüllen der Wikinger.

Eiskalter schwerer Regen durchnässte in kürzester Zeit alles. Die perlengroßen Tropfen trafen auf die glühendheiße Erde und verdampften zischend. Yba fröstelte in ihrem dünnen Leinenhemdchen vor Kälte und vor Angst.

Das Innere des Erdlochs wurde von außen nur schwach beleuchtet. Wenn draußen einer der blendend grellen Blitze alles in ein unwirklich weißes Licht tauchte, konnte Yba das Innere ihrer kleinen Höhle erkennen. Die Grubenhütte war fast leer, man benutzte sie ausschließlich im Winter. Bibbernd sah Yba zu, wie der strömende Regen, der jetzt nicht mehr in großen Tropfen, sondern eimerweise vom Himmel stürzte, langsam kleine Erdklumpen vom Rand der Grube löste. Sie wurden vom Wasser auf den Boden des Erdlochs getragen und sammelten sich in Pfützen, die von Minute zu Minute größer wurden.

Plötzlich hörte sie, wie sich wilde Stimmen näherten. Sie kauerte sich zusammen, als die Männer unmittelbar neben ihrem Versteck in einer ihr unbekannten Sprache plötzlich aufeinander einschrien. Das klatschende, gurgelnde Geräusch ihrer Füße im inzwischen knöcheltiefen Schlamm ließ Yba erschaudern. Zuletzt hatte sie als Zwölfjährige so viel Angst gehabt. Damals war sie allein in den Wald gelaufen und hatte nicht mehr heimgefunden. Sie hatte sich unter eine große Eiche gehockt und das kleine Gebet aufgesagt, das ihr Ansgar beigebracht hatte. Auch jetzt faltete Yba die Hände und flüsterte „Vater unser ...“ Die Schritte entfernten sich. Dem jungen Mädchen schien es, als könne es zum ersten Mal seit Minuten wieder atmen. Aber immer noch lastete die Angst steinschwer auf ihrer Brust. Sie beugte sich vor, um das Schilfdach ein wenig beiseitezuschieben und nach draußen zu spähen. Sie wollte sehen, wo die Wikinger waren, ob sie vielleicht doch versuchen sollte, die rettende Hammaburg zu erreichen.

Das aber war aussichtslos. Zwischen Ybas Versteck und der Burg befand sich der Großteil der Angreifer. Diese versuchten gerade, Fackeln anzuzünden, was ihnen aber bei dem strömenden Regen nicht gelang. Was sie sich zuriefen, konnte Yba nicht verstehen, aber es klang gereizt.

Von der Hammaburg aus beobachteten die Dorfbewohner die angestrengten und vergeblichen Bemühungen der Wikinger, das Dorf anzuzünden, und überschütteten sie mit Spott und Hohnlachen. Das steigerte die Wut der Angreifer, lenkte die Verteidiger aber gleichzeitig davon ab, dass ein kleiner Trupp Wikinger im Osten der Burg unbemerkt an die Fassaden herangekommen war.

Yba sah, wie die Männer eine Leiter anlegten, die sie offenbar im Dorf gefunden hatten. Schon war es dem Ersten gelungen, auf die Brüstung zu steigen. Erst jetzt wurden die Verteidiger aufmerksam. Sofort stürzten sich mehrere Männer auf die Wikinger. Es kam zu einem wilden Handgemenge. Immer mehr Verteidiger kamen hinzu. Die Wikinger gaben auf und flüchteten so schnell wie möglich aus der Reichweite der Pfeile. Gleichzeitig hatten die Horden im Westen angegriffen. Hier passten die Dorfbewohner jedoch besser auf und beantworteten die Attacke mit einem dichten Pfeilhagel. Auch hier mussten sich die vor Wut rasenden Wikinger zurückziehen. Yba konnte dies aus ihrem

Versteck heraus sehr gut beobachten. Die Angst war für den Augenblick verschwunden, ihr Herz jubelte über den Erfolg ihrer Leute.

„Yba", es war nur ein schwaches, in dem tosenden Lärm kaum wahrnehmbares Geräusch, aber das junge Mädchen erkannte die Stimme sofort. Das Schilfdach wurde beiseitegeschoben, und Berengar rutschte in das Erdloch. „Vater", flüsterte Yba, und ihr Herz machte erneut einen Sprung. Sie rückte das Schilfdach wieder zurück. Im Licht der zuckenden Blitze sah sie, dass ihr Vater über und über mit Blut und Schlamm bedeckt war und dass ihm der Schaft eines Pfeils eine Handbreit aus der Brust ragte. Er hatte ihn offenbar abgebrochen, ohne den Pfeil aus der Wunde zu ziehen. Die Spitze steckte also immer noch in seiner Brust.

„Ich hoffe, diese Hundesöhne vergiften ihre Pfeile nicht", murmelte Berengar noch. Dann sackte er zusammen. „Nein, nein, bestimmt nicht", stammelte das junge Mädchen, obwohl es das nicht wusste. Unendlich hilflos fühlte sie sich. Sie nahm ihren Vater vorsichtig in die Arme und bedeckte sein Gesicht mit zarten Küssen. Dabei fühlte sie, wie seine Hand ganz leicht über ihren Kopf strich, wie er es immer schon getan hatte, wenn sie Trost brauchte. Yba begann leise zu weinen. „Ruhig", flüsterte Berengar, „alles wird wieder gut."

In einiger Entfernung tobte der Kampf weiter. Offenbar war es den Hammaburg-Bewohnern endgültig gelungen, die Angriffe abzuwehren. Yba und Berengar hörten, wie ihre Freunde in der Burg jubelten, und sie bemerkten, dass sich das anfangs so kraftvolle und bedrohliche Kampfgeschrei der Wikinger immer mehr in ein enttäuschtes, wütendes Murren verwandelte.

Wenn Wikinger überhaupt eine gute Eigenschaft haben, dachte Berengar, dann war es ihre mangelnde Geduld. Sie gaben schnell auf. Wenn sie etwas nicht sofort haben konnten, verschwanden sie. Belagerung war nicht ihre Sache.

Die Ersten waren denn auch bereits Richtung Dorf getrottet. Was ihnen auch immer an Gegenständen in die Hände fiel, wurde zerstört. Tiere wurden gnadenlos niedergemacht. Das gelang allerdings höchst selten, denn die meisten der größeren Tiere hatten die Bewohner in die Hammaburg getrieben, die anderen waren beim lärmenden Anmarsch der Wikinger davongelaufen. Man würde sie später wieder einfangen. Es blieben eigentlich nur ein paar Hühner, die allerdings den muskelbepackten Kriegern aus dem Norden mit ihren schweren Schwertern im knietiefen Schlamm weit überlegen waren.

Immer wenn einer der Helden versuchte, eines der gackernden Tiere zu erwischen, flog es kreischend hoch und flatterte davon, den stolpernden Wikinger voller Wut hinter sich lassend.

Der Kampf war inzwischen vorbei.

Die Angreifer wandten sich jetzt alle dem Dorf zu. In einer der Hütten hatten sie ein Fass mit Roggenschnaps gefunden, der nach einem Rezept gebrannt worden war, das Bruder Benedikt mitgebracht hatte. Ein arabischer Kaufmann hatte ihm aus Dankbarkeit dafür, dass Benedikt sein Lieblingspferd geheilt hatte, gezeigt, wie man Alkohol destilliert. Es schmeckte zwar überhaupt nicht, weil Benedikt irgendeine Zutat vergessen haben musste, aber er tat seine Wirkung: Und die war verheerend. Mehr als die Hälfte der Männer war innerhalb kürzester Zeit sturzbetrunken. Sie wankten von einer Stelle zur anderen, fielen sich in die Arme oder sanken mit glasigen Augen zu Boden. „Dieser Schnaps ist eine hervorragende Waffe", dachte Berengar. Zuvor hatte er im Schein der brennenden Hütte von Hartwin, dem Fischer, gesehen, wie mehrere baumlange Kerle die Eichenbank, auf der er und Ansgar noch vor wenigen Stunden gesessen hatten, ins Feuer warfen. Die Erdlöcher mit den Schilfdächern hatten sie bisher noch nicht beachtet.

Je länger es dauerte, um so mehr schöpfte Yba Hoffnung, dass die Nordmänner sie nicht mehr entdecken würden. Die Ersten von ihnen torkelten bereits mit magerer Beute in Richtung ihrer wartenden Schiffe. Und es schlossen sich immer mehr Wikinger an.

Yba beugte sich zu ihrem Vater, der zusammengekauert neben ihr lag, um ihm die ermutigende Nachricht mitzuteilen. „Vater“, flüsterte sie leise. „Ja“, hauchte Berengar, denn zu mehr fehlte ihm offenbar die Kraft. „Vater“, fuhr Yba fort, „ich glaube, wir haben es geschafft.“ „Gut“, brachte Berengar noch heraus, dann ließ der Druck seiner Hand nach.

„Vater“, sagte Yba äußerst besorgt, „was ist mit dir?“

In diesem Augenblick flog das Schilfdach in hohem Bogen von der Grube. Neben einer glühenden Fackel sah Yba ein furchterregendes Gesicht. „Ha“, schrie der Wikinger und entblößte eine Reihe unregelmäßiger gelblich-brauner, Zähne. Der Mann hatte ein von Narben übersätes, gemeines Gesicht, aus seiner nassen Lederkappen hingen in Strähnen lange, braune Haare. Seine hellblauen stechenden Augen funkelten vor Begierde. „Ha“, rief er noch einmal und griff in Ybas Haare.

Sie schrie auf. Der Wikinger hatte sie mit einem Ruck aus dem Erdloch gezogen. Er umfasste sie mit eisernem Griff, sodass sie kaum Luft bekam. Sie hörte immer wieder schmatzende Geräusche und roch seinen widerlichen Atem, der sie fast besinnungslos machte. Der Kerl versuchte sie zu küssen. Er riss und zerrte an ihrem Kleid, grabschte hier und da. Yba wehrte sich verzweifelt. Als sie irgendwie einen Arm freibekam, schlug sie wild um sich.

Sie traf den Wikinger mehrmals. Der lachte nur und schnappte sich ihr Handgelenk. Yba fühlte mit Entsetzen, dass ihre Kräfte langsam erlahmten. Grunzend drückte der Wikinger sie in den Schlamm. Yba wehrte sich kaum noch. „Vater“, wimmerte sie noch einmal. Dann verlor sie das Bewusstsein.

Erik war einer von denen gewesen, die die Hammaburg von Osten her angegriffen hatten. Er gehörte zu denen, die die Leiter erklommen hatten, sah sich dann aber, als er die Brüstung erreicht hatte, von drei oder vier Dorfbewohnern umringt, die mit allerlei Gerätschaften auf ihn einprügelten. Sie hätten ihn sicher totgeschlagen, wenn er nicht den Sprung über die Spitze der Palisaden in die Tiefe gewagt hätte.

Durch einen glücklichen Umstand war er weich in einem Misthaufen gelandet, dem einzigen weit und breit, sodass er äußerlich unverletzt blieb. Aber er war wütend und enttäuscht. Wie diese nach Kuhfladen stinkenden Bauern sie, die stolzen, mutigen Krieger aus dem Norden, vertrieben hatten, war eine Schande.Der nach wie vor niederstürzende Regen, seine völlig durchnässte, durch den Aufenthalt in dem Misthaufen nicht gerade angenehm riechende Kleidung und der knietiefe Schlamm trugen auch nicht eben zur Verbesserung seiner Stimmung bei.

Finster sah er zu, wie einige seiner Bootsgenossen weiterhin versuchten, die Hütten anzuzünden. Das war ihnen bisher erst bei dreien gelungen. Die Hütten würden die Dorfbewohner in kürzester Zeit wieder aufgebaut haben, sodass auch dieser Schaden, den die Wikinger anrichteten, weitaus geringer war als der Lärm, den sie dabei machten.

Erik hatte als großer Krieger mit reicher Beute nach Hause zurückkehren wollen, beladen mit Gold, kunstvoll geschmiedeten Waffen, exotischen Gewürzen, wertvoller Seide oder seltenen Weinen. Sie hatten noch nicht einmal ein paar Rinder schlachten können, um frisches Fleisch für die Rückreise zu haben. Er schüttelte sich. Na ja, er war jung, für Ruhm und Ehre blieb noch viel Zeit.

Der Wikinger sah hoch. Durch den strömenden Regen wirkte alles sehr verschwommen. Irgendetwas musste er einfach finden, irgendetwas, was halbwegs als Beute anerkannt war. Erik sah sich um.

In einiger Entfernung hatte einer seiner Kameraden offenbar einen großen Fang gemacht – ein junges Mädchen. Erik beneidete den Burschen, dass er das einzige menschliche Wesen, das sich offenbar außerhalb der Hammaburg befand, erwischt hatte. Das wäre etwas für ihn! Eine junge Sklavin brachte auf dem Markt mit etwas Glück 500 bis 600 Gramm Silber, mit viel Glück bekam man 800 Gramm Silber, so viel, wie eines der Kettenhemden kostete. Erik sah, wie sich das Mädchen tapfer gegen den viel stärkeren Mann zur Wehr setzte. Kein Wunder, dass sie mit aller Kraft kämpfte. Jedermann in dieser Gegend wusste, was mit ihr geschehen würde. Wenn sie Pech hatte, nahm sie einer der persischen Händler mit, die regelmäßig auf dem Sklavenmarkt von Haithabu nach frischen Vorräten für den Harem ihrer Potentaten suchten. Neben irischen Nonnen und Kerlen aus Friesland brachten junge, hübsche Fränkinnen oder Sächsinnen am meisten Geld, vor allem, wenn sie blond waren, was diese hier allerdings nicht war. Diese armen Geschöpfe würden dann eine Weile für ihren neuen Herrn unterschiedliche Dienstleistungen erbringen, bis dieser ihrer überdrüssig war. Dann würde er sie wegwerfen wie einen alten Schuh oder, wenn sie dies noch wert war, weiterverkaufen.

Wenn das junge Ding da hinten Glück hatte, so dachte Erik, schnitt ihr der Bursche gleich die Kehle durch, nachdem er seinen Spaß mit ihr hatte.

Erik näherte sich den beiden, die nach wie vor heftig miteinander rangen. Plötzlich war ihm, als würde sein Herz stehen bleiben. Sie war es.

Das Mädchen, sein wunderschönes Mädchen von vorhin. Er sah, wie sie zusammensackte und der Kerl sich auf sie stürzte. „Nein", schrie Erik und rannte los. Er war wie von Sinnen. Das, was er gerade tat, war ein ungeheurer Verstoß gegen alle Wikingerregeln, ein Verbrechen, das nur mit dem Tode bestraft werden konnte. Niemals durfte es Streit um Beute geben. Wer sie zuerst ergriffen hatte, dem gehörte sie. Das war eisernes Gesetz.

Erik wusste das alles. Und dennoch. Eine ihm bisher unbekannte Kraft zwang ihn dazu, sie zu beschützen. Niemand durfte diesem Mädchen wehtun. Er warf sich auf den Wikinger, der ihn ungläubig anstarrte, als er ihn von Yba herunterriss. Der Mann war viel zu überrascht, um sich zu wehren. Er ließ das Mädchen los und versuchte, sich vor den wütenden Faustschlägen Eriks zu schützen, indem er die Arme über dem Kopf verschränkte.

Er protestierte. Er schrie.

Dann zog er ein kurzes Messer und traf Erik am Oberarm.

Das jedoch hielt Erik nicht davon ab, weiter auf den Mann einzuschlagen. Der Wikinger hob erneut sein Messer. Diesmal allerdings zielte er nicht auf Erik, sondern stieß es Yba in den Rücken. Erik heulte auf. Mit beiden Händen umfasste er den kräftigen Hals seines Feindes. Er drückte zu. Der Wikinger strampelte und versuchte, sich zu befreien. Aber Erik ließ nicht locker. Er drückte noch fester zu. Der Wikinger röchelte. Seine Kraft ließ nach, er sackte in sich zusammen.

In diesem Augenblick traf Erik der Keulenschlag.

Er war sofort bewusstlos und stürzte der Länge nach auf die schlammige Erde. Ragnarr schüttelte sein graues Haupt. Er hatte den Jungen gemocht. Was für ein Hitzkopf. „Komm“, sagte er zu dem Wikinger, der sich langsam wieder aufrappelte und sich dabei den schmerzenden Hals hielt. Und der Wikingeranführer spuckte verächtlich auf Erik, der zweimal an einem Tag gegen die Gesetze verstoßen hatte.

Das Mädchen mit dem Dolch im Rücken hielt er für tot. Erik war ihm gleichgültig, er hatte sein Leben verwirkt. Sollte er wider Erwarten den Keulenschlag überleben, würden die Sachsen schon dafür sorgen, dass er seine gerechte Strafe bekommen würde.

Dass in dem Erdloch noch ein Mann lag, hatten beide Wikinger nicht bemerkt, da das Schilfdach so auf den bewusstlosen Berengar gefallen war, dass es ihn völlig verdeckte. „Komm“, sagte Ragnarr noch einmal.

....

Lassen wir das Schicksal von Yba, Berengar und Erik für einen Augenblick in der Schwebe. Richten wir unsere Aufmerksamkeit auf die wilden Gesellen, die in jener Zeit, als Hamburg das Licht dieser Welt erblickte, der Schrecken des Abendlands waren: Nordmänner, Normannen oder Wikinger. Bis heute ist nicht genau geklärt, warum sie Ende des 8. Jahrhunderts plötzlich begannen, ihre kalte und neblige Heimat zu verlassen, um zunächst Britannien und dann den westeuropäischen Konti-

nent zu überfallen. Drei Gründe werden in diesem Zusammenhang vor allem genannt: die Tatsache, dass Germanen vor allem im Winter gern auf der Bärenhaut lagen (es gab ja auch sonst nicht viel zu tun) und diese mindestens ebenso gern mit ihren Frauen teilten, was im Laufe der Jahre zu einem solchen Kinderreichtum führte, dass es Scholle und Stall völlig überforderte, all diese hungrigen Mäuler zu stopfen. Hinzu kam die Vielweiberei, die sie völlig unbekümmert betrieben (der damalige Fachausdruck war „Ehe more danico" – also „Ehe nach nordischer Art"), und da waren noch die eisernen Erbgesetze, die vorsahen, dass der älteste aller Söhne ungeteilt alles erhielt und die anderen sehen konnten, wo sie blieben. So ergab es sich, dass in Skandinavien ganze Horden vernachlässigter junger Männer darauf brannten, ihren Frust loszuwerden und sich anderswo ein Auskommen zu besorgen. Bei diesen Raubzügen gingen sie nicht gerade zimperlich vor, sondern sie mordeten, plünderten, vergewaltigten und brandschatzten. Das aber war zu jener Zeit nichts Besonderes. Das taten auch andere, beispielsweise Karl, seine Franken, die Sachsen oder Slawen.

Andere Stämme und Völker zu überfallen war seinerzeit ganz normal. Es war die ganz alltägliche Art, sich sein tägliches Brot zu verdienen, manchmal sogar mehr. Dass die Wikinger „schmutzige Geschöpfe" waren, die sich „weder beim Stuhlgang noch beim Harnen schämten" (wie ein arabischer Zeitgenosse mit offensichtlichem Abscheu berichtete), unterschied die Nordmänner ebenfalls nicht vom Rest der europäischen Welt.

Warum also spukt heute noch in unseren Köpfen das Bild vom bestialischen, grausamen Wikinger?

Bei der Betrachtung der Vergangenheit spielt es eben eine Rolle, wer die Geschichte aufgezeichnet hat. In unserem Fall waren es in der Regel Mönche, und die hatten erhebliche Vorbehalte gegen die Wikinger, denn sie waren die ersten und bevorzugten Opfer. Es waren ihre Klöster, die niedergebrannt, und es waren ihre Brüder, die niedergemacht wurden.

Außerdem waren die Wikinger, was sie in den Augen der Mönche auch nicht gerade sympathischer machte, Heiden, die dringend christianisiert werden mussten.

Was also bleibt übrig vom grausamen Wikinger, wenn man die solchermaßen gefärbte Geschichtsschreibung außer Acht lässt? Sie waren in der Tat große (nach damaligen Verhältnissen heißt groß etwa 1,70 Meter), kräftige Gestalten, blond und blauäugig, hatten eine rosige Gesichtsfarbe wegen des Lebens an der frischen Luft, waren verwegen und feierten gern ausgiebig. Sie waren rauflustige Gesellen, denen bei jeder passenden oder unpassenden Gelegenheit der Kamm schwoll, prahlerische Kerle, die wegen einer Lappalie bereit waren, andere in den Tod zu schicken, aber auch selbst zu sterben. So waren jedoch bei Weitem nicht alle, es gab auch kleine, braunhaarige, hagere, feige und blasse Wikinger.

Fest steht allerdings, dass jede Art von musischer Betätigung dem wikingischen Wesen eher fremd war. Kaum einer hat dies besser beschrieben als der alte Lateiner Tacitus: „Der Gesang ist ihnen mehr ein Gleichklang tapferer Herzen als ein Zusammenklingen von Menschenstimmen. Vor allem ist ihnen darum zu tun, rauhe Töne und ein stoßweises Dröhnen hervorzurufen."

Gemetzel jeglicher Art war dann eher ihre Sache, und ein wichtiger Grund für den beeindruckenden Kampfgeist und die kaum zu überbietende Tapferkeit war, dass ein Wikinger den Tod nicht fürchtete, sondern ihn vielmehr als eine Art Krise empfand. Er musste aber unbedingt als Krieger fallen, um nicht im langweiligen Niflheim zu landen, dem Reich der sogenannten Strohtoten, die eines natürlichen Todes gestorben waren.

Mit einem aber muss endlich gründlich aufgeräumt werden: Soweit wir heute wissen, trugen Wikinger niemals Helme mit Hörnern oder Adlerflügeln. Allerdings waren sie gern und reichlich betrunken. Der Vollrausch war eine Art ritueller Akt, durch den man den Göttern um so näherkam, je betrunkener man war. „Blot" hieß dieses irdische Gegenstück zu den ewigen Honigmet-Gelagen in Wallhall. Vor allem zwang man sich, ex zu trinken, bis man nicht mehr konnte, ein Brauch, der heute noch in weiten Teilen der Welt verbreitet ist. Kein Wunder also, dass Tote bei solcherlei Feierlichkeiten keine Seltenheit waren.

Tuberkulose, Gicht und Rheuma waren unter den Wikingern weit verbreitete Krankheiten. Es herrschte eine ungewöhnlich hohe Kindersterblichkeit. Wikinger waren nicht nur exzellente Seefahrer, die geradezu besessen waren vom Wasser und vom Meer, das sie wie niemand sonst kannten und für dessen Gefahren sie nur Verachtung zeigten. Wikinger waren dem Kontinent auch in der Landwirtschaftstechnik zu jener Zeit überlegen. So benutzten sie beim Pflügen bereits Streichbrett und Pferd.

Es sind nur vereinzelte Informationen, die dem Menschen von heute über das Leben der Wikinger zur Verfügung ste-

hen. Aus Schiffswracks und Ausgrabungen, beispielsweise in Haithabu bei Schleswig, weiß man einiges, aber lange noch nicht alles.

So ist beispielsweise immer noch nicht eindeutig geklärt, was das Wort Wikinger eigentlich bedeutet. Einige Wissenschaftler meinen, es sei vom Lateinischen „vicus" abgeleitet, was so etwas wie „Bürger einer Stadt" bedeutet. Logischer scheint, dass es mit dem in Nordeuropa gebräuchlichen Wort „viking" zusammenhängt. Das heißt nämlich „einer, der fern der Heimat zur See fährt", was ja einen Teil der Wahrheit abdeckt.

Eine andere Theorie geht davon aus, dass das Wort „Wikinger" auf jene angewendet wurde, die als Handelsreisende und Abenteurer „Wiks" aufsuchten. Da das Wort „wik" in den nordischen Sprachen Bucht oder Fjord heißt, könnte es auch eine Erklärung sein, dass Wikinger diejenigen waren, die aus diesen Fjorden heraus auf Beutejagd gingen.

Von den zahlreichen Thesen sei hier nur noch eine (eher abwegige) genannt: Da gibt es das Wort „wikan", Seehund. Noch streiten die Wissenschaftler, ob – wenn dies das entscheidende Wort sein sollte – damit die Leidenschaft der Wikinger für den Seehundfang oder ihre Ähnlichkeit mit diesem räuberischen Meeresbewohner gemeint sein könnte.

Also: wie und wo tauchten die Wikinger erstmals auf?

Im Jahre 787 wurden die ersten Drachenboote von englischem Territorium aus gesichtet. Sechs Jahre später kam es zu dem berühmt-berüchtigten Überfall auf das Kloster Lindisfarne auf der kleinen gleichnamigen Insel, auch Holy Island genannt, vor der Küste Northumberlands. Das Kloster wurde völlig zerstört und erst knapp 300 Jahre später als Benediktinerabtei neugegründet. Der Schock saß tief. So entstand rasch das Bild vom brutalen, ständig Met saufenden, blutrünstigen Rabauken Wikinger.

Dann setzten sich die Überfälle in immer kürzeren Zeitabständen fort. London war dran, der Mittelrhein mit Köln und Bonn, danach Trier, das Rhonetal, schließlich Norditalien. Der Dänenkönig Göttrich drohte sogar mit einem Marsch auf die kaiserliche Pfalz in Aachen, nachdem er zuvor mit 200 Schiffen in Friesland gelandet war. Die Wikinger überfielen Paris und, mehrfach, das damals noch kleine Erzbistum Hamburg mit seiner gerade erst gebauten Festung, der Hammaburg. Chef der Wikinger, die Paris und Hamburg überfielen, war übrigens wirklich ein gewisser Ragnarr. Sein Beiname war „Lodbrok", also „Lodenhose". Ihm wurde die Ehre zuteil, in die skandinavische Heldenliteratur einzugehen.

Bei seiner Attacke auf die Hammaburg im Jahre 845 (auch sie wird noch eine wichtige Rolle in unserer Saga spielen) soll er 600 Schiffe eingesetzt haben – die zweitgrößte Wikingerstreitmacht, die je im Einsatz war (nur beim Überfall auf Paris 885 sollen 700 Boote mit 40 000 Kriegern beteiligt gewesen sein. Die Seine war damals – will man zeitgenössischen Berichten glauben – auf einer Länge von dreieinhalb Kilometern mit Drachenbooten bedeckt.

Bei dem Raubzug auf Paris machte Ragnarr fette Beute: 7000 Pfund Silber kassierte er von Karl dem Kahlen, dem, wie *wir wissen, inzwischen die Westhälfte des Frankenreichs zugefallen war. Ein Teil davon wanderte übrigens wieder in fränkische Taschen. Ragnarrs Chef, der Dänenkönig Horik, zahlte Ludwig dem Deutschen (ihm gehörte inzwischen der Osten des Reichs) ein wenig davon zurück, um ihn wegen der Zerstörung Hamburgs gnädig zu stimmen.*

Seltsame Kriegsnamen wie „Lodenhose" waren übrigens bei den Wikingern gang und gäbe. So gab es verschiedene Haralds mit dem Beinamen Blauzahn, Hasenfuß, Schönhaar, einen Erik Blutaxt, einen Sigurd Schlangenauge und einen Ingjold Übelsinner.

In den Sagas waren die Seekönige wahre Supermänner. Vom großen Häuptling Olav Tryggvason erzählte man sich beispielsweise, dass er außenbords über die Ruderblätter seiner Männer laufen konnte, während sie ruderten, und davon, dass er einem Knaben mit einem Pfeil den Apfel vom Kopf schießen konnte, eine Fähigkeit, die späterhin auch in eidgenössischen Gefilden bekanntermaßen verbreitet war. Die Bootsgemeinschaften der Wikinger, die sogenannten Felas, zu denen sie sich in feierlichen Eiden zusammenschlossen, waren auf unbedingte Treue ausgerichtet. Man sagt, dass die Männer in den Booten bis zu 16 Stunden ununterbrochen rudern konnten, dass kaum jemand mehr Schmerzen, Entbehrungen und Gefahren ertragen konnte. Wahr scheint allerdings auch zu sein, dass sie ein wenig „fesjukr" waren, was die Bedeutung von „raffgierig" hat.

Vor allem Silber muss auf die Wikinger eine kaum bezähmbare Anziehungskraft gehabt haben. Ihre Frauen zeigten diesen –

wie auch immer erworbenen – Reichtum ausgesprochen ungeniert. Für jeweils zehn Silbermünzen gab es einen Halsring für Frau Wikinger. So war die Kreditwürdigkeit eines jeden auf den ersten Blick erkennbar.

Wer übrigens meint, Schutzgelderpressungen seien eine Erfindung der Mafia, der irrt. Das konnten auch schon unsere Freunde aus Europas Norden. „Dänengeld" nannte es sich. Da fuhr man von Hafen zu Hafen. Wer zahlte, wurde geschont, wer nicht, massakriert.

Der schon fast genetisch bedingte Drang, Beute zu machen, führte zwangsläufig hin und wieder zu Verrat: So erzählt Rudolf Pörtner in seiner „Wikinger-Saga", dass König Karl der Kahle einen Wikingerhäuptling namens Weland gegen Zahlung von Naturalien und 5000 Pfund Silber dazu überreden konnte, die angreifenden Wikinger auf einer Seine-Insel ausräuchern zu lassen. Das klappte in diesem Fall zwar nicht ganz (Weland hatte von der anderen Seite 6000 Pfund Silber erhalten und ließ deshalb die Belagerung sein), aber interessant war doch immerhin, dass Bestechung möglich war.

Eine andere mit der Silbergier korrespondierende Eigenschaft hatten die alten Wikinger auch: Sie waren unfassbar geizig. Das führte in Extremfällen sogar dazu, dass sie Schätze versenkten, um sie auch dem e i g e n e n Zugriff zu entziehen.

Anfang des 11. Jahrhunderts eroberten sie England. Knut, den sie in Skandinavien (und nur dort) den Großen nennen, fasste die britische Insel mit Dänemark und Schweden zusammen. 1066, bei der berühmten Schlacht von Hastings, betraten erstmals nordfranzösische Normannen (sie kamen aus der Normandie) englischen Boden und setzten sich bis heute fest. Ebenso ging es dem unteren Teil Italiens. Hier entstanden die Normannenstaaten Apulien und Sizilien. Im Osten waren es schwedische Wikinger, die unter ihrem Anführer Rurik praktisch die Urväter des russischen Reiches wurden.

Einer ihrer verwegensten Seefahrer, Erik der Rote, segelte auf die Faröer, die Shetland-Inseln und Island. Sogar nach Nordamerika drangen sie vor. „Vinland" nannte Leif Erikson das Stückchen Erde voller Begeisterung (wegen der dort wachsenden wilden Reben). Jenes Stückchen Erde, auf dem heute die Millionenstadt Boston steht. Daran, dass der Name Vinland entstand, ist übrigens ein Deutscher nicht ganz unschuldig. Tyrkir, so war sein Name, hatte sich eines Nachts von Leifs Truppe entfernt. Nach langem Suchen fand man ihn. Er war so stark beeindruckt von dem, was er zu erzählen hatte, dass er nur noch fränkisch redete, was Leifs Truppe zunächst nicht verstand. Als sie es dann doch herausfanden, konnten sie kaum glauben, dass er Weintrauben gefunden hatte. Aber Tyrkir wusste, wovon er sprach. Er stammte aus dem Rheinland.

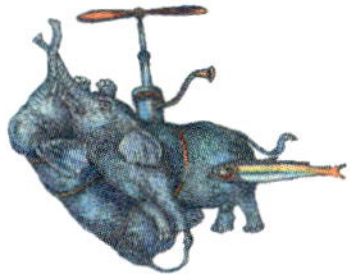

Kapitel 3

Aber schauen wir einmal, wie es in Hammaburg weitergeht.

Ansgar beobachtete mit deutlichem Missbehagen, wie wild die Bewohner der Hammaburg ihren Sieg feierten. Sie tanzten und schrien, umarmten sich und wälzten sich vor Freude auf der schlammigen Erde. Auch Ansgar war froh, dass sie den Angriff der Wikinger überstanden hatten. Er wusste aber: Sie würden wiederkommen. Der Bischof ging gemessenen Schrittes durch das große Westtor, das sich nun schon zum wiederholten Male so großartig bewährt hatte.

Er zügelte den Drang, dorthin zu laufen, wo er Berengar zuletzt gesehen hatte. Er hatte ihn fallen sehen, war fest davon überzeugt, gleich vor der Leiche seines alten Freundes zu stehen, und er wollte den Schmerz der endgültigen Gewissheit noch ein wenig hinauszögern.

Ansgar strich sich über die Stirn, blickte in den Himmel, der seine Farbe inzwischen von Schwarz in Grau und an einigen Stellen sogar in Blau verwandelt hatte. So blau wie der Mantel der Gottesmutter Maria, der die Welt umfasst, jenes Blau, das auf so seltsame Weise beruhigend ist. Möglicherweise, so dachte Ansgar, kommt heute sogar noch einmal die Sonne heraus, bevor sie untergeht. Er wollte nicht den Herrn anrufen, denn irgendwie empfand er es als zu viel verlangt, darum zu beten, dass ein Wunder geschehen sein möge. Er wusste, Gott ist allmächtig, aber er selbst hatte Berengar fallen sehen.

Ansgars Augen füllten sich mit Tränen.

Es war nicht mehr weit bis zu jeder Stelle, an der sie beide noch vor wenigen Stunden gesessen hatten. Ansgar stockte der Atem. Hier hätte er liegen müssen. Der Bischof schaute sich nach allen Seiten um. Keine Spur von Berengar. Er ging weiter.

Die anderen Bewohner der Hammaburg nahmen keine Notiz von ihm. Sie hielten respektvoll Abstand, tobten und lachten in unbändiger Freude.

Wo war Berengar?

Ansgar sah sich die Stelle, an der sein Freund von dem Pfeil getroffen worden war, genauer an. Er entdeckte Schleifspuren. Vielleicht gab es doch ein Wunder, vielleicht lebte Berengar noch. Vielleicht hatten ihn die Wikinger mitgenommen. Dann gab es Hoffnung.

Schließlich bemerkte der Bischof, dass die Spuren zu einem der Erdlöcher führte. Er begann zu laufen. „Oh, mein Gott“, murmelte er vor sich hin, „oh, mein Gott.“ Zuerst sah er Yba. Sie lag bewegungslos, das Gesicht seitlich in einer Wasserlache. Aus ihrem Rücken ragte ein Wikingerdolch.

Wenige Meter entfernt sah Ansgar einen jungen Wikinger regungslos auf dem Rücken liegen. Er hatte die Arme weit ausgebreitet, die Augen geschlossen. Auf seiner Stirn hatten sich die blonden Haare mit Blut vermischt. Ansgar schloss die Augen. „Nein, nein, nein!“, rief er verzweifelt. Er schämte sich seiner Tränen nicht.

Er kniete nieder.

Da hörte er das leise Stöhnen. Er stürzte auf das Erdloch zu, riss das Schilfdach beiseite, das die eine Hälfte der Vorratskammer vollständig bedeckt hatte. „Berengar“, rief Ansgar, „seid Ihr am Leben?“ Er konnte kaum glauben, was er hörte, denn dieser unmögliche Mensch antwortete tatsächlich: „Nein.“ Unter anderen Umständen hätte Ansgar gelacht, aber er war viel zu aufgeregt. Ein Gefühl überschäumender Freude erfasste ihn. Erst jetzt sah er den abgebrochenen Pfeil in Berengars Brust. Seine Freude verflog sofort.

„Wo ist Yba?“, hauchte Berengar, und Ansgar musste sein Ohr dicht an Berengars Mund halten, um ihn zu verstehen. „Es geht ihr gut“, sagte Ansgar und wusste, dass es eine Sünde war. Hätte er dem Dorfgrafen sagen sollen, dass seine Tochter nur wenige Meter entfernt mit einem Dolch im Rücken in einer Regenpfütze lag?

Ansgar sah sich nach Hilfe um. „Bernhard“, rief er dem Mönch zu, der ganz in der Nähe vorbeikam. „Schnell, ruf alle zusammen, Berengar lebt!“

Die Nachricht sprach sich in Windeseile herum. Von allen Seiten strömten die Leute von Hammaburg zusammen und bildeten bald einen geschlossenen Kreis um die Stätte des blutigen Dramas. Zwei Mönche sprangen hinzu und bemühten sich, Berengar aus der Grube zu heben, aber der schwere Mann entglitt ihnen immer wieder. Erst mit der Hilfe Ansgars und Hartwins gelang es. Vorsichtig und langsam trugen sie den bewusstlosen Dorfgrafen zu einer inzwischen bereitgestellten Trage. Ihr Gerüst bestand aus zwei Eichenstämmen, nach denen die Mönche im nahen Wald, den sie den Sachsenwald nannten, lange gesucht hatten.

Ansgar hatte sich unterdessen zu Yba hinuntergebeugt. Er hatte keinerlei Hoffnung, ihr noch helfen zu können. Und doch. Gerade als einer der Mönche den Dolch aus Ybas Rücken ziehen wollte, bemerkte der Bischof eine winzige Bewegung. „Halt!“, schrie er den Mönch an, der vor Schreck zurückwich. „Lass den Dolch, wo er ist“, sagte Ansgar, „ich glaube, Yba lebt. Sie würde verbluten, wenn du das Messer herausziehst.“

Ungeachtet des Schlamms legte sich Ansgar flach neben die Tochter des Dorfgrafen auf den Erdboden und strich ihr ihre dunklen Locken aus dem Gesicht. Wieder bewegte sie sich. „Seid ruhig“, zischte er die Umstehenden an, und das allgemeine Gemurmel erstarb sofort. Jetzt hörte der Bischof das leise Stöhnen. „Sie lebt!“, rief er, „schnell, holt noch eine Trage!“ Ansgar spürte, dass das Mädchen fröstelte. Er blickte sich um. „Wir brauchen etwas Wärmendes“, sagte er. Er selbst trug nur seine einfache Mönchskutte, und die Herumstehenden waren sämtlich völlig durchnässt.

Die Mönche, die jetzt mit einer zweiten Trage aus Richtung Hammaburg herbeieilten, hatten Tücher mitgebracht. Vorsichtig hüllten sie das Mädchen in die wärmende Wolle, sorgfältig bemüht, den Dolch nicht zu berühren. Ganz langsam und mit Bedacht hoben sie Yba auf die Trage.

Die meisten Dorfbewohner folgten ihnen. Ansgar wandte sich dem jungen Wikinger zu. Gerade, als er sich niederknien wollte, spürte er eine schwere kräftige Hand auf seiner Schulter. „Rührt ihn nicht an, Kirchenmann!“, herrschte ihn eine harte Stimme an, die Ansgar als die von Eilwart, dem zukünftigen Mann von Yba, erkannte. Der Bischof schüttelte die Hand ab und fixierte Eilwart scharf. „Warum seid Ihr nicht bei Yba?“, fragte er, „seid Ihr gar nicht besorgt?“

„Ich kann ihr nicht helfen", antwortete Eilwart knapp. „Ihn hier, diesen Strolch, den will ich haben. Er gehört mir." Dabei versuchte er, Ansgar beiseitezuschieben. Der blieb aber wie angewachsen stehen und rührte sich nicht. „Wieso?", fragte er. „Weil ich ihn niedergeschlagen habe, als er Yba töten wollte", sagte Eilwart, „leider kam ich zu spät. Er hatte ihr schon den Dolch in den Rücken gestoßen."

Ansgar glaubte kein Wort. Er erinnerte sich zwar nicht, Eilwart während des Kampfes in der Hammaburg gesehen zu haben, aber womit sollte er den Wikinger niedergeschlagen haben? Ansgar sah keine Keule, keinen Knüppel. Und wieso kam er erst jetzt hinzu? Wo war er, als Ansgar die drei Verletzten fand? Und vor allem: Der Wikinger hatte seinen Dolch noch bei sich. Unwahrscheinlich, dass er zwei Messer besaß.

Ansgar zuckte nur mit den Schultern. Warum sich aufregen? Soll er ihn doch haben. Die Wikinger hatten schließlich das Dorf überfallen. Dies war einer von ihnen. Sollte er ihn haben. „Wenn das so ist", sagte Ansgar trotz seiner Zweifel. „Macht mit ihm, was Ihr wollt", murmelte er und trat beiseite.

Mit triumphierendem Lächeln drehte sich Eilwart um und winkte seine Brüder heran. Sie packten den jungen Wikinger, der nach wie vor reglos auf dem Boden gelegen hatte, und schleiften ihn in Richtung ihres Hauses.

Ansgar blickte ihnen nur kurz nach, dann eilte er zur Hammaburg. Viel wichtiger als das Schicksal dieses Feindes waren jetzt Yba und Berengar. Wahrscheinlich, so dachte Ansgar, hatte Bruder Benedikt schon das Notwendige getan.

Benedikt war Namensvetter des großen Benedikts von Nursia, der rund 300 Jahre zuvor den Orden der Benediktiner gegründet hatte und dessen Regeln die Mönche seitdem eisern befolgten. Ansgar und alle anderen Mönche in Hammaburg gehörten den Benediktinern an.

Dieser Benedikt verstand mehr als die meisten von Heilkräutern, Säften und Tees. Er war erst vor wenigen Monaten aus dem Kloster St. Gallen an die Elbe gekommen. Dort hatte man eine Krankenstation eingerichtet, nach deren Vorbild jetzt auch im Kloster der Hammaburg einige Kammern umgebaut worden waren. Aus dem Klostergarten hatte er allerlei fremde Kräuter mitgebracht, die auch in der nordischen Erde prachtvoll wuchsen. Benedikt hatte schon mehrfach bewiesen, dass er selbst schwere Krankheiten heilen konnte.

Erik blieb bewusstlos, als die drei Söhne Abbios ihn in ihr Haus schleppten. Sie lachten und feixten. „Ein guter Fang“, knurrte Denihart, der Älteste der drei Söhne. „Bringt mit etwas Glück 1000 Silbermünzen“, fügte er hinzu. In Starigard, der großen Slawenhochburg am großen Meer im Osten, hatten die vier Männer aus Hammaburg gute Verbindungen zu einem Händler aus Flandern, der immer an jungen Wikingern interessiert war. Dieses hier war ein Prachtexemplar. Jugend – sie schätzten ihn auf Anfang 20 –, Kraft, edles Gesicht, Größe (knapp 1,90 Meter), Augenfarbe (blau) und Haare (blond) waren sämtlich Merkmale, die den Preis nach oben trieben.

„Vielleicht behält ihn der Flame ja für sich", grinste Eilwart. Die einschlägigen Neigungen teilte der Sklavenhändler von Starigard mit den meisten seiner Kunden, die vor allem im oströmischen Reich, am Kaiserhof von Konstantinopel saßen. Trotz der beschwerlichen Reise vom Norden Europas durch die fränkischen Grenzmarken, durch das Land der Sorben, durch Böhmen und Mähren, durch die Ostmark, die Pannonischen Marken und Griechenland ins byzantinische Reich lohnte sich offenbar das Geschäft. Der Flame galt als unermesslich reich.

In Byzanz, dem äußersten Vorposten Europas, mussten sich zurzeit die Herrschenden der angriffslustigen Araber erwehren, die bereits Kreta und Palermo erobert hatten und kurz davor standen, ganz Kleinasien zu unterwerfen. Offenbar hatte diese schwierige Lage den Appetit der Mächtigen am Bosporus auf frisches Sklavenfleisch aus dem Norden eher wachsen lassen, denn die Preise waren noch nie so hoch gewesen.

Abbio hatte seine Söhne mit ihrer Beute vor einem stattlichen Langhaus, dem größten und prächtigsten des Dorfes, erwartet. Keiner der Bewohner von Hammaburg hatte bisher jemals Zutritt zu dem Haus bekommen, auch Berengar nicht und schon gar nicht Ansgar, den die vier Sklavenhändler zu Recht als ihren ärgsten Feind ansahen. Ansgar hielt nichts vom Sklavenhandel und Abbio und seine Söhne nichts vom Christentum.

Unmengen von Gerüchten liefen im Dorf um – kein Wunder –, denn im Umkreis der vier finsteren Männer passierten stets seltsame Dinge. So war Abbios letzte Frau, die Mutter von Eilwart, von einer Reise nach Haithabu, auf die er sie vor ein paar Jahren erstmals mitgenommen hatte, nicht zurückgekehrt. Abbio hatte einfach erklärt, sie sei vom Bohlenweg abgekommen und im Moor versunken. Niemand hatte ihm dies geglaubt, zumal Abbio eine junge Friesin mitgebracht hatte, die aber ihrerseits kurz darauf wieder verschwand.

Ähnlich war es mit den Müttern von Denihart und Diethart gewesen. Auch sie kamen von irgendwelchen Reisen nicht wieder. Auch Abbios Söhne hatten immer wieder Frauen bei sich, selbst Eilwart, auch nachdem ihm Berengar versprochen hatte, ihm seine Tochter zur Frau zu geben.

Da Abbios drei Söhne von verschiedenen Müttern abstammten, sahen sie einander kaum ähnlich – bis auf die roten Haare, die sie alle vier kurz geschoren trugen. Eilwart war ziemlich klein, kaum größer als Yba, und hatte einen ausgeprägten Stiernacken. Er war über und über behaart, selbst aus der Nase wuchsen ihm Büschel von Haaren. Eilwart war der Gerissenste, und er vereinte, wie dies häufig bei Menschen so ist, unbändigen Ehrgeiz mit tiefem Misstrauen. Er war hinterhältig und der geborene Betrüger. Ständig suchte er Streit, war aber, wenn es darauf ankam, feige und schickte lieber seinen Bruder Denihart vor.

Der war ein einfältiger, grober Kerl, der immer das tat, was ihm sein Vater oder die beiden Brüder sagten. Er übernahm alle Aufgaben, die viel Kraft und wenig Gehirn erforderten. Ein wenig lächerlich wirkte, dass an seinem ungepflegten Schnauzbart immer ein paar Tröpfchen hingen, die von Zeit zu Zeit niederregneten.

Diethart war dünn wie ein Birkenstamm und ein wenig schwächlich. Aber er war der Klügste der vier. Er wickelte die Geschäfte ab und achtete darauf, dass sie nicht betrogen wurden.

Abbio, ein Mann mit spitzer großer Nase und großen, weit offenen Nasenlöchern, dessen auffälligstes Körpermerkmal ein schwarzer Fleck im Auge war, der dazu führte, dass man dachte, er hätte zwei

Pupillen, dieser Abbio vereinte alle Eigenschaften seiner Söhne in einer Person: Er war immer noch kräftig, obwohl schon älter als 50 Jahre, schlau und absolut skrupellos. Im Dorf hatte niemand verstanden, warum Berengar seine Tochter ausgerechnet in die Hände dieser Bande von Sklavenhändlern geben wollte. Es gab die wildesten Gerüchte, die allerdings Berengar nie erreichten; dafür war der Respekt vor dem Dorfgrafen zu groß.

Auffällig war auch, dass bei allen bisherigen Überfällen von Wikingern oder Slawen Abbios Haus nie zu Schaden gekommen war, auch diesmal nicht. Die vier Männer hatten sich bisher auch nicht an den Kämpfen beteiligt. Meistens waren sie zufällig gerade auf Reisen gewesen.

„Tragt ihn hinein", befahl Abbio seinen Söhnen, „mal sehen, was er noch wert ist." Er kniete neben Erik nieder, der immer noch bewusstlos war. „Bindet ihn, vielleicht ist er gefährlich." Eilwart holte lange, starke Seile, und die Männer fesselten Erik fest an Händen und Füßen. Er sollte sich keinen Zentimeter bewegen können.

Abbio untersuchte die Kopfwunde. Als er aufstand, machte er ein befriedigtes Gesicht. „Nicht schlimm", sagte er, „nur ein kleines Loch. Werft ihn in den Stall!" So nannten die Sklavenhändler einen unterirdischen Raum, der grob mit Holzstämmen stabilisiert worden war. Hier lagerten sie normalerweise ihre Waren. Teppiche, Schmuck, Salz, Pfeffer, Gold und Silber. Und wenn es sich gerade ergab, auch Menschen.

Zurzeit war der Raum leer – drei Meter lang, zwei Meter breit und kaum einen Meter tief. Die Decke bestand aus einem dichtmaschigen Eisengitter, das bei Bedarf abgenommen werden konnte. Auf diesem Gitter lagen normalerweise Teppiche. Wenn im „Stall" Menschen gelagert wurden, räumte man sie beiseite, um den zukünftigen Sklaven ein wenig Luft zu verschaffen.

Um zu verhindern, dass die Gefangenen entwischten oder schrien, wurde ihnen grundsätzlich der Mund verbunden. So taten sie es auch bei Erik. „Passt auf, dass er nicht erstickt", rief Abbio noch, dann warfen sie ihn in das schwarze, feuchte Loch.

Eilwart nahm einen schweren Eimer, lief damit zur nahe gelegenen Alster und kippte Erik den gesamten Inhalt ins Gesicht. Das holte den jungen Wikinger zurück. Das Erste und vorläufig Letzte, was er von seiner neuen Umgebung erfassen konnte, waren vier Männer, die auf einem Gitter über ihm standen und grinsten. Ein kurzer Blick zur Seite ließ Erik erkennen, dass er in einer Art Höhle war, an Händen und Füßen gefesselt, mit einem Leintuch um den Mund. Wie er in diese Lage gekommen war und wer die

Männer waren, die höhnisch lachten, in einer fremden Sprache redeten und ihn bösartig und schadenfroh ansahen, konnte er sich nicht zusammenreimen.

Wer auch immer die Männer waren, Freunde waren sie nicht. „Aber ich lebe noch", dachte Erik. Der Wikinger versuchte, sich zu bewegen. Unmöglich. Erkennen konnte er auch nichts in seiner Gefängniszelle, denn es war stockfinster.

Das erste Mal in seinem jungen Leben überkam Erik echte Verzweiflung, aber er kämpfte sofort dagegen an. Wikinger durften nicht verzweifelt sein, sie durften nicht weinen, und sie kannten kein Mitleid. Alten oder Kranken wurde nicht geholfen. Das oberste Ziel war, im Kampf zu sterben, nicht den Strohtod wie eine Kuh im Stall. Er wollte nach seinem Tod von Ran, der Frau des Gottes Aegir, in einem goldenen Netz eingesammelt werden und nicht in Niflheim landen, wo in einer Totenwelt ohne Licht und Luft unendliche Langeweile herrschte.

Erik war klar, dass er sich in einer ziemlich aussichtslosen Lage befand. Erst langsam erinnerte er sich daran, was geschehen war. Der Überfall, das Mädchen, der Wikinger, das Messer, der Schlag und dann Dunkelheit. Ja, so war es gewesen.

Jetzt erst, nach dem Schock, kamen die Schmerzen. Sein Schädel brummte, er spürte den Herzschlag in den Schläfen. An Händen und Füßen schnitten sich die Stricke tief in sein Fleisch. Er konnte kaum atmen, das Tuch vor seinem Mund nahm ihm fast die Luft. Der unangenehme Geschmack seines eigenen Blutes verursachte Übelkeit. „So ist es also, wenn man stirbt“, dachte Erik. Es war sein letzter Gedanke, dann versank er wieder in tiefe Bewusstlosigkeit – das Beste, was passieren konnte.

Ansgar hatte unterdessen angeordnet, dass Berengar und Yba getrennte Räume bekommen sollten. Immer noch plagte ihn der Gedanke an die Notlüge von vorhin, als Berengar ihn gefragt hatte, wie es seiner Tochter ginge.

Bruder Benedikt hatte die beiden Schwerverletzten so gut wie möglich versorgt. Er hatte unendlich vorsichtig das Messer aus Ybas Rücken gezogen und das austretende Blut mit Tüchern gestillt. Obwohl die junge Frau viel Blut verloren hatte, ging es ihr jetzt einigermaßen gut. Benedikt hatte eine dicke Packung aus Gartenkerbel bereitet und damit die Wunde verbunden.

Außerdem hatte er einen Brei aus Ringelblumenblüten und der Wurzel von Beinwell gekocht. Damit hatte er schon oft Verletzungen mildern und heilen können. Dann hatte er einen Tee aus zerkleinerten Baldrianwurzeln bereitet und Yba Tropfen für Tropfen eingeflößt. Zur großen Erleichterung Ansgars hatte sie kurz die Augen geöffnet und kaum merklich gelächelt. Dann tat der Baldrian seine Wirkung, und sie schlief ein. „Es ist nicht ganz so schlimm, wie es aussieht“, hatte ihm Benedikt zugeflüstert. „Aber es ist noch nicht vorbei. Wenn sie Fieber bekommt, wird es gefährlich.“

Schließlich waren beide in das angrenzende Zimmer zu Berengar gegangen. Wie der Raum, in dem Yba lag, war es eine schmale Kammer, karg ausgestattet mit einer Pritsche, einem kleinen, grob zusammengezimmerten Tisch, an der Wand ein kunstvoll geschnitztes Kruzifix, das den lebenden Christus zeigte, voll bekleidet und mit einer Königskrone auf dem Haupt. Er war mit vier Nägeln ans Kreuz geheftet worden. Auf den beiden Enden der Kreuzarme waren die Jungfrau Maria und Maria von Magdala zu sehen beide mit einem winzigen Heiligenschein.

Ansgar hatte dafür gesorgt, dass in jeder Mönchszelle ein solches Kruzifix angebracht wurde, um an die ständige Anwesenheit des Herrn zu erinnern.

Er blickte kurz aus der Tür, durch die ein leichter Luftzug für ein angenehmeres Klima sorgte. Nach dem Gewitter war es deutlich abgekühlt. Draußen hatten die Dorfbewohner die Feiern anlässlich ihres Sieges wieder aufgenommen. Plötzlich erstarb der Lärm. Ansgar kniff die Augen zusammen, um gegen die tiefstehende Sonne genauer erkennen zu können, was vorging.

Mehrere Männer trugen einen leblosen Körper herbei. Ansgar hörte Wutgeschrei. Immer mehr Menschen liefen der traurigen Prozession entgegen. Ein kleiner Junge rannte zu Dankmar und rief ihm etwas zu. Als der Schmied die Hände vor das Gesicht schlug und auf die Knie sank, wusste Ansgar, wessen Leichnam die Männer trugen. Garwig war also tot.

Er hatte es bereits befürchtet, weil sie vor dem Überfall nicht gewarnt worden waren. Seine heimliche Hoffnung, dass sich der Sohn des Schmieds hatte verstecken können, hatte sich also nicht erfüllt.

Ansgar schloss kurz die Augen und betete. Als er sie wieder öffnete, sah er, wie die aufgebrachte Menge auf das Haus von Abbio zuströmte. Offenbar wollte sie den Tod Garwigs an dem jungen Wikinger rächen. Der Bischof überlegte, ob er eingreifen sollte. Er empfand es als unrecht, den Wikinger aus Rache zu erschlagen, obwohl die Bibel lehrt: Auge um Auge, Zahn um Zahn.

So war er beinahe erleichtert, als er sah, dass Abbio und die drei Söhne bereits schwer bewaffnet vor dem Haus standen. Jeder von ihnen hatte ein Schwert gezogen. Außerdem hatten sie fünf riesige Molosser-Doggen bei sich, die furchterregend ihre kräftigen Zähne fletschten und nur auf ein Signal ihrer Herren warteten, um sich auf die Menschen zu stürzen.

Die Hunde hatte Abbio vor drei Jahren als Welpen von einer Reise nach Tarquinia im Land der Etrusker mitgebracht. Molosser waren schon im alten Rom gefürchtete Wachhunde gewesen, groß wie Kälber und mit einem Gebiss, das einem Mann ohne Weiteres den Arm durchbeißen konnten.

Die Meute der fünf Molosser-Doggen war für jeden, der sich an Abbios Waren zu schaffen machen wollte, unüberwindbar. Auch wenn das Haus wochenlang von seinen Bewohnern verlassen wurde, wagte es niemand, sich etwas zu holen. Zwei der Doggen trugen besondere Namen. Sehr zum Ärger des Grafen hieß eine, ein Rüde, Berengar. Eine Hündin horte auf „Ansgar", was der Erzbischof nur unter großen Anstrengungen als komisch empfand. Es war eine Niedertracht, die sich der schlaue Diethart ausgedacht hatte und die immer wieder für zügellose Heiterkeit im Hause Abbios sorgte.

Die Machtdemonstration der Sklavenhändler zeitigte schnell die erwünschte Wirkung. Die Racheschreie wurden schwächer, und die Menge löste sich, kleinlaut geworden, auf. Dankmar führte die Männer, die seinen toten Sohn trugen, in sein Haus. Dort wurden sie von Garwigs Mutter, den jüngeren Schwestern und Brüdern unter lautem Wehklagen empfangen. Ansgar wandte sich ab und sah auf Berengar, der auf einer mit weißem Leinen bezogenen Pritsche unter einer Leinendecke lag.

Der Dorfgraf war schwerer verletzt als seine Tochter, aber er war bei Bewusstsein. Seine erste Frage hatte Ansgar am meisten gefürchtet. „Wo ist Yba?“ Diesmal sagte ihm Ansgar die Wahrheit. „Sie ist bei dem Angriff verletzt worden, aber sie lebt und wird wieder gesund“, flüsterte Ansgar seinem Freund ins Ohr. „Eilwart hat sie gerettet und den Wikinger, der sie verletzt hat, niedergeschlagen.“ Berengar blickte Ansgar an. „Eilwart?“, fragte er ungläubig.

In diesem Augenblick mischte sich Bruder Benedikt ein. „Berengar braucht jetzt Ruhe“, sagte er und drängte Ansgar vom Lager des Dorfgrafen fort. Ansgar ließ es geschehen, zumal Berengar offenbar eingeschlafen war.

Im Hinausgehen flüsterte ihm der heilkundige Mönch zu, dass er den abgebrochenen Pfeil problemlos aus der Brust entfernt hatte. Dies sei ohne großen Blutverlust möglich gewesen. Sorgen bereite ihm jedoch, dass Berengar Blut gespuckt hatte. Das war kein gutes Zeichen.

Ansgar war am kommenden Morgen einer der Ersten, die den neuen Tag in Hammaburg begrüßten. Er hatte schlecht geschlafen. Die Erlebnisse von gestern und die Berichte, die er nun schon so häufig von seinen Brüdern gehört hatte, hatten ihn in eine Welt von Albträumen gestürzt. Er sah sich inmitten eines Meeres von Blut waten, am Himmel Kometen mit blendend grellen Schweifen. Er sah Sturmfluten auf sich zurollen, gigantische Wellen über sich zusammenschlagen, Drachen rasten feuerspeiend durch die Luft, riesige Teufel mit Totenschädeln jagten ihn.

Schweißgebadet hatte er endlich seine karge Kammer verlassen und sich an dem innerhalb der Hammaburg liegenden Brunnen erfrischt. Beim Bau des Brunnens hatten sie seinerzeit Glück gehabt, schon in fünf Meter Tiefe waren sie auf ein wasserführendes Sandband gestoßen.

Danach war er ein wenig umhergegangen, den Geesthang hinauf, und nun saß er, den Blick auf die gerade erst erwachte Sonne, auf einem großen Findling und blickte auf Burg und Dorf.

Alles war noch still. Ein paar Hähne und Hühner waren schon unterwegs, alle anderen – Menschen und Tiere – waren noch zu erschöpft vom gestrigen Kampf und vor allem von der ausdauernden Siegesfeier, die Ansgar ein Dorn im Auge war. Diese Feiern erinnerten ihn sehr an die rituellen Gelage der alten Germanen, bei denen es keinen Unterschied zwischen arm und reich oder stark und schwach gab. Immer wieder wurden die Gemeinschaft, Gilden oder Brüderschaften beschworen, und es wurde getrunken – Unmengen.

Es war kühl an diesem Morgen, sehr viel kühler als an den vergangenen Tagen. Der Westwind hatte ein paar Wolken mitgebracht, die ruhig und besonnen ihres Weges zogen.

Ansgar atmete tief durch. Dies also war seine neue Heimat und zum einem Gutteil sein Werk. Vor einer Generation noch gab es hier nur ein paar Hütten, wie schon Hunderte von Jahren zuvor. Das Haus von Hartwin war bis gestern das älteste Gebäude der Siedlung gewesen, bevor es ein Raub der Flammen geworden war. Auch Berengar und Abbio hatten hier schon gelebt, als er vor ein paar Jahren zunächst allein nach Hammaburg kam und dann später seine Mönchsbrüder nachholte.

Sie hatten gemeinsam die Burg nach den benediktinischen Regeln gebaut, in deren Regel 66 es heißt: „So möglich ist das Kloster so anzulegen, dass sich alles Nötige – Wasser, Mühle, Garten und die verschiedenen Werkstätten – innerhalb der Klostermauern befindet, um zu verhindern, dass die Mönche außerhalb herumgehen." Der Zusatz, weil dies ihren Seelen nicht guttäte, gab der Regel die christliche Rechtfertigung. Aber es war auch aus anderen Gründen gut, dass sie die Hammaburg nach Benedikts Vorschriften errichtet hatten. Es hatte ihnen schon mehrfach das Leben gerettet. Er war eben ein kluger Mann gewesen, dieser Mönch von Nursia, dachte Ansgar voller Bewunderung.

Er konnte sich nicht erinnern, wer eigentlich auf den Namen Hammaburg gekommen war, irgendwann war er auf einmal dagewesen, und er gefiel allen sofort. Soweit er wusste, war dies das einzige Hammaburg der Welt.

Ansgar dachte über die ständigen Bedrohungen nach, denen diese kleine Siedlung ausgesetzt war. Was wäre gewesen, wenn nicht nur eine Handvoll Wikinger angegriffen hätte, sondern eine große Flotte? Sie wären wahrscheinlich überrannt worden. Das wäre das Ende von Hammaburg gewesen. Konnte man sich überhaupt schützen vor diesen beutegierigen Mördern?

Hätte man die Palisaden um das ganze Dorf herumbauen sollen? Dann wären wahrscheinlich ihre Verteidigungskräfte zu schwach gewesen, da die Bewohner sich zu sehr hätten verteilen müssen.

Wassergräben könnte man noch bauen, wie er es schon einmal in der Mitte des Frankenreichs gesehen hatte. Oder vielleicht eine eigene Flotte? Die Wikinger dort angreifen, wo sie in ihrem eigenen Element waren? Ansgar schüttelte den Kopf. Was ging es ihn an? Er war ein Kirchenmann, ein Mann des Friedens, kein Stratege und Kämpfer. Ja, das war der Weg, der einzige. Er musste fortfahren, den Menschen des Nordens das Christentum zu bringen, er musste sie davon überzeugen, dass nur die Liebe des Herrn Frieden und Hoffnung bringen würde. Ansgar entschloss sich, in nicht allzu ferner Zeit wieder aufzubrechen ins Land der Dänen, Schweden und Norweger.

Der Erzbischof von Hammaburg erhob sich. Als er nach Osten blickte, bemerkte er, dass die Sonne bereits zur Hälfte zu sehen war. So sicher, wie die Tatsache, dass sie am Ende des Tages wieder verschwinden würde, so sicher war er, dass eines Tages das Morden und Brandschatzen aufhören würde. Er wollte sein Teil dazu beitragen, auch wenn es ihn das Leben kosten würde.

Der Bischof zog die einfachen Sandalen von den nackten Füßen und glitt langsam, die Fersen immer fest in den feinen Sand pressend, den steilen Hang hinab. Immer noch lagen Dorf und Kloster in tiefem Schlummer.

Das musste sich schnell ändern, denn die Regeln des Heiligen von Nursia waren auch in dieser Beziehung eindeutig. Frühmorgens hatte der Tag mit einem gemeinsamen Gebet zu beginnen. Dieses Gebet brach das Schweigen der Nacht. Benediktiner dürfen nach dem abendlichen Mahl und dem Morgen nicht reden, es darf nicht einmal, wie Benedikt vorschreibt, „das Herz murren“. Für den heutigen Tag hatte sich Ansgar vorgenommen, am frühen Vormittag an die Bewohner der Hammaburg ein paar Worte zu richten. Dann wollten sie gemeinsam beten und dem Herrn für die Errettung aus großer Gefahr danken.

Er lief eiligen Schrittes zu der großen Glocke, die sie schon vor einigen Jahren vom Kloster Corvey als

Geschenk erhalten und unter unendlichen Mühen hierhertransportiert hatten. Er war häufig der Erste, der sie morgens anschlug, meist schon vor dem Schrei des Hahns.

Erik hörte den Klang der Glocke nur sehr schwach. Das Haus Abbios stand in einiger Entfernung von der Hammaburg. Aber sie machte ihm endgültig klar, dass er den Sachsen in die Hände gefallen war. Jetzt kam auch wieder die Erinnerung an den Überfall. Er konnte fast nicht glauben, was er getan hatte. Nie zuvor hatte er von einer ähnlichen Tat vernommen. Es war ihm klar, dass er seine Ehre verloren hatte.

Die Beleidigungen der vier Männer waren es nicht, die ihn entehrt hatten. Die konnte er ertragen. Es würde sich schon eine Gelegenheit finden, sich zu rächen. Das war nicht wichtig.

Aber er hatte versucht, einem anderen Wikinger die Beute wegzunehmen. Unverzeihlich! Erik schämte sich. Er erinnerte sich, dass unter seinesgleichen für viel geringere Taten der Tod die einzige Strafe war. Schon ein unbedachtes Wort oder eine Ohrfeige genügten.

Erik hatte alle diese Regeln von Kindheit an in sich aufgesogen. Seine Heimat war ein kleines Dorf an einem breiten, tiefen Fjord mit Blick auf schneebedeckte Berge, umgeben von steilen, nackten, zerklüfteten Felswänden, an die der Sturm häufig meterhohe Wellen peitschte. Der Boden bestand fast ausschließlich aus Geröll, bis auf ein paar wenige fruchtbare Felder, die seiner Familie gehörten.

Fünf Brüder hatte er, drei waren älter, zwei jünger. Und ein paar Schwestern. Er hatte sie noch nie gezählt. Sein Vater war ein strenger Mann, der seiner Frau, Eriks Mutter, alles im Hause überließ. Vater fuhr im Sommer mit den anderen Männern auf Raubzüge, manchmal überfielen sie zum Spaß die Nachbarn.

Die Sklavinnen sorgten für Abwechslung im Winter. Die Kinder, die in diesen Nächten entstanden, waren zwar seine Halbbrüder und Halbschwestern, aber sie blieben Sklaven wie ihre Mütter.

Mit 15 war er auf den ersten Raubzug gegangen, stolz und voller Eifer. Es war das letzte Mal, dass er sein Dorf, seine Mutter und seinen Vater gesehen hatte. Er wusste nicht einmal, ob sie noch lebten. Man brauchte ihn dort nicht mehr. Den Hof würde sein ältester Bruder bekommen, seine Geschwister und er mussten sehen, was sie aus ihrem Leben machten.

Mit 17 hatte er während eines furchtbaren Sturms Schiffbruch an der dänischen Küste erlitten. Ihr Boot war damals in den meterhohen Wellen gekentert, die meisten seiner Freunde waren ertrunken. Erik hatte sich an Land retten können und war dort völlig erschöpft von einer Bauernfamilie aufgefunden worden. Die hatten ihn zu ihrem Seekönig Ragnarr gebracht, der starke junge Männer immer brauchen konnte. So war er Mitglied einer dänischen Wikingergilde geworden. Im Herzen aber war er Norweger geblieben.

Schlecht war es nicht gewesen, das Leben am Fjord, aber es war hart und mühsam. Häufig mussten sie das Vieh gegen Ende des Winters schlachten, bevor es verhungerte, oft liefen sie vergebens zum Wasser, um Treibholz zu suchen. Wenn dann noch die Robben und Walrosse ausblieben, wussten sie manchmal nicht, ob sie den nächsten Tag noch erleben würden. Dann träumten sie von Wiesen, so fett, dass „Butter von den Halmen troff". Sein Freund Thorolf hatte diese Worte ausgesprochen, seitdem trug er den Beinamen Smjör.

Der Sommer war die schönste Jahreszeit an ihrem Fjord. Was waren sie als Halbwüchsige gerannt und gesprungen, hatten sich geübt im Speerwerfen! Sie hatten markierte Steine ins tiefe Wasser geworfen und waren danach getaucht, waren ans andere Ufer geschwommen und hatten von Freydis und Gudrun, den hübschesten Mädchen der Welt, geträumt. Sie hatten sich Schwerter aus Birkenästen geschnitzt und aufeinander eingeschlagen. Sie waren berühmte Seekönige gewesen.

Erik atmete tief durch. Doch, es gab eine Möglichkeit. Wenn es ihm gelingen würde, das Mädchen, für das er gekämpft hatte, zu seiner Frau zu machen, dann wäre wohl seine Ehre wiederhergestellt. Dann hätte er um seine zukünftige Frau gekämpft. Ganz sicher war er nicht, aber der Gedanke gefiel ihm. Wie sollte er sie aber zu seiner Frau machen? Er wusste ja noch nicht einmal, wer sie war. Und vielleicht war sie tot. Er erinnerte sich, dass der Wikinger, mit dem er gekämpft hatte, ihr den Dolch in den Rücken gerammt hatte. Wenn sie tot war, was dann?

Aber wenn sie lebte ...

Erik überlegte. Er war Gefangener. Er wusste nicht, was man mit ihm vorhatte. Offenbar wollte man ihn nicht töten. Jedenfalls jetzt noch nicht. Er musste sehr schlau sein und sich an das erinnern, was ihm der alte Turgeis beigebracht hatte, als er noch ein Kind war. Er lehrte ihn, auf die Kräfte in seinem Inneren zu hören, sie zu nutzen, um unmöglich Scheinendes zu vollbringen. Von ihm hatte er gelernt, die niederdrückenden Gefühle in seinem Herzen zu beherrschen und Angst sowie Enttäuschungen zu überwinden.

Er blickte nach oben auf das Gitter, sah einen der vier Männer von gestern. Er hatte einen langen Speer dabei. Zwei riesige Hunde strichen um seine Beine und knurrten Erik zähnefletschend an.

„Ah, unser Goldstück ist wach", sagte Denihart, der Kraftprotz. Mit nur einer Hand hob er das schwere Gitter an und stieg in das Verließ. Er riss Erik hoch und stellte ihn auf die Beine. Der junge Wikinger knickte jedoch wieder ein, weil ihm die Stricke die Blutzufuhr in die Beine abgeschnürt hatten. „Schaut mal, wie schwach er ist, unser armer kleiner Nordmann", rief Denihart, und seine beiden Brüder sowie Abbio kamen lachend herbei.

Sie nahmen ihm die Fesseln ab und befreiten ihn vom Mundknebel. Die um den Wikinger herum sitzenden wachsamen Hunde ließen einen Gedanken an Flucht gar nicht erst aufkommen. „Woher kommst du?", fragte ihn der dünne Diethart auf Norwegisch. Erik war zwar überrascht, seine Sprache zu hören, ließ es sich aber nicht anmerken und schwieg. Diethart versuchte es auf Dänisch. Ebenfalls keine Reaktion. Dafür kassierte der junge Wikinger eine schallende Ohrfeige.

Erik presste die Lippen zusammen. „Der nächste Schlag wird unangenehmer", sagte Denihart, „dann hole ich meinen großen Bruder." Erik wusste nicht, warum, aber die anderen drei verstanden dies wohl als einen gelungenen Scherz, denn sie schlugen sich vor Vergnügen auf die Schenkel.

Damit schienen sie für den Augenblick das Interesse an Erik verloren zu haben. Diethart wandte sich ab und ging zu Vater und Brüdern an einen gewaltigen Tisch aus Eichenholz, der in der Mitte des Raumes stand.

Obwohl die Sonne inzwischen die kleine Welt an der Elbe in ein konturenreiches Morgenlicht getaucht hatte, war es innerhalb der Häuser ziemlich finster. Wie üblich hatte auch Abbios Haus kein Fenster. Deshalb roch es nach so vielen unterschiedlichen Dingen im Raum, dass man sie nicht auseinanderhalten konnte. Kurz: Es stank gewaltig. Die wichtigste Lichtquelle war ein offenes Feuer, über dem ein großer Kessel aus Eisen hing, gefüllt mit einer heißen, dampfenden Flüssigkeit.

Ein junges Mädchen rührte darin. Sie wagte es aber nicht, auch nur einen Blick auf den Wikinger zu werfen, der immer noch von fünf Hunden umringt stumm auf seinem Stuhl saß. Ein anderes Mädchen stellte den vier Sklavenhändlern Essen auf den Tisch. Erik konnte nicht sehen, was es war, es duftete aber köstlich, und er spürte, dass er Hunger hatte.

Diethart stand auf. Er hatte eine Schüssel mit der heißen Flüssigkeit in der Hand. „Wenn du uns sagst, woher du kommst, bekommst du Suppe“, sagte er wieder auf Norwegisch. So verlockend das Angebot auch war, Erik blieb stumm. „Sieh mal“, fuhr Abbios mittlerer Sohn fort, „wir wollen dich nicht verletzen. Du bist nur eine Ware für uns, und die wollen wir möglichst unbeschädigt weiterverkaufen. Deshalb sei nicht dumm. Wenn wir uns gut verstehen, musst du nicht wieder in das Loch zurück, du bekommst zu essen und zu trinken, und vielleicht lassen wir dich sogar mit deiner jungen Landsmännin ein paar Stunden allein."

Dabei deutete Diethart mit dem Kopf zu dem jungen Mädchen hinüber, das immer noch im Kochtopf rührte. Sie wagte es immer noch nicht aufzublicken, obwohl sie die Worte mitbekommen haben musste. Aber Erik schaute hinüber. „Ah, du hast mich also verstanden", rief Diethart triumphierend aus, „immerhin ein Fortschritt."

Jetzt hielt er Erik die dampfende Suppe unter die Nase. Sie duftete köstlich nach frischem Gemüse. Als der Wikinger hineinsah, bemerkte er auch ein paar Fleischstückchen, die verlockend in der Brühe schwammen. Erik überlegte. Vielleicht war es klüger, das Spiel der Sklavenhändler mitzuspielen und in Ruhe auf eine Gelegenheit zu warten, bei der er fliehen konnte. Diese würde, da war Erik sicher, früher oder später kommen.

Er nahm also die Hände nach vorn, um die Suppe entgegenzunehmen. „Nein, nein", sagte Diethart und zog die köstliche Speise von ihm weg. „Erst sagt du uns, woher du kommst."

Gemäß seiner neuen Taktik antwortete Erik jetzt. „Ich komme aus Borre." „Gut", sagte Diethart und reichte ihm die Suppe, „dann darfst du essen.“ Mit einem breiten Grinsen drehte er sich zu seinen Brüdern um, die ihn voller Bewunderung ansahen. „Seht ihr“, sagte Diethart jetzt wieder auf Sächsisch, „es geht auch ohne Gewalt. Und so verdirbt unsere Ware nicht.“

Ohne weiter auf den Wikinger zu achten, der gierig seine Suppe schlürfte, sprachen sie weiter. „Wann wird der Flame wieder in Starigard sein?“, fragte Eilwart. „Ich denke, es wird noch ein wenig dauern“, antwortete Abbio. „Wir sollten aufbrechen, wenn das erste Laub von den Bäumen fällt.“

Sie wollten Erik und die beiden Mädchen auf Pferde fesseln und im Schutz der Dunkelheit aus dem Dorf schaffen. Sie hätten zwar auch bei Tageslicht Hammaburg verlassen können, aber sie wussten, dass der Erzbischof ihr Tun immer mit Aufmerksamkeit verfolgte. Sie wollten keinen Streit mit Ansgar, wenn es sich nicht lohnte.

Die nächsten Wochen in dem kleinen Dorf an der Elbe waren von reger Betriebsamkeit erfüllt. Gemeinsam trug man den toten Garwig zu Grabe, baute die Hütte von Hartwin wieder auf, besserte die Schäden an den Palisaden aus und hatte auch an gewöhnlichen Alltagsarbeiten eine Menge zu tun. Die Ernte musste eingefahren werden; sie war in diesem Jahr ungewöhnlich gut. Es wurden neue Bohlenwege angelegt, um schneller und sicherer zur Hammaburg zu gelangen, und auch die Genesung von Yba und Berengar machte sichtlich Fortschritte.

Bruder Benedikt hatte in den ersten Tagen und Nächten nach dem Überfall all seine Heilkünste angewendet, und er hatte es geschafft. Yba hatte bereits vor ein paar Tagen das Krankenlager verlassen, und auch der Dorfgraf hatte sich gut erholt. Er spuckte kein Blut mehr und war dabei, die ersten Schritte zu wagen.

Heute besuchte ihn der Bischof, wie an jedem Tag seit dem Überfall. Ansgar war froh, seinen Freund in so guter Verfassung zu sehen. Sie hatten bisher noch nicht viel über den Wikingerangriff gesprochen. „Ansgar“, sagte Berengar nun, „ich erinnere mich dunkel, dass ihr einmal davon spracht, dass Eilwart meine Tochter rettete, indem er den jungen Wikinger niederschlug. Das ist nicht die Wahrheit.“

Berengar sagte dies sehr gelassen und sah den Bischof dabei ernst an. „Es bringt mich zwar in große Verlegenheit, aber ich fürchte, Eilwart hat Euch angelogen. Er war nicht einmal in der Nähe, als alles geschah.“ „Ja, und, wie war es?“ Ansgar konnte seine Neugierde kaum noch zügeln. Er rückte einen Schemel, auf dem er sich niedergelassen hatte, näher an die Krankenpritsche und blickte den Dorfgrafen direkt ins Gesicht.

„Nun“, begann Berengar. „Ich konnte in der Grube nicht viel sehen, und ich war zudem halb ohnmächtig. Für mich aber sah es so aus, als ob zwei Wikinger sich um Yba stritten. Der eine, ein widerlicher, hässlicher Kerl, hatte sie aus dem Versteck gezerrt, und der andere stürzte sich auf ihn. Was dann geschah, weiß ich nicht, da ich wieder das Bewusstsein verlor. Als ich wieder aufwachte, sah ich nur Yba und diesen anderen Wikinger auf dem Boden liegen. Eilwart habe ich nicht gesehen. War er übrigens schon einmal bei Yba?“ „Ja, schon“, sagte Ansgar nachdenklich. „Zwei Tage nach dem Überfall hat er sie kurz besucht. Das hat sie aber nicht mitbekommen, da sie noch schlief. Sie scheint im Übrigen keine große Sehnsucht nach ihrem zukünftigen Mann zu haben, denn sie hat nicht ein einziges Mal nach ihm gefragt. Aber wenn Ihr recht habt – und wer würde an Eurem Wort zweifeln –, dann habe ich einen naheliegenden Verdacht.“

„Und der wäre?“

„Dass Eilwart sich so auf bequeme Art einen neuen Sklaven besorgt hat. Und dass wir dem jungen Wikinger vielleicht dankbar sein sollten. Ohne ihn wäre Yba vielleicht verschleppt worden“, sagte der Bischof und fuhr sich über das wie immer glatt rasierte Kinn.

„Noch wichtiger ist, dass ich keinen Schwiegersohn haben möchte, der alle Welt frech anlügt. Seid doch so gut und lasst Yba kommen“, bat Berengar. „Sie ist doch in der Nähe?“

Ansgar erhob sich. „Ich glaube, sie ist mit Bruder Benedikt im Kräutergarten. Ich werde sie suchen.“

Es war so, wie der Erzbischof von Hammaburg vermutete. Yba war langsam und vorsichtig – denn sie musste sich noch schonen – in den Kräutergarten gegangen, um ein wenig mehr zu erfahren über all die Zaubermittel, die ihr neuer Freund dort angepflanzt hatte.

Dieser Kräutergarten lag, im Gegensatz zu den Vorschriften des heiligen Benedikt, aus Platzgründen nicht innerhalb des Klosters, und so durfte sie ihn betreten.

„Schaut her“, sagte der kleine, runde Mönch gerade, „dieser Strauch hier ist Salbei. Riecht Ihr die Würze? Seltsam, aber er duftet nur bei Sonnenschein. Nur dann sollte man ihn auch pflücken.“ „Und was macht Ihr damit?“, fragte die junge Frau voller Wissbegierde. Dabei berührte sie die grauen, gleichsam wie mit einer Silberschicht überzogenen Blätter zart mit ihrer kleinen, schlanken Hand.

„Nun, ich trockne die Blätter und übergieße sie dann mit heißem Wasser. Salbei ist gut, wenn der Magen rebelliert oder wenn man Husten hat. Und dies hier“, fuhr der Mönch fort, „sollten wir eigentlich nicht hier stehen haben. Es ist Hexenkraut.“ Ohne es zu wollen, zuckte Yba zurück. „Nein, nein“, schmunzelte der heilkundige Geistliche, „so schlimm ist es auch wieder nicht.“

„Warum heißt es dann Hexenkraut?“, fragte Yba. „Mein Freund Walafried, den ich auf der Reise von St. Gallen hierher besuchte, gab es mir. Es ist ein wahres Wundermittel. Wenn man es in der Johannisnacht pflückt, schützt es vor Blitz und Donner und vor Hexen. Schaut her“, sagte der Mönch, „wenn Ihr eines der Blätter gegen das Licht haltet, seht Ihr die kleinen hellen Punkte. In ihnen liegt die Kraft. Wenn Ihr ein Blatt zerbröselt, so blutet es.“

Dabei zerrieb er eines der Blätter zwischen Daumen und Zeigefinger. Es zeigte sich eine rote Flüssigkeit, die tatsächlich wie Blut aussah. Yba verzog den Mund und rümpfte die Nase. „Aber es ist doch nicht wirklich Blut, oder?“ „Nein“, beruhigte sie der Mönch, „obwohl ich nicht ganz sicher bin. Denn Pflanzen sind lebendige Wesen. Vielleicht empfinden sie Schmerzen.“

„Walafried Strabo weiß alles über die Kunst, mit Pflanzen zu heilen. Er wird übrigens in Kürze neuer Abt des Klosters Reichenau werden“, fügte Benedikt hinzu. „Beifuß, Katzenminze, Kürbis, Zitronenkraut, Wermut, Betonie, Andorn, Leberklette und Meerrettich. Alles das hat Walafried in seinem Garten.“

Der Mönch griff in die Taschen seiner Kutte und holte ein kleines hölzernes Gefäß heraus. „Dies hier“, sagte er und beugte sich verschwörerisch zu Yba, „dies hier ist etwas ganz besonderes für ganz besondere Frauen.“ Er öffnete das Döschen und hielt es Yba hin. „Nehmt davon ein wenig, und verreibt es in den Händen. Und Ihr werdet die sanftesten Hände nördlich der Alpen haben.“

Yba tauchte den Zeigefinger in die Creme und rieb sich damit die Hände ein. Es war seltsam kühlend und geschmeidig. „Was ist es?“, fragte Yba. „Es besteht aus Bienenwachs und gepresstem Distelöl, was ein besonderes Geheimnis ist. Benutzen wir die Distel doch eigentlich nur, um Stoffe zu weben oder, unten in St. Gallen, die stacheligen Blätter zum Kämmen der Schafwolle. Dies wird zusammen mit Ringelblumen aufgekocht und wird dafür sorgen, dass Ihr niemals rauhe oder rissige Hände haben werdet. Ich schenke es Euch, aber Ihr könnt es auch leicht selbst herstellen.“ Dabei überreicht Benedikt der jungen Frau das hölzerne Gefäß. „Ich danke Euch von Herzen“, sagte Yba und nahm das kostbare Geschenk entgegen.

Benedikt wandte sich um „Und dies ist Bienenkraut“, sagte er. „Man nennt es so, weil unsere gelb gestreiften Freunde es über alles lieben. Diese Pflanze brachte ein Bruder aus dem großen Reich von Byzanz im Osten mit. Seht Ihr die herzförmigen Blätter? Bienenkraut heilt Herzeleid, das kann man daran erkennen.“

Yba, die bisher recht fröhlich gewesen war, wurde plötzlich sehr ernst. Sie setzte sich auf einen großen Findling und seufzte leise. Benedikt stand sofort besorgt neben ihr. „Was ist“, fragte er, „geht es Euch nicht gut? Ihr hättet vielleicht doch noch im Bett bleiben sollen.“ „Nein, das ist es nicht“, hauchte Yba kaum hörbar. „Ach, wenn Ihr wüsstet.“

„Hier seid Ihr also“, rief Ansgar in diesem Augenblick und kam strahlend durch die offene Tür des Klostergartens. Er freute sich immer, die junge, hübsche Yba zu sehen. Auch jetzt sah sie wieder entzückend aus in ihrem weißen Leinenkleid, das ihre schlanke Figur so glänzend zur Geltung brachte. Das Gegenlicht erhöhte noch den Reiz, da die Sonne ihrem fast schwarzen Haar einen ebenholzgleichen Glanz verlieh.

Für Ansgar war diese junge Frau ein Sinnbild für Jugend, Schönheit, Kraft und Zukunft. An ihr und all den anderen ihrer Generation würde es liegen, ob das kleine Paradies an der Elbe weiterleben würde oder nicht.

„Komm, setz dich zu mir“, sagte Berengar, als Ansgar Yba in den Raum führte. „Hast du noch Schmerzen?“, fragte Yba, obwohl sie sofort sah, dass ihr Vater immer noch stark unter den Folgen des Pfeiltreffers litt. Er hatte eingefallene Wangen, und auch die Augen blitzten noch nicht ganz so wie früher.

„Nein, jedenfalls zurzeit nicht“, antwortete Berengar. Er kam, wie es seine Gewohnheit war, gleich zur Sache. „Weißt du, wo Eilwart war, als die Wikinger angriffen? Er behauptet, er habe den Angreifer niedergeschlagen, der dich verschleppen wollte, einen jungen, großen, kräftigen Burschen mit schulterlangem blondem Haar. Ich glaube ihm jedoch nicht.“

Yba dachte nach. „Es ging alles so furchtbar schnell. Blond, sagst du? Ich erinnere mich nur an seine stechenden Augen und den üblen Atem. Eilwart habe ich nicht gesehen. Blond? Nein, ich glaube, blond war er nicht. Aber ich weiß es nicht.“

Berengar wandte sich dem Bischof zu. „Aus meinem Versteck konnte ich nicht viel sehen, aber ich versuchte noch, Yba zu helfen. Kurz bevor ich das Bewusstsein verlor, sah ich noch einen zweiten Wikinger, der mit dem ersten, der Yba aus der Grube gerissen hatte, kämpfte. Von Eilwart habe ich keine Spur gesehen. War er übrigens schon bei dir?“, fragte Berengar. „Nein“, antwortete Yba knapp, und ihr Gesicht verfinsterte sich. „Du weißt, dass ich darüber nicht gerade unglücklich bin“, fügte sie leise hinzu.

„Ich denke, wir werden mit Eilwart sprechen. Aber wir müssen schnell sein. Hoffentlich ist der Wikinger noch da. Seid Ihr in der Lage, mit mir zu kommen, um die Angelegenheit zu klären?“, fragte

Ansgar den Dorfgrafen. „Wenn Ihr mich stützt, wird es schon gehen", sagte Berengar zuversichtlich. „Ich komme mit", sagte Yba. „Nein, kommst du nicht", befahl Berengar knapp.

....

Während Ansgar und Berengar sich auf den Weg zum Haus des Sklavenhändlers Abbio machen, haben wir ein wenig Zeit, einen Blick auf das Leben der Mönche im frühen Mittelalter zu werfen, besonders auf das der Benediktiner. Auch der Heilkunst, die seinerzeit in Europa ein kümmerliches Dasein fristete, wollen wir uns einen Augenblick zuwenden.

In anderen Teilen der Welt war das anders, wie überhaupt unsere Gewohnheit, Europa in das Zentrum der Welt zu stellen, den Realitäten des frühen Mittelalters in keiner Weise entspricht. Ein Beispiel: Bereits 200 Jahre vor dem Bau der Hammaburg, also im 7. Jahrhundert, erfanden die Chinesen das Porzellan. Gut 1000 Jahre sollte es dauern, bis es gelang, dies im Abendland nachzumachen.

Sowohl im Fernen Osten als auch in der arabischen Welt (und damit auch im damals von Arabern besetzten Spanien) zeitigte man auf dem Gebiet der Heilkunde weit bessere Erfolge als in Mitteleuropa. Hier hatte man schon in der Steinzeit Knochenbrüche mit Ästen geschient, und auch im antiken Griechenland gab es erste Höhepunkte ärztlichen Könnens. Dieses war aber im Laufe der Jahrhunderte wieder in Vergessenheit geraten.

Zu Zeiten der Hammaburg hing der Europäer im Wesentli-

chen dem überlieferten Aberglauben an, dass es von außen eindringende Kräfte, vorrangig Dämonen, waren, die den Körper angriffen und die man am besten durch Beschwörungen und Zauberformeln, Amulette und Hexenmixturen vertrieb.

Dabei mischten die „Ärzte“ häufig ein Gebräu zusammen, bei dem der Patient Höllenqualen litt. Offenbar setzte man darauf, dass der Kranke einen besseren Magen hatte als der Dämon, der in ihm wohnte.

Neben viel Humbug, wie etwa der Vorschrift, bestimmte Kräuter nur bei Mondschein und unter beharrlichem Absingen des Vaterunsers zu schneiden, zeigte die mittelalterliche Heilkunst der Mönche durchaus verblüffende Erfolge, die zum Teil erst in diesem Jahrhundert durch die Schulmedizin erklärt und anerkannt werden konnten.

Vor allem die in Kräutern und anderen Gartenpflanzen enthaltenen ätherischen Öle zeigen in der Tat jene Wirkung, die ihnen die Klostermedizin bereits zuschrieb. Dass man damals außerdem aus der Form der Pflanzen Schlüsse auf deren Wirkungsweise zog, dass beispielsweise Melisse wegen der herzförmigen Blätter gut gegen Erkrankungen des menschlichen Zentralorgans sein solle, sei verziehen, zumal es in diesem Fall sogar stimmt.

Vor allem dem Orden der Benediktinermönche ist es zu danken, dass er sich bereits kurz nach seiner Gründung durch den Heiligen Benedikt von Nursia im 6. Jahrhundert der Krankenbetreuung annahm. Um 820 entstanden im schweizerischen St. Gallen das erste Hospital, die erste Klosterapotheke und der erste Klosterkräutergarten.

Im Benediktinerkloster Reichenau schreibt der Mönch Walafried Strabo ein paar Jahre später über die 24 Pflanzen seines Klostergartens und ihre heilende Wirkung. Rettich gegen quälenden Husten oder Wassermelonen, um die Eingeweide zu kühlen.

Karl der Große ist auch bei der Entwicklung der mittelalterlichen Medizin von großer Bedeutung. Unter seiner Ägide wurden umfassende Gartenpläne (Capitulare de villis) geschaffen, durch die vor allem die Anpflanzung von in Mitteleuropa bis dahin noch nicht vorhandenen Pflanzen erst möglich wurde. Insgesamt 70 Kräuter und Gewürzpflanzen sowie 20 Obstsorten sollten nach dem Willen des Kaisers in einem Garten vorkommen. Energisch forderte er: „Wir wollen, dass man in den Gärten all diese Kräuter halte."

Die Ersten, die schmackhafte Kräuter in Europas Norden brachten, waren übrigens römische Soldaten, die auf ihren langen Feldzügen die eintönige Germanenküche ein wenig erträglicher gestalten wollten. Zu den Kräutern, die sie damals mit sich führten, gehörten Rosmarin, Salbei und Thymian.

Einen gewaltigen Einfluss auf die abendländische Kultur hatte das Leben und Werk des Heiligen Benedikt von Nursia, der um das Jahr 480 in Norcia im umbrischen Apennin in der Nähe der Stadt Perugia geboren wurde und am 21. März 543 (obwohl auch dieses Datum nicht 100-prozentig sicher ist – er könnte auch vier Jahre länger gelebt haben) in dem von ihm gegründeten Kloster Montecassino bei Neapel starb. Er war es, der den Stand des Mönchstums im Abendland begründete, ein

Akt von großer historischer Relevanz. Für das Leben seiner Mitbrüder stellte er die berühmten 73 Kapitel der benediktinischen Regel auf.

Seine Lebensregel „Ora et labora" (bete und arbeite) hat nicht nur die Welt seiner Zeitgenossen, sondern das gesamte Abendland geprägt.

In diesem Werk, das das klösterliche und mönchische Leben ordnet, finden sich auch Wegweiser für menschliches Zusammenleben im Allgemeinen. Im Zentrum seiner Forderungen stehen Gehorsam und gegenseitiger Respekt. Das Geheimnis dieser Regeln ist ihre Einfachheit und der Verzicht auf Unmögliches.

Benedikt von Nursia gelang es dabei, die menschlichen Schwächen und Unzulänglichkeiten zu berücksichtigen. Er stellte scharfsinnig Allzumenschliches dar, was sich seit mehr als 1000 Jahren nicht geändert hat. Wenn er beispielsweise darauf hinweist, die Kranken mögen „mit ihren überflüssigen Ansprüchen" nicht jene ermüden, die sie pflegen, so spricht er sicher manch einer überlasteten Krankenschwester unserer Zeit aus dem Herzen.

Wenn er dringend empfiehlt, die Armen aufzunehmen, so hält er Vergleichbares bei Reichen nicht für nötig. „Die Angst vor ihrem Tadel ist an sich schon Anlass, sie zu ehren", schreibt er mit deutlich kritischem Unterton. Dieser bemerkenswerte Mann schaffte es, mitten in der blutrünstigen und gewalttätigen Welt der Völkerwanderung auf dem Gipfel des Montecassino Waffen zu entwickeln, die sich als stärker erwiesen als Schwert und Flamme: Selbstaufgabe und Entsagung. Er verbreitete dies mit einer Begeisterung, mit der er nach und nach immer mehr Menschen erreichte.

Auch wenn die strikte Forderung, die Klosterordnung unbedingt einzuhalten, den an Freiheit in Denken und Tun gewohnten Menschen von heute befremden mag, so war dies zu Zeiten Benedikts und seiner Nachfolger durchaus sinnvoll. Zu wild waren die Zeiten.

Nach einjähriger Novizen-, das heißt Prüfungszeit, gelobten die Mönche feierlich, ihr Leben hinter Klostermauern zu verbringen und ihrem Abt, der für sie Vaterfigur und Chef zugleich war, unbedingt zu folgen, „selbst wenn einem Bruder Unmögliches aufgetragen wird". Sofortiger und bedingungsloser Gehorsam war nach Auffassung der Benediktiner der erste Grad von Demut.

Auf der anderen Seite entlastet Gehorsam ja auch von eigener Verantwortung, was nicht immer unangenehm ist.

Der Abt wurde von den Mönchen gewählt und blieb bis an sein Lebensende in dieser Position. Er durfte, so schrieb es Benedikt vor, nichts lehren, anordnen oder befehlen als das Gebot des Herrn. Dies allerdings ließ im Einzelfall eine Menge Auslegungsmöglichkeiten zu, sodass die Äbte des Mittelalters unumschränkte Alleinherrscher in ihrem Bereich waren.

Wie das Mittelalter überhaupt, so waren die Ordensregeln des Heiligen Benedikt hier und da nicht gerade zimperlich. So schrieb er ausdrücklich vor, dass frechen, hartherzigen, stolzen und ungehorsamen Mönchen mit Schlägen und Prügel das gottgefällige Leben nach Benediktinerart einzubleuen war. Sätze wie „Schlage deinen Sohn mit der Rute, und du wirst seine

Seele vom Tode erretten" waren damals unumstritten richtig. Heute hat man an dieser Erziehungsmethode seine Zweifel.

Dennoch oder gerade wegen dieser Strenge durchzieht die Regeln des Benedikt eine Grundliebe zum Menschen, die stets verzeiht und selbst in schwierigen Fällen Auswege zeigt.

Besitzen durften die Mönche nichts. Weder der Griffel noch die Schreibtafel noch das Buch, in dem sie unermüdlich die Worte des Herrn studierten, gehörten dem Einzelnen. Ja, sie waren noch nicht einmal Besitzer ihres eigenen Leibes oder Herr ihres Willens, dies war allein der allmächtige Gott.

Auch die Essensvorschriften des Heiligen Benedikt waren für unsere Verhältnisse alles andere als geeignet, Völlerei und Übergewicht Vorschub zu leisten. Allerdings waren, gemessen an der allgemeinen Not in jener Zeit, „ein gut gewogenes Pfund Brot, zwei gekochte Speisen, und, wenn man noch Obst oder frisches Gemüse haben kann, eine weitere" mehr, als sich Otto Normalfranke oder -sachse erträumen durfte. Nicht zuletzt deshalb war der Zulauf in die Klöster sehr groß.

Benedikt, der Menschenkenner, erlaubte sogar „täglich eine Hemine Wein", was man heute in Süddeutschland als ein „Viertele" bezeichnen würde. Er lobte aber diejenigen Anhänger seines Ordens, die diesen Verlockungen widerstehen konnten, und bot den Abstinenzlern „besonderen Lohn" an.

Dass als Sitz des Erzbischofs von Nordelbien jener Flecken, die Hammaburg, ausgewählt wurde, stand übrigens in bester benediktinischer Tradition: Hier gab es Wasser, der Geesthang bot zu einer Seite natürlichen Schutz, und es gab fruchtbaren Boden und uralte Wälder mit wertvollem Baumbestand.

Man kann die Leistungen der Mönche für die Weiterentwicklung der abendländischen Kultur gar nicht hoch genug einschätzen. Sie haben nicht nur die Reste der antiken Kulturen überliefert, indem sie unermüdlich die Werke der Alten kopierten, sie haben auch die ideellen Grundlagen geschaffen und weitergegeben, die ein zivilisiertes Zusammenleben in Mitteleuropa möglich machten.

Heute gibt es nur noch rund 2000 Benediktinermönche im deutschsprachigen Raum. Vielleicht wäre es an der Zeit, dass sich unsere Gesellschaft an einige Regeln und Vorschriften des Heiligen Benedikt von Nursia erinnert – auch außerhalb von Klostermauern.

Kapitel 4

Es war keine sehr beeindruckende Truppe, der Yba aus der geöffneten Haupttür des Klosters nachsah. Ihr Vater wurde auf der linken Seite gestützt vom langen dünnen Ansgar, auf der rechten Seite gab ihm der kleine, rundliche Bruder Benedikt Halt, der wie immer mit leicht vorgeschobenem Bauch und gespreizten Beinen neben ihm her trippelte. Sie gingen sehr langsam, denn Berengar war immer noch sehr schwach.

Von Abbio und seinen drei Söhnen war nichts zu sehen, als die drei Männer sich dem stattlichen Langhaus am Ende des Wiks näherten. Die einzige Tür war verschlossen, selbst von den Hunden, die, normalerweise an lange eiserne Ketten gebunden, um das Haus herumstreunten, war keine Spur zu entdecken. „Vielleicht kommen wir zu spät", sagte Ansgar, „und Abbio hat den jungen Wikinger bereits auf den Sklavenmarkt gebracht." „Vielleicht", grummelte Berengar, und sie setzten ihren beschwerlichen Weg fort. Berengar dachte darüber nach, ob sie nicht ein paar Männer hätten mitnehmen sollen – Hartwin,

Dankmar und einige Mönche – denn man konnte nie sicher sein, wie Abbio und seine Söhne auf eine plötzliche Störung ihrer Geschäfte reagieren würden.

Hartwin war hinausgefahren auf die Elbe, Dankmar stand seit dem Tod seines Sohnes vom Morgengrauen bis in die Nacht hinein kaum ansprechbar in seiner Schmiede, und die Mönche hatten reichlich damit zu tun, die Bücher abzuschreiben, die Ansgar aus dem Kloster Corvey mitgebracht hatte. Als sie an die Haustür traten, schlug Ansgar dreimal kräftig gegen das Holz, wobei er laut rief: „Abbio, wenn Ihr da seid, kommt heraus!“ Wütendes, angriffslustiges Hundegebell war die einzige Antwort. Die beiden Mönche und der Dorfgraf traten erschrocken einen Schritt zurück, denn die riesigen Doggen schienen sich mit ihrem ganzen Gewicht gegen die Tür zu werfen. Die Männer waren dankbar, dass die Tür dies aushielt, ohne zu zersplittern.

„Was wollt Ihr?“, schnauzte eine tiefe, kräftige Stimme, und als die drei Männer zur Seite sahen, stand dort Denihart, Abbios ebenso starker wie einfältiger Sohn. „Wo ist Euer Vater?“, fragte Berengar mit dünner Stimme. „Warum wollt Ihr das wissen?“, gab Denihart zurück. „Das sage ich Eurem Vater“, erwiderte Berengar, womit er die geistigen Fähigkeiten des jungen Mannes offenbar deutlich überforderte, denn verwirrt antwortete Denihart: „Er ist in der Scheune.“

Die „Scheune“ war ein separates kleineres Haus, in dem Abbio seine Pferde unterstellte und Gerätschaften lagerte. Ihre Wände bestanden aus einem doppelwandigen Flechtwerk, in das Moos, Zweige, Streu, Laub und nasser Schlick gefüllt worden waren. Das alles ergab, nachdem alles trocken geworden war, eine äußerst stabile Hauswand.

Vom Eingang des Haupthauses aus konnte man sie nicht sehen, sondern man musste um die Ecke gehen. Unverzüglich machten sich die drei Männer auf den Weg, gefolgt von Denihart, der so verdutzt aussah wie ein toter Dorsch. Das Tor der Scheune stand weit offen.

„Abbio, zeigt Euch!“ Berengars befehlsgewohnte Stimme schnitt durch die Luft wie ein Schwertstreich. Selbst die Vögel hörten für einen Augenblick auf zu zwitschern, kein Huhn gackerte und scharrte mehr, und auch die ständig kläffenden Hunde waren plötzlich still. Abbio, der Sklavenhändler, hatte gerade den Sattel eines seiner Pferde festgezurrt und trat jetzt langsam hinter dem Tier hervor. Er kniff die Augen zusammen und verschränkte die Arme. Dabei sah er Berengar scharf an. „Was wollt Ihr?“, fragte er knapp mit einer Stimme, die eher aus dem Magen als aus dem Hals zu kommen schien.

„Ich will mit Eurem Sohn Eilwart reden. Es gibt da einige Fragen.“ Abbio zuckte mit den Schultern und trat ohne ein weiteres Wort wieder hinter das Pferd. Er setzte seine Arbeit ungerührt fort. Berengar und seine beiden Freunde gingen in die Scheune, wo es trotz des hellen Sonnenlichts dieses strahlenden Frühherbstmorgens recht finster war. Es roch scharf nach faulem Stroh und Pferdemist.

Die drei Eindringlinge waren nicht überrascht über die unfreundliche, abwehrende Art des Sklavenhändlers. So war er eben, und deshalb fürchteten ihn die Leute von Hammaburg, gemischt mit einer Portion Respekt. Wer mit Abbio zu tun hatte, musste hartnäckig sein und mutig.

„Abbio“, beharrte Berengar, „ich will mit Eilwart sprechen. Wo ist er?“ „Sucht ihn“, sagte Abbio, ohne den Kopf zu heben. Jetzt mischte sich Ansgar ein.

„Ihr wisst doch, wo er ist“, versuchte der Bischof zu schlichten, „nun sagt es endlich, und behandelt uns nicht wie kleine Kinder.“ Abbio sah ihn kurz an, spuckte ihm vor die Füße und setzte seine Arbeit ungerührt fort. Denihart hatte inzwischen seine Verblüffung überwunden, war an den drei Männern vorbeigegangen und baute sich nun neben seinem Vater auf. Er hatte einen dicken Knüppel in der rechten Hand und schlug damit in die linke Handfläche, was ein klatschendes Geräusch verursachte. Es war genau dasselbe Geräusch, das entsteht, wenn man mit einem Brett flach auf die Oberfläche eines Teiches schlägt.

Dabei kaute er auf einem Grashalm. Man sah ihm an, dass er darauf brannte, sich zu prügeln.

Ansgar und Berengar blickten sich an. Was sollten sie tun? Ihr Vorstoß ging ins Leere. Ansgar dachte an einen Traum, den er öfter hatte. Darin hielt er die Predigt seines Lebens – eine mitreißende, unwiderstehliche Rede von der Kraft Gottes. Dann schaute er in die Runde, und es war niemand da, der ihn hörte. Das war regelmäßig der Augenblick, an dem er erwachte. Er konnte sich, so sehr er sich auch anstrengte, nie daran erinnern, was er gesagt hatte. Nach dem Erwachen hatte er denselben schalen Geschmack im Mund wie jetzt.

Es war lächerlich. Sie traten von einem Fuß auf den anderen, fixierten die beiden Sklavenhändler, ohne die geringste Reaktion hervorzurufen. Aber jetzt einfach zurückgehen ins Kloster?

Berengar unternahm einen neuen Vorstoß. „Euer Sohn hat gelogen“, sagte er laut. Abbio blickte kurz auf und sah den Dorfgrafen kalt an. „So, so“, murmelte er, „hat er das?“ Dann ging er um das Pferd herum und drehte den drei Männern den Rücken zu. Denihart kicherte leise. Berengar schnaubte.

„Verdammt“, schrie er, ohne zu bemerken, dass der Bischof neben ihm bei diesem Wort zusammenzuckte. „Verdammt“, sagte er noch einmal und wollte Abbio gerade an der Schulter packen, als Eilwart durch das Scheunentor trat. Er führte den gefesselten und geknebelten Erik mit sich. Eilwart blieb wie angewurzelt stehen und versuchte mit einem kurzen Blick in die Runde, die Lage zu erfassen.

„Was ist hier los?", fragte er, sich umschauend. Berengar fuhr herum. „Eilwart", brüllte er, „du bist ein Lügner und Betrüger!" Der Sohn des Sklavenhändlers ließ seinen Gefangenen los und zog sein kurzes Schwert, das er stets an der Seite trug. „Ihr wagt es!", schrie er und ging mit schnellen Schritten auf Berengar los. Bevor er ihn erreichte, trat Ansgar dazwischen. „Aufhören!", rief er, „Ihr werdet sofort aufhören! Wir werden das hier klären, ohne dass Blut fließt!"

Der Bischof war allerdings nicht ganz sicher, ob ihm dieses Vorhaben wirklich gelingen würde, denn inzwischen war auch der dritte von Abbios Söhnen hinzugekommen. Der dünne Diethart hatte eine Peitsche in der Hand, seine Lieblingswaffe, mit der er perfekt umgehen konnte. Ansgar machte eine beruhigende Geste, mit der er auch bei seiner Missionsarbeit im hohen Norden bei den Wikingern oft Erfolg gehabt hatte. Er drehte die Handflächen nach außen, zog den Kopf etwas ein und sagte: „Ihr seht, dass wir keine Waffen tragen. Wir sind nicht gekommen, um mit Euch zu kämpfen."

Abbio hatte sich inzwischen umgedreht und blickte auf die Gruppe der Männer. „Niemand", sagte er seltsam leise und ruhig, „niemand nennt in meinem Hause meinen Sohn einen Lügner und Betrüger. Dafür werdet Ihr bezahlen müssen, Berengar!“ Dabei stieß er mit dem Finger gegen Berengars Brust.

„Halt, halt“, sagte Ansgar und trat dazwischen, aber Berengar schob ihn, jetzt ebenfalls sehr ruhig, beiseite. „Ihr habt recht“, gab er zu. „ich hätte Euch nicht unter Eurem Dach beschuldigen dürfen. Wir werden den Fall vor dem gesamten Dorf klären. Wir erwarten Euch und den jungen Wikinger noch heute vor Sonnenuntergang am Thingplatz unter der alten Eiche. Wenn Ihr nicht kommt, verfällt Eurer gesamter Besitz, und Ihr seid auf ewig aus Hammaburg verbannt.“ „Was werft Ihr Eilwart vor?“, fragte Abbio. „Ihr werdet es am Abend erfahren“, sagte Berengar und humpelte durch das Scheunentor.

Der alte Jannasch war Slawe. Er lebte schon in Hammaburg, als es noch eine slawische Abodritensiedlung war. Der große Kaiser Karl hatte im Jahr 804 in seinem Kriegslager in Hollenstedt Jannaschs Sippe das Dorf als Dank für die Hilfe im Kampf gegen die Sachsen geschenkt. Es war nun schon fast 40 Jahre her, dass Jannasch auf dem Sventanafeld an der Alten Schwentine selbst mitgekämpft hatte gegen die Sachsen, und er war damals verwundet worden, weshalb er noch heute ein Bein leicht nachzog.

Der damals noch junge Jannasch war mit seiner ganzen Familie hierher umgesiedelt. Sie hatten gemeinsam mit den anderen Familien unter unendlichen Mühen den Boden eingeebnet und darauf eine Art Befestigungsanlage gebaut, die zwar nicht mit der vergleichbar war, die jetzt dort stand, die aber immerhin ihren Zweck erfüllte. Mehrfach war es den Slawen damals gelungen, Angriffe der Sachsen abzuwehren.

Eines Nachts, auch das war schon fast ein Menschenleben her, hatte ein furchtbares Feuer alles vernichtet. Jannaschs Frau und die Kinder waren damals bei dem verheerenden Brand ums Leben gekommen, seine alten Eltern waren kurz darauf vor Kummer gestorben.

Als dann die Franken Herren von Hammaburg wurden, war Jannasch einfach geblieben, wo sollte er auch hin, nachdem alle, die er geliebt hatte, tot waren? In der langen Zeit seines Lebens hatte er sich hohes Ansehen bei allen Bewohnern der kleinen Siedlung zwischen Alster und Bille erworben.

Wenn es doch in der ganzen Welt so wäre, dass Menschen verschiedener Herkunft so friedlich miteinander leben, dachte er oft. Wenn es hier möglich war, dass Franken, Friesen, Slawen und Sachsen Frieden hielten, warum dann nicht anderswo? Natürlich gab es gelegentlich Streit, aber für diese Fälle hatten sie ja Jannasch. Sein Wahlspruch „Du sollst nicht Partei ergreifen", seine klarer Verstand und sein ungewöhnlich ausgeprägter Gerechtigkeitssinn brachten ihm das Vertrauen aller Bewohner ein.

Obwohl klein an Gestalt, strahlte der Alte eine große Würde aus, die durch ein fein geschnittenes Gesicht und schulterlanges, weißes, stets sehr gepflegtes Haare unterstrichen wurde.

Jannasch sprach grundsätzlich leise und ruhig.

Seine Klugheit und Unbestechlichkeit hatten ihn im Laufe der Jahre zu einer Art höchsten Richter werden lassen, dessen Spruch sich alle – auch Berengar, Ansgar und Abbio – beugten.

An diesem Abend also sollte Jannasch entscheiden, was die Wahrheit war und was weiter geschehen sollte. Wie immer saß er bereits auf seinem Platz unter der alten Eiche auf einem Baumstumpf, den ihm die Dorfbewohner hingestellt hatten, da ihm das Stehen immer schwerer gefallen war.

Mit ernster Miene beobachtete er, wie die Hammaburger zusammenliefen. Alle waren sehr aufgeregt, besonders, weil niemand genau wusste, um was es eigentlich ging. Nur, dass Berengar und Eilwart gegeneinander antreten würden, hatte sich herumgesprochen, und das sorgte für nicht enden wollende Gerüchte und reichlich Gesprächsstoff. Das Dorf summte geradezu.

Der Ort der Zusammenkunft, der alte Thingplatz westlich der Burg, hatte schon eine Menge dramatischer Versammlungen gesehen. Seitdem die Franken hier das Sagen hatten, traf man sich alle 40 Tage, zu langen Sitzungen, die oft mehrere Tage dauerten. Ganz früher einmal war dies eine heidnische Opferstätte gewesen, aber diese Zeiten waren seit Ansgars Anwesenheit endgültig vorbei.

Erik, der gefangene Wikinger, spürte die Aufregung, die das ganze Dorf erfasst hatte, aber er konnte sie sich nicht erklären. Nachdem er Zeuge des Streits in der Scheune geworden war, hatte ihn der Mann mit den Haarbüscheln in der Nase noch grober als sonst in sein Verließ im Boden des Hauses gestoßen.

Diesmal hatten sie ihm noch nicht einmal, wie in letzter Zeit immer, Fesseln und Knebel abgenommen. Erik hörte aus seinem Gefängnisloch, wie sich seine vier Peiniger lautstark stritten. Trotz seiner angestrengten Versuche, ein Wort zu verstehen, blieb ihm alles ein Rätsel. Nach einiger Zeit hatte ihn der dicke Kerl aus dem Verließ geholt und ihm den Knebel abgenommen. Jetzt saß er, immer noch gefesselt, umringt von den vier Männern und einigen der vor sich hinknurrenden Hunde, auf einem Schemel und wurde angestarrt. „Erzähl uns“, sagte die Büschelnase, „was hast du gemacht, als ihr die Hammaburg überfallen habt?“ Erik schwieg. „Du sollst antworten!“, schrie ihn der Mann an. Der dünne, der ihm damals schon das erste Wort entlockt hatte, trat jetzt näher an Erik heran, nahm einen anderen Schemel und setzte sich nur wenige Handbreit entfernt nieder. „Hör zu“, sagte er freundlich. „wir machen dir ein Angebot.“ „Hm“, dachte Erik, „was kann das schon sein?“ Aber er witterte eine Möglichkeit, er spürte, dass sein verzweifelter Traum von baldiger Freiheit vielleicht schneller wahr werden könnte, als er erhofft hatte. Er war hellwach. Jetzt keinen Fehler machen.

Der Dünne mit dem schlauen Gesicht rückte noch näher. „Kohlsuppe“, dachte Erik, als Diethart ausatmete, „sie haben schon wieder Kohlsuppe gegessen.“ Dabei zog der Wikinger leicht die Nasenflügel hoch und wich kaum merklich zurück. „Widerlich“, murmelte er. „Was hast du gesagt?“, fuhr ihn der mit den Büscheln an. Erik schüttelte nur den Kopf. „Lass ihn“, wies der Dünne seinen Bruder zurecht.

„Noch einmal. Wir machen dir ein Angebot. Du musst uns jetzt nichts sagen. Aber wir haben gleich ein Thing. Du weißt doch was ein Thing ist, oder?“, fragte Diethart. Erik nickte. „Gut. Du wirst uns jetzt nichts sagen, und du wirst auch auf dem Thing nichts sagen. Du wirst so tun, als ob du nichts verstehst. Du wirst schweigen und blöde in die Gegend gucken. Das fällt dir doch sicher nicht schwer.“

Eilwart wieherte vor Vergnügen, selbst der alte Abbio verzog den schmalen Mund zu einem Grinsen. Selbst der dicke Denihart lachte mit Verspätung, obwohl man ihm ansah, dass er eigentlich nicht wusste, warum. „Hast du das bisher klar verstanden?“ fragte der Dünne und stieß Erik seine Faust in die Rippen. Der Wikinger verzog keine Miene. Er hasste diese Bande von Verbrechern. Aber vielleicht war es klüger, mitzumachen. Erik nickte mit versteinertem Gesicht.

„Und jetzt unser Angebot“, sagte Diethart. „Wenn du gleich beim Thing nicht ein einziges Wort sagst, nicht nickst und nicht den Kopf schüttelst, nur einfach dasitzt, auch wenn sie dich mit allen Mitteln dazu zwingen wollen, dann ...“ – er machte eine lange Pause – „dann ... ja, dann lassen wir dich frei.“

Es war still in Abbios Haus. Eilwart bohrte mit dem Zeigefinger im rechten Ohr, Abbio saß regungslos auf seinem Sitz, und der dicke Denihart kratzte sich am Hinterkopf. Erik war zu überrascht, um eine Reaktion zu zeigen. „Sie wollen mich freilassen. Wenn ich nichts sage. Das ist leicht.“ Erik nickte. „Jo“, sagte er. Diethart atmete auf, sagte „gut“, erhob sich und ging grinsend, an seinen Brüdern und seinem Vater vorbei, nach draußen.

Der schöne Herbsttag neigte sich seinem Ende zu. Noch zwei Stunden, dann würde die Sonne hinter den Hundefelsen verschwinden. Die Bürger von Hammaburg versammelten sich unter der alten Eiche am Geestrand. Einige von ihnen hatten Fackeln aus Kienholz mitgebracht, damit man bei hereinbrechender Dunkelheit die Verhandlung nicht unterbrechen müsste. Die meisten der Männer und Frauen, die den kleinen Anstieg hinaufliefen, waren freie Bauern oder Handwerker.

Die Bauern waren fast alle von Berengar abhängig, dem sie als Besitzer des Landes einen Teil ihrer erwirtschafteten Güter abgeben mussten. Anders als die meisten Großgrundbesitzer war Berengar jedoch ein guter Herr. Er ließ seinen Leuten immer genug zum Leben, und außerdem schickte er sie nicht in den Krieg, um sie zu bestrafen oder um ihre Frauen zu versklaven.

Berengar besaß wohl einige Sklaven, und obwohl Ansgar ihm deswegen ständig in den Ohren lag, dachte er nicht daran, sich von ihnen zu trennen. „Wo ist schon der Unterschied?“, sagte er, „Sklaven sind genauso frei wie Bauern, und die sind genauso unfrei wie Sklaven.“ Die freien Bauern durften allerdings am Thing teilnehmen, die Sklaven nicht. Das war zumindest am heutigen Tag ein großer Unterschied.

Berengar, Ansgar, Benedikt und Yba waren fast gleichzeitig mit Abbio, seinen Söhnen und Erik aufgebrochen. Als Erik zufällig zu der anderen Gruppe hinübersah, blieb ihm fast das Herz stehen. Da war sie. Augenblicklich vergaß Erik alles um sich herum. Er konnte sich nicht sattsehen. Die langen, glänzenden schwarzen Haare, der geschmeidige, federnde Gang und die schlanke Figur, Eriks Herz hüpfte vor Freude. Seine Göttin lebte, und sie war gesund. Er seufzte so laut, dass der dicke Denihart, der ihn an einem Seil hinter sich herzog, unvermittelt stehen blieb. Der Gefangene merkte es nicht und prallte mit ihm zusammen.

Als er wieder zu Yba hinüber sah, stellte er fest, dass die junge Frau den Zwischenfall bemerkt hatte. Sie lächelte jedenfalls und schaute ihn mit ihren großen strahlenden, blauen Augen an. Als Erik zurücklächelte, drehte sie den Kopf abrupt weg. Erik wusste nicht, was das bedeuten sollte, aber es war irgendwie schön.

Was hätte er darum gegeben, sie in die Arme zu nehmen und nie mehr loszulassen. Er wusste plötzlich, dass er alles richtig gemacht hatte. Er hatte diese junge Frau vor einem schrecklichen Schicksal bewahrt, und das war gut so. Was jetzt kommen würde, war nicht mehr wichtig. Erik reckte den Kopf. Alle Verzweiflung und Unsicherheit fielen von ihm ab. Er atmete tief durch. In ein paar Stunden würde er frei sein. Er musste ja nur schweigen.

Als die beiden gegnerischen Gruppen fast gleichzeitig den Thingplatz erreichen, ging ein Raunen durch die Menge. Als die Dorfbewohner den Wikinger sahen, wurden einzelne Rufe laut: „Hängt ihn auf!" und „tötet ihn!". Einige andere hatten bereits kleine Lagerfeuer entfacht, denn zu dieser Jahreszeit konnte es nach Sonnenuntergang empfindlich kalt werden. Eine Handvoll Jugendlicher hatte die besten Beobachtungsposten erobert. Sie waren in die Äste der umstehenden Bäume geklettert.

Richter Jannasch hatte bereits vor Jahren eingeführt, dass eine Gerichtsverhandlung mit einen lauten Hornstoß zu beginnen habe. So machte er dem Geschwatze und dem Lachen und Schreien der Kinder ein Ende. Jannasch gab das Zeichen.

Augenblicklich setzte Stille ein. Berengar trat in die Mitte des Kreises, den die Bewohner der Hammaburg um die alte Eiche gebildet hatten. Jannasch erhob sich mit Mühe, aber als er stand, war er gerade wie eine Kerze. „Berengar, Graf von Hammaburg, wen klagt Ihr an?", sagte Jannasch mit klarer, fester Stimme.

„Eilwart, den Sohn Abbios!"

„Was werft Ihr ihm vor?"

„Ich klage ihn der Lüge an."

„Was verlangt Ihr?"

„Ich verlange, dass Eilwart die Lüge eingesteht, dass er den Wikingersklaven an die Dorfgemeinschaft gibt, die darüber entscheiden wird. Außerdem löse ich hiermit das Eheversprechen mit meiner Tochter Yba."

Jetzt war die Menge nicht zu halten. Laute, ungläubige Rufe machten die Runde. „Ruhe!", rief Jannasch, aber diesmal nützte es nicht viel. Er gab erneut das Zeichen: Der Hornstoß brachte die aufgewühlte Menge zum Schweigen.

Der Richter setzte sich nieder und rief: „Eilwart, Ihr seid der Beschuldigte. Tretet vor und sagt die Wahrheit."

Langsam löste sich Eilwart aus der Reihe und stellte sich etwa fünf Meter entfernt von Berengar in der Mitte der Runde auf. Er neigte unterwürfig das Haupt und sah den Richter treuherzig an. „Ich habe mit Verwunderung die Anschuldigung vernommen und bin begierig zu erfahren, wann und wo ich gelogen haben soll. Jeder im Dorf weiß, dass ich niemals lüge." Dabei grinste der Sohn Abbios frech und genoss das Gelächter, das seine Worte ausgelöst hatten. „Und außerdem: Wo ist das Verbrechen? Seit wann ist eine Lüge ein Verbrechen?"

„Nein", sagte Berengar, der spürte, wie ihm die kalte Wut den Rücken hinauflief. „Die Lüge allein ist kein Verbrechen. Ihr habt jedoch durch eine Lüge einen Gefangenen in Eure Gewalt gebracht, der Euch nicht gehört."

„Und wie soll das gewesen sein?", sagte Eilwart und sah dabei Berengar mit blitzenden Augen an.

„Und wo und wann?“

„Es war beim Überfall der Wikinger, als Ihr behauptet habt, Yba vor diesem Wikinger dort“, dabei zeigte er auf Erik, „gerettet zu haben, indem Ihr ihn niedergeschlagen habt.“

Nun griff der Richter ein. „Sagt, Eilwart, ob es so war.“

Eilwart blickte sich um und straffte den Rücken. „Genau so war es. Yba würde heute nicht mehr leben, wenn ich nicht gewesen wäre. Dieser Bursche dort“, auch er zeigte jetzt auf Erik, der sich offensichtlich keinen Reim auf das Geschehen machen konnte, denn er starrte bewegungslos in die Luft, „dieser Bursche dort hatte Yba sein Messer in den Rücken gestoßen und wollte sie gerade verschleppen, als ich ihn mit einem kräftigen Schlag zu Boden gestreckt habe.“

„Und womit habt Ihr den Wikinger niedergeschlagen? Ich habe keine Waffe bei Euch gesehen“, sagte jetzt Ansgar. „Verzeiht, Bischof“, unterbrach ihn Jannasch, der Richter, „Ihr seid jetzt nicht an der Reihe. Lasst bitte Eilwart reden. Die Frage bleibt dennoch berechtigt. Also frage ich Euch: Mit welcher Waffe habt Ihr den Mann niedergeschlagen?“ Eilwart zögerte leicht, hatte sich aber schnell wieder unter Kontrolle. „Ich nahm einen Knüppel.“

„Aber Ihr hattet keinen Knüppel in der Hand“, sagte Ansgar. „Bischof, ich bitte Euch“, wieder griff der Richter ein. „Also, wo habt Ihr den Knüppel gelassen?“, fragte jetzt Jannasch. „Den habe ich fortgeworfen“, war die schnelle Antwort. „Lüge, alles Lüge“, fauchte Berengar. „Ihr hattet weder einen Knüppel, noch habt Ihr den Wikinger niedergeschlagen, Ihr wart noch nicht einmal in der Nähe, als alles geschah.“ „So, so“, zischte Eilwart. „Und wieso wisst Ihr das alles so genau?“

„Weil ich es gesehen habe“, antwortete der Graf.

Man konnte jetzt ein Eichblatt vom Baum segeln hören, so still war es am Thingplatz. „Wie konntet Ihr es sehen?“, versetzte Eilwart, „Ihr wart doch ohne Bewusstsein.“ Als Berengar sagte: „Ich habe alles beobachtet, und deshalb weiß ich, dass Ihr ein Lügner seid“, wurde Eilwart erstmals ein wenig unsicher. Er schob die Schultern vor, spitzte den Mund und blickte auf die Erde. „Ihr lügt“, stieß er dann heraus. „Ihr sucht doch in einem Pferdestall nach Wolle. Ihr lügt, weil Ihr es bereut, Eure Tochter in einem Spiel als Gegenpfand für eine feuchte Wiese verloren zu haben. Das ist die Wahrheit.“

Laute Rufe der Empörung unterbrachen die Verhandlung. Berengar sagte nichts. Er starrte Eilwart nur an. Sein Kopf war so rot wie eine Hagebutte. Nur er allein wusste, dass es mehr Scham war als Wut. Berengar drehte sich zu seiner Tochter um, die ihn fragend ansah und dabei erschrocken eine

Hand vor den Mund hielt. „Das tut hier nichts zur Sache“, sagte Berengar kleinlaut. Eilwart spürte Rückenwind. „Oh doch, das tut es!“, rief er triumphierend, „Eure Tochter für ein Stück Land, das war der Handel.“

„Vater!“, rief Yba laut. „Ist das wahr?“

Berengar räusperte sich. „Nein, natürlich nicht. Die Verlobung meiner Tochter mit Euch war der Versuch, eine gute Nachbarschaft mit Euch, Eurem Vater und Euren Brüdern zu begründen. Aber das ist mit Sklavenhändlern offenbar nicht möglich. Und das ist auch gut so. Wie auch immer dieses Thing ausgeht – Ihr bekommt meine Tochter nicht!“ „Wir werden es sehen“, sagte Eilwart mit breitem Lachen und drehte sich zu seinen Männern um, die ihm aufmunternd zuwinkten.

„All das ist nicht Sache dieses Things“, sagte Jannasch jetzt. „Wir werden versuchen, herauszubekommen, was beim Wikingerüberfall wirklich geschah. Die Wahrheit steckt in den Tatsachen. Es gibt hier unter uns mehrere Menschen, die an jenem Abend dabei waren. Yba, tritt vor. Erzähle uns, was du damals gesehen, gehört und getan hast.“

Yba löste sich aus der Menge und trat in die Mitte des Kreises. „Ach“, sagte sie mit zarter Stimme, „ich bin so verwirrt. Ich weiß gar nicht, was ich sagen soll.“

Jannasch machte eine beruhigende Geste. „Versuche, dich zu erinnern. Also, du warst in einem der Grubenhäuser, nicht wahr?“

„Ja.“

„Warst du allein?“

„Nein, mein Vater war bei mir. Er war schwer verletzt durch einen Pfeil.“

„Und dann entdeckten Euch die Wikinger?“

„Ja, es ging alles sehr, sehr schnell. Ich sah, wie das Dach vom Grubenhaus gerissen wurde, und dann zog mich ein Mann an den Haaren hinaus. Es war schrecklich.“

„Hast du den Mann gesehen?“

„Ja. Aber ich kann mich nicht mehr an ihn erinnern.“

„War es der Mann dort hinten?“ Er zeigte auf Erik. Yba sah zu ihm hinüber. „Nein“, sagte sie langsam, „der war es bestimmt nicht.“ „Kannst du dies mit Sicherheit sagen?“ „Ja. Der andere war ein widerlicher Kerl. Das ist der nicht.“ Yba lächelte, als sich ihre Augen trafen. „Jetzt weiß ich es wieder: Der andere hatte lange, fettige Haare, und er war viel dicker.“ Einige der Zuschauer kicherten.

„Ruhe“, ging Jannasch dazwischen.

Yba sah immer noch zu Erik hinüber. Er gefiel ihr, aber er war ein Feind, einer von denen, die Garwig getötet hatten, ihren Freund Garwig. „Ja, und was war dann?“, fragte der Richter.

„Ich weiß es nicht“, antwortete Yba. „Das Erste, an das ich mich danach erinnere, ist das liebe Gesicht von Bruder Benedikt, der mich gesundgepflegt hat.“ Yba drehte sich um, lächelte und sah Benedikt an, der bescheiden zurücklächelte.

„Danke“, sagte Jannasch und gab Yba mit einer Kopfbewegung zu verstehen, dass sie wieder zurücktreten solle. „Gut“, sagte der Richter, „fragen wir den Wikinger.“ Er winkte dem dicken Denihart zu, der den gefesselten Erik in die Mitte des Kreises stieß. „Sag deinen Namen, Nordmann“, fuhr ihn der Richter an. Erik bewegte sich keinen Zentimeter.

Jannasch blickte zu Eilwart hinüber. „Spricht er unsere Sprache?“, fragte der Richter. Eilwart trat einen halben Meter vor. „Wir haben nicht mit ihm gesprochen. Vielleicht ist er stumm. Oder mein Schlag hat ihm den Verstand geraubt.“ Wieder hatte Eilwart einige Lacher auf seiner Seite.

„Wir wollen es dennoch versuchen. Erzbischof“, wandte sich Jannasch jetzt an Ansgar, „Ihr wart doch oft im Norden. Sprecht Ihr die Sprachen der Wikinger?“

„Ja“, sagte Ansgar und trat vor. Er stellte sich vor Erik und sah ihm in die Augen. „Wo ist deine Heimat, Wikinger? Im Land der Fjorde, im Königreich von Birka, oder kommst du aus Haithabu?“ Erik verstand den Bischof sehr gut, aber er zuckte mit keiner Wimper. Er würde frei sein, wenn er sich nicht rührte, hatten die Männer versprochen.

Ansgar drehte sich zum Richter um. „Soll ich es weiter versuchen? Er scheint mich nicht zu verstehen."

„Sagt ihm", antwortete Jannasch, „um was es hier geht. Vielleicht versteht er Euch dann."

„Wir wollen wissen", fuhr Ansgar, jetzt wieder mit Blick auf Erik, fort, „was an jenem Tag geschah, als ihr Hammaburg überfallen habt. Es geht um jene junge Frau dort hinten." Ansgar vermied es, auf Yba zu zeigen; er wollte wissen, ob ihn der Wikinger wirklich nicht verstand oder nur eisern schwieg. Er hatte Erfolg mit seiner List. Erik drehte sich um und sah Yba an. „Ah", sagte der Bischof, „ich sehe, du verstehst uns."

Erik bereute seinen Fehler zutiefst, aber er hoffte, dass die Männer ihre Zusage dennoch einhalten würden. Er hatte nur ein wenig den Kopf gedreht, er hatte nichts gesagt.„Hat dieser Mann dort", diesmal zeigte Ansgar auf Eilwart, „dich niedergeschlagen?" Erik schwieg. Diesmal allerdings hätte er auch keine Antwort gehabt, denn wer ihm den Schlag auf den Kopf versetzt hatte, wusste er nicht. Möglich, dass es der Mann war. Erik rührte sich nicht. Ansgar brummte ärgerlich. „Du willst also nichts sagen, wie?", fuhr er in Eriks Sprache fort. Erik blieb wie versteinert.

„Ich fürchte, unser junger Freund hier hat sich entschieden zu schweigen", sagte Ansgar, jetzt zu Jannasch gewandt.

„Berengar", nahm der Richter wieder das Wort, „schildert Ihr uns, was Ihr gesehen habt und wie es war." Berengar trat vor. Der Dorfgraf war lange nicht mehr so zuversichtlich, dass er diesen Platz als Sieger verlassen würde, wie noch vor wenigen Minuten. „Wie Ihr wisst", begann er, „war ich mit meiner Pfeilverletzung in das Grubenhaus geflüchtet. Ich verlor zwar immer wieder die Besinnung, aber ich erinnere mich sehr genau, dass ein Wikinger das Dach fortriss. Das war nicht jener Bursche dort. Dieser kam erst später und stürzte sich auf den ersten. Er war es, der meiner Tochter das Leben gerettet hat."

Diese Nachricht schlug ein wie ein Blitz. Einige der Frauen schrien auf, die Männer murmelten, und alle sahen zu Erik hinüber. Auch für Yba war das, was ihr Vater da gerade gesagt hatte, völlig neu. Sie stand wie vom Donner gerührt schweigend neben Ansgar und starrte Erik an.

„Ich weiß nicht, warum er es tat", fuhr Berengar fort, „vielleicht wollte er Yba für sich, oder der andere Wikinger war ein alter Feind, mit dem er noch ein Hühnchen zu rupfen hatte. Wer weiß", Berengar zuckte mit den Schultern. „Aber so war es. Von Eilwart jedenfalls war weit und breit keine Spur zu sehen. Ich verlor das Bewusstsein, und der Erste, den ich wieder sah, war der Bischof."

„Das habt Ihr in Eurem Fieber geträumt", polterte Eilwart los. „Dieser blonde Schurke da hat Yba überfallen, und ich allein habe sie gerettet."

Ansgar nahm wieder das Wort. „Und wie, Eilwart, erklärt Ihr Euch, dass das Messer im Rücken Ybas nicht das des jungen Wikingers war? Der hatte nämlich sein Messer noch bei sich, als ich ihn fand. Und überhaupt, wo wart Ihr, als ich am Grubenhaus eintraf? Ich habe Euch jedenfalls nicht gesehen."

Als Eilwart wie versteinert schwieg, sagte Jannasch: „Nun antwortet, Eilwart. Wie war das mit dem zweiten Messer?" Der Sohn des Sklavenhändlers fand schnell seine Fassung wieder. „Es gab kein zweites Messer. Der Bischof muss sich irren. Oder hat einer von Euch ein zweites Messer gesehen?", fragte er in die Runde. Allgemeines Kopfschütteln war die Antwort.

„Zum zweiten Punkt. Ich war auf dem Weg nach Hammaburg, um Hilfe zu holen."

„Warum habt Ihr nicht um Hilfe gerufen? Es waren doch genügend Menschen in der Nähe", fragte Berengar.

„Ich wollte Bruder Benedikt holen, der versteht von allen doch am meisten von Heilkunde."

„Und habt Ihr ihn getroffen?", setzte Berengar nach.

„Nein, leider", murmelte Eilwart.

„Wo war Benedikt?"

„Ich weiß es nicht, fragt ihn doch."

Jetzt griff Jannasch wieder ein. „Das führt uns alles nicht weiter. Bischof Ansgar, könntet Ihr vielleicht noch einmal versuchen, mit dem Wikinger zu reden? Denihart, bitte führt ihn noch einmal hierher."

Wieder stellte sich Ansgar vor Erik und sah ihm eindringlich in die Augen. „Ich weiß, Nordmann, dass du mich verstehst", begann er. „Deshalb antworte. Dieser Mann dort", er zeigte auf Eilwart, „behauptet, dass du dieser jungen Frau", er zeigte auf Yba, „ein Messer in den Rücken gestoßen hast. Ist das wahr?" Erik rührte sich nicht, aber es arbeitete in ihm. Er hätte gern erzählt, wie es wirklich war – in ihrer Gegenwart. Dann würden sie ihn jedoch fragen, warum er das alles getan hatte. Er hätte seine Gefühle für Yba offenbaren müssen. Erik wusste nicht, wie sie darauf reagieren würde. Er schämte sich ein wenig, und schließlich – wenn er jetzt etwas sagen würde, wäre er nicht in ein paar Stunden frei. Er schwieg.

„Du hast versucht, sie umzubringen", drang Ansgar weiter auf ihn ein. Erik schwieg. Ansgar kam ein Verdacht. „Hat man dir etwas dafür versprochen, wenn du nichts sagst?" Erik kniff die Lippen zusammen und warf den Kopf zurück. Ein kurzer Blick zum dünnen Diethart bestärkte ihn in seiner Haltung. Dieser nickte kurz, um ihm zu zeigen, dass er sich richtig verhielt.

Ansgar zuckte mit den Schultern. „Es hat keinen Sinn“, sagte er in die Runde.

Jannasch erhob sich.

„Die Wahrheit hat sich nicht gezeigt“, sagte der alte Richter. „Wir werden Gott entscheiden lassen. Berengar und Eilwart, seid Ihr dazu bereit?“ Die beiden Gegner sahen sich an und nickten.

„Es sei“, fuhr Jannasch fort. „Morgen in aller Frühe werdet Ihr, Eilwart, Eure Hunde zu den Felsen bringen. Ihr werdet sie auf den Wikinger hetzen. Wenn der Nordmann bis zur Mittagsstunde überlebt, werdet Ihr zugeben, nicht die Wahrheit gesagt zu haben. Ihr werdet auf die Ehe mit Yba verzichten und den Wikinger der Dorfgemeinschaft überlassen. Töten Eure Hunde den Gefangenen oder verletzen ihn so schwer, dass er sich nicht mehr bewegen kann, so wird Berengar Euch, Eilwart, seine Tochter überlassen, er wird Euch ein Viertel seines Besitzes, seines Landes, seines Viehs und seiner Sklaven, abtreten, und er wird Euch das bezahlen, was Ihr für den Wikinger auf dem Markt erhalten hättet. Sollte der Nordmann das Gottesurteil überleben, ohne zu siegen, so gehört er weiter Euch, Eilwart.“

Über Nacht war es eiskalt geworden im Norden des Frankenreichs. In Haithabu trugen die meist fülligen Frauen der vermögenden Wikinger bereits ihre

Pelze, in denen sie wie ausgestopfte Robben aussahen. Die Sklaven fröstelten in ihren Flachsleinenkleidern und kämpften mit gesenktem Kopf gegen den schneidenden Nordwestwind an. Bei Starigard, der Abodriten-Hochburg am großen Meer im Osten, wurden die letzten Boote an Land gezogen. Man richtete sich auf einen strengen Winter ein.

Auch in Hammaburg hatte die überraschende Kälte die dramatischen Neuigkeiten des Things des vergangenen Abends kurzfristig als Gesprächsthema Nummer eins verdrängt.

Berengar hatte in der Nacht kein Auge zugetan. Immer wieder durchzuckte ihn kurz vor dem Einschlafen der Gedanke an seine Tochter und an ihr Schweigen, als sie vom Thing in ihr Haus zurückkehrten. Kein Wort, keine Frage, nur lastende Stille. Alle Versuche seinerseits, ein Gespräch zu beginnen, endeten kläglich. Was hätte er auch sagen sollen? Die Tatsachen lagen auf dem Tisch. Er hatte sie im Spiel verloren, als Gegenwert für eine feuchte Wiese zwischen Alster und Bille.

Gut, er hatte damals getrunken, dennoch war es unverzeihlich. Berengar zermarterte sich das Hirn, wie er all dies seiner Tochter erklären sollte. Er fand keine Lösung. Wahrscheinlich gab es keine.

So war er an diesem Morgen schon früh aufgestanden. Er hörte den heulenden Wind und spürte, wie er an seinem stabilen Holzhaus zerrte. Als er die Tür öffnete, um einen Blick nach draußen zu werfen, schlug ihm der Sturm entgegen, als hätte ihn eine eiskalte, nasse Hand ins Gesicht geschlagen.

Irgendwie genoss er es, weil er es als gerecht empfand, dass ihn wenigstens der Sturm prügelte, wenn es sonst schon niemand tat. Langsam trat Berengar vor das Haus. Seine Wunde hatte wieder zu schmerzen begonnen. Er griff sich in die Seite und taumelte ein wenig.

In der Nacht war er schweißgebadet aufgewacht. Er hatte von Edda, seiner verschwundenen Frau geträumt. Er hatte sie gesehen, wie sie an Bord eines Drachenbootes von grölenden Wikingern bedroht wurde, ohne dass er ihr helfen konnte. Sie wurde in dem schwankenden Boot hin- und hergeworfen, bis sie plötzlich eine riesige Welle über Bord spülte. Er sah noch ihre Hand in der tobenden See, dann wachte er auf.

Es kam ihm so vor, als hätte er anschließend lange wachgelegen, dann schlief er wieder ein, und der Traum setzte sich an der Stelle fort, als Edda über Bord gespült wurde. Er sah wieder die weiße Hand und das Entsetzen in ihrem Gesicht, und er sah sich im Traum weinen. Dann sah er sie am Rande eines Bohlenweges liegen, ihr Gesicht war verschmiert von Schlamm und Blut. Er sah sie in ein Gebüsch kriechen und sich mit Reisig bedecken. Reiter kamen vorbei. Sie blieb unentdeckt. Er sah, wie sie einschlief, wie ihr Körper schlaff wurde und wie sie unaufhaltsam in den Sumpf glitt. Dann war sie verschwunden, einfach verschwunden. Wieder erwachte er voller Entsetzen. Diesmal erhob er sich von seinem Lager, zog die flachsleinenen Beinkleider über und verließ das Haus.

Er ging Richtung Hundefelsen, wo in ein paar Stunden der Zweikampf stattfinden sollte, der über sein und Ybas Schicksal entscheiden sollte. Und er konnte nichts daran ändern. Oder doch? Er war der Graf, er war der Mann, dessen Wort Gesetz war. Er konnte, wenn er es wollte, das ganze Theater mit einem Wort beenden. Er konnte kaiserliche Truppen herbeirufen und die verdammten Sklavenhändler zum Teufel jagen.

Aber was dann?

So würde er nicht das Vertrauen und die Liebe seiner Tochter zurückerobern.

Trotz des nasskalten Nebels kauerte sich Berengar in den Windschatten eines der Findlinge unterhalb der Hundefelsen. Als er auf die Elbe blickte, sah er, dass das Wasser viele kleine weiße Schaumkronen bildete, und er beobachtete, wie die Wellen Stück für Stück immer mehr von dem schmalen Strandes fraßen. Von den Felsen tropfte das Wasser.

Sein Schicksal lag in der Hand irgendeines hergelaufenen Wikingers. Berengar schüttelte den Kopf. Es musste einen Ausweg geben ...

Ansgar hatte auch schon früh sein karges Nachtlager verlassen. Nach einem kurzen Gebet war er in der beißenden Kälte unterwegs, allerdings in einer anderen Richtung als sein Freund. Kurz bevor die Thingversammlung auseinandergegangen war, hatte er darauf bestanden, dass der junge Wikinger seiner Obhut übergeben würde, zwar gegen den lautstarken Protest von Abbio und Eilwart, aber der Bischof hatte sich durchgesetzt.

Im Kloster hatte er sich von Bruder Benedikt zusammen mit dem Nordmann einschließen lassen und hatte versucht, mit ihm zu reden.

Ansgar setzte sich nieder, den Sturm und den prasselnden eiskalten Regen schien er nicht zu spüren. Es war eine seltsame Unterredung gewesen letzte Nacht.

Zunächst sprach nur Ansgar. „Ich werde dir jetzt“, so begann er in der Sprache, die er aus Haithabu kannte, „mitteilen, was dich morgen erwartet. Bitte gib mir ein Zeichen, ob du mich verstehst. Ich bin Ansgar und war im Auftrag des Herrn schon sehr oft im Norden bei deinen Brüdern und Schwestern. Du bist hier sicher, und du musst dich nicht fürchten.“

Dann erklärte ihm Ansgar, warum es das Thing gegeben hatte. Immer noch zeigte der junge Wikinger keinerlei Reaktion. Erst als ihm Ansgar schilderte, dass er am nächsten Morgen in einem Kampf auf

Leben und Tod gegen die Hunde der Sklavenhändler antreten müsste, leuchteten die Augen des jungen Mannes auf. „Welche Waffe habe ich?“, fragte er. „Keine“, antwortete Ansgar, „du wirst nur mit deinen Händen kämpfen müssen.“ Der Wikinger schien nicht sehr beeindruckt. Er nickte nur. „Hunde“, sagte er verächtlich. „Es sind nicht nur einfach Hunde“, fuhr Ansgar fort, „es sind mordende Bestien. Und es sind fünf.“ „Ich kenne sie“, sagte Erik knapp und nickte.

Der Mut des jungen Mannes hinterließ bei Ansgar tiefen Eindruck. Er wünschte von Herzen, dass der Wikinger es schaffen würde. Aber er hatte seine Zweifel. Vor einigen Monaten war er zufällig Zeuge gewesen, als Abbios Hunde ein Wildschwein gehetzt hatten. Es war ein riesiger, überaus kräftiger Keiler gewesen, mit scharfen spitzen Zähnen. Die Hunde erwischten ihn. Als sie ihn hatten, zerrissen sie ihn praktisch in der Luft.

Ansgar bat den Herrn die ganze Nacht um Hilfe.

Als der Tag fortschritt, besserte sich das Wetter ein wenig. Zumindest hörte es auf zu regnen, und auch der Wind flaute etwas ab. Erik hatte sich genau überlegt, auf welche Weise er versuchen wollte, die nächsten Stunden zu überleben. Der Mann in der Kutte hatte ihm gesagt, er würde einen Vorsprung bekommen und sich in den Felsen verstecken können, bevor man die Hunde loslassen würde. „Wahrscheinlich kommen sie im Rudel“, dachte Erik, als er so schnell er konnte auf die Hügel zurannte. Das laute Johlen der Dorfbewohner begleitete ihn noch ein ganzes Stück. Als er jedoch die Felsen erreichte, hörte er außer seinem eigenen keuchenden Atem und dem immer noch leicht säuselnden Wind nichts mehr. Er hatte vor, über die Steine hinwegzuklettern, um so schnell wie möglich das Wasser zu erreichen. Er war ein guter Schwimmer und würde sicher das andere Ufer erreichen, bevor man sein Verschwinden bemerken würde. Außerdem könnten die Hunde im Wasser seine Spur nicht mehr verfolgen. Er wusste dies, weil er sich schon einmal zuvor so gerettet hatte, als ihn hungrige Wölfe verfolgten. Damals war er in einen Fjord gesprungen. Er stellte sich die verblüfften Gesichter der Hammaburger vor und das enttäuschte Jaulen der Hunde. Er lachte kurz auf, so sehr freute er sich an seinem Plan.

Die Felsen waren höher und rauher, als Erik gedacht hatte. Schon am ersten Stein schnitt er sich die linke Hand auf, die sofort zu bluten begann. „Jetzt nur nicht langsamer werden“, dachte er und biss die Zähne zusammen. Um den nächsten Felsen zu erreichen, musste er einen kleinen Sprung wagen. Vorher blickte er noch einmal zurück. Von den Hunden war noch nichts zu sehen. Mühsam hangelte er sich weiter durch die Felsen. Die Hand begann stärker zu schmerzen und blutete noch immer. Als er zurücksah, bemerkte er die Blutspur, die ihn mit Sicherheit verraten würde, wenn er es nicht bald schaffen würde, diese verhassten Felsen zu überwinden.

Endlich: Der Aufstieg war geschafft. Noch ein kräftiger Klimmzug, dann müsste er eigentlich den Fluss sehen. Erik reckte den Hals. Was er sah, ließ ihm den Atem stocken. Da war zwar der Fluss, und der Abstieg schien auch nicht besonders schwierig. Aber: Am Ufer hatten sich schwer bewaffnete Dorfbewohner aufgestellt, die mehr als entschlossen wirkten, hier niemanden hindurchzulassen.

Erik brauchte dringend einen neuen Plan.

Als er den Kopf wieder Richtung Hammaburg wendete, sah er, noch weit entfernt, die fünf Hunde. Sie waren nicht zu hören, doch sie waren ungeheuer schnell. Es würde nur noch kurze Zeit dauern, dann hätten sie den Fuß der Felsen erreicht. Wahrscheinlich hatte man ihnen eines seiner Kleidungsstücke vorgelegt, um sie auf seine Spur zu setzen.

Er hatte keine Waffe. Noch nicht einmal ein einfacher Holzknüppel war zu finden. Aber es gab Steine.

Erik war schon immer ein sehr sicherer Werfer gewesen. In seiner Heimat am Fjord war er als Kind ungeschlagen, wenn es darum ging, auf große Entfernung mit einem Stein einen noch so kleinen

Gegenstand zu treffen. In fieberhafter Eile suchte Erik Steine in geeigneter Größe zusammen. Glücklicherweise gab es genug davon. Er stapelte sie vor sich auf und wartete ab. Zu versuchen, die Hunde im vollen Lauf zu treffen, war sicher äußerst schwierig. Wenn sie aber über die Felsen zu ihm hinaufkletterten, würde es vielleicht genug Möglichkeiten geben. Jetzt hieß es, geduldig zu sein.

Die Bestien kamen immer näher. Zu Eriks Überraschung kläfften sie nicht, sie schienen auch nicht besonders aufgeregt. Sie jagten mit starrem Blick auf ihn zu. Fast hatte der Wikinger den Eindruck, dass sie ihn in seinem Versteck hinter dem kleinen Felsen hoch oben in der Spitze des Geröllberges schon entdeckt hatten, denn sie rannten zielgerichtet wie Pfeile auf ihn zu.

Er zwang sich, ruhig zu bleiben. „Versuche nie, fünf Flöhe mit fünf Fingern festzuhalten“, diese alte Weisheit seiner Heimat fiel ihm ein, und trotz des Ernstes der Situation musste er lächeln, denn die Wahrheit dieses Satzes würde ihm vielleicht helfen. Er durfte seine einzigen Waffen, rund ein Dutzend Steine, nicht voreilig benutzen. In diesem Augenblick erreichte die erste Dogge den Fuß der Hundefelsen. Sie zögerte und suchte dann blitzschnell den besten Weg über das spitze Geröll. Erik warf seinen ersten Stein. Er hatte gut gezielt, traf aber dennoch nicht.

Unbeirrt setzten die fünf Hunde ihren Weg zur Spitze des Hügels fort. Geschickt und wendig sprangen sie von einem Stein zum anderen, als hätten sie sich ihren Weg vorher eingeprägt. Bis auf ein angriffslustiges Schnaufen war kaum etwas zu hören. Erik versuchte unablässig, die Hunde mit seinen Steinen zu treffen, aber sie waren zu schnell. Als der erste der riesigen Molosser nur noch wenige Meter entfernt war, traf Erik zum ersten Mal. Der Stein riss dem Hund am Hinterlauf ein Stück Fell fort und verursachte eine tiefe Wunde.

Das Tier jaulte, sackte zusammen, rappelte sich aber sofort wieder auf. Obwohl es den rechten Hinterlauf nachzog, versuchte es, auf den nächsten Felsen zu springen, rutschte aber aus und blieb keuchend liegen, die Augen starr auf Erik gerichtet. „Der Erste ist erledigt", dachte Erik und presste befriedigt die Lippen zusammen.

Der Wikinger konnte außer dem verletzten Tier nur zwei weitere Hunde sehen. Wo waren die beiden anderen? Er blickte sich um. Nein, hinter ihm waren sie nicht. Er sah wieder in Richtung Hammaburg.

In diesem Augenblick hörte er ein scharrendes Geräusch; es war kaum wahrnehmbar. Erik drehte sich zur Seite. Da kauerte, nur wenige Meter von ihm entfernt, einer der Molosser, bereit zum Sprung. Im nächsten Moment sprang er.

Erik warf sich auf den Boden und rollte zur Seite. Der Hund landete knapp neben ihm. Es dauerte nur einen Wimpernschlag, bis der Hund nach dem fehlgegangenen Sprung wieder auf die Beine kam, diese Zeit reichte Erik jedoch, ihm mit einem kurzen, harten Hieb auf die Schnauze zu schlagen. Es war, dies wusste er, eine der empfindlichsten Stellen und verdarb jedem Hund sofort die Angriffslust.

So war es auch jetzt. Mit eingeklemmtem Schwanz und einem für die Größe des Tieres überraschend kläglichem Quieken machte sich das Tier davon. Noch drei, dachte Erik.

Es waren drei zu viel. Sie hatten ihn in der Falle. Sechs tückische, blutunterlaufene Augen starrten ihn an, die drei unverletzten Hunde waren nur wenige Meter von ihm entfernt und zum Sprung bereit. Und auch die beiden anderen kamen langsam wieder näher. Die Hoffnung, dass sie ihn einzeln angreifen würden, hatte Erik nicht. Es waren offenbar kampferprobte Tiere, deren Urinstinkt es war, im Rudel anzugreifen.

Der Wikinger erinnerte sich, wie er damals, nach seinem Schiffbruch an der jütländischen Küste, mit den Wölfen fertiggeworden war. Er hatte damals zwei von ihnen erledigt und war dann geflohen. Die anderen waren nicht ihm gefolgt, sondern hatten sich über ihre Artgenossen hergemacht. Damals hatte er allerdings sein scharfes Schwert gehabt. Er wusste auch nicht, ob Doggen einen Artgenossen fressen würden.

Er wich zurück, bis er nur noch wenige Meter von der steilen Felswand entfernt war, die die kleine ebene Fläche zur Elbe hin begrenzte.

Die Hunde kamen immer näher.

Erik überlegte, ob er einen der Hunde angreifen sollte, versuchen sollte, ihn zu umklammern, um schließlich mit einem kurzen Ruck den Kopf des Hundes nach oben zu drücken. So brach man einem Wolf das Genick. Er ließ den Gedanken wieder fallen. Diese Hunde waren größer und stärker als Wölfe und würden ihn in Stücke reißen, bevor er seinen Griff auch nur angesetzt hätte.

Worauf warteten die Bestien noch?

Erik ahnte, dass er einen Kampf gegen diese Hunde nicht überleben würde, aber er würde sich teuer verkaufen.

Zentimeter für Zentimeter rückten die Molosser näher. Erik war es, als könnte er ihren stinkenden Atem riechen. Jetzt blieben sie stehen. Wie auf ein geheimes Kommando machten sie sich zum Sprung bereit.

Auch Erik nahm eine gebückte Haltung ein. Er war bereit zu diesem Kampf um Leben und Tod, zu diesem Kampf, den er nicht gewinnen konnte.

Der erste Hund sprang auf ihn zu.

Erik hatte nur die Zeit für eine winzige Körperbewegung. Sie reichte aber aus, dass es dem Molosser nicht gelang, sich voll auf Eriks Körper zu werfen. Dennoch verlor der Wikinger das Gleichgewicht. Er strauchelte rückwärts und wäre fast mit dem Kopf gegen die Felswand geschlagen. Wenn dort nicht eine kleine Felsspalte gewesen wäre, hätte er sich den rechten Arm gebrochen.

So aber landete sein Handrücken auf etwas überraschend Kaltem. Ein runder Gegenstand, der sich fast so anfühlte, als würde man den Knauf eines Schwertes berühren.

Erik rollte weiter zur Seite und riss dabei das Ding aus der Felsspalte. Es war tatsächlich ein Schwert! Erik wusste nicht, dass es Garwigs Schwert war, das dieser kurz vor dem Wikingerüberfall in diese Felsspalte gesteckt hatte, bevor er sein Bad in der Elbe nahm.

Es war ihm auch ziemlich gleichgültig, wo das schon leicht angerostete Ding herkam, denn jetzt konnte er vielleicht doch noch etwas gegen die Bestien ausrichten! In wilder Hoffnung schlug Erik um sich, und er traf den Hund, der ihn als Erster angegriffen hatte, so, dass dieser von ihm abließ. Auch die anderen hatten offenbar bemerkt, dass sie kein so leichtes Spiel haben würden, wie sie erwartet hatten.

Der Wikinger ging jetzt seinerseits zum Angriff über. „Ha!“, schrie er im Gefühl der Überlegenheit und machte ein paar Schritte auf die Hunde zu. Diese wichen zurück. Jetzt würde er sie zum Teufel jagen, dachte Erik. Er stürzte mit dem Schwert in der Hand auf einen der Hunde zu und schrie dabei voll Angriffslust. Und tatsächlich: Das Tier wendete sich zur Flucht.

Erik triumphierte! Er hatte sie verjagt! Er hatte es geschafft! Er hatte gewonnen gegen diese fünf Bestien!

Die Hunde drehten jetzt ab und waren schon halbwegs auf dem Rückzug, als sie ein schnalzendes Geräusch mitten in der Bewegung erstarren ließ. Erik hörte einen kurzen Befehl in einer ihm fremden Sprache und sah, wie die Hunde nunmehr schnell und ohne zu zögern Richtung Hammaburg sprangen. Die verletzten Tiere etwas langsamer.

Erik drehte sich um. Oben auf dem Felsen stand der Mann mit den Büscheln in der Nase, der beim Thing das große Wort geführt hatte. „Nein, Wikinger, du wirst meine kleinen Lieblinge nicht abschlachten“, sagte Eilwart jetzt in Eriks Sprache. „Woher hast du das nette Spielzeug da?“, fragte er. „Es war doch abgemacht, dass du keine Waffen haben darfst. Hat dir jemand das Schwert heimlich hingelegt? Berengar vielleicht?“

Eilwart sprang vom Felsen herunter und landete nur wenige Meter vor dem immer noch verblüfften Erik, der, ohne es zu wollen, einen Schritt rückwärts machte. Weil hinter ihm ein großer Stein lag, geriet er ins Straucheln. Blitzschnell war Eilwart bei ihm und schlug mit dem Schwert auf ihn ein.

Erik konnte den Streich nur abwehren, indem er in die Knie ging und mit seiner eigenen Waffe den Kopf deckte, sonst hätte ihn bereits dieser erste Angriff das Leben gekostet. Der Wikinger ließ sich zur Seite fallen, drehte ein Rolle und sprang behende auf.

Nun war es an Eilwart, überrascht zu sein, denn er hatte damit gerechnet, einen unerfahrenen Kämpfer vor sich zu haben. Er konnte nicht wissen, dass Erik bereits viele Schlachten an der Seite des Seekönigs Ragnarr geschlagen hatte und als einer der besten Schwertkämpfer seiner Gilde galt.

Auf jeden Hieb, den Eilwart austeilte, hatte der junge Bursche eine Antwort, sodass das überlegene Lächeln aus dem Gesicht des Sklavenhändlers verschwand. Immer wütender schlug er auf Erik ein. Geschickt wich dieser aus, ging selbst zum Angriff über und traf jedes Mal, allerdings ohne Eilwart entscheidend zu verletzen.

Eine letzte Finte, und das Schwert des Sklavenhändlers flog in hohem Bogen durch die Luft. Mit vor Entsetzen geweiteten Augen sah Eilwart auf die Schwertspitze des Wikingers, die nur eine Handbreit über seiner Kehle verharrte.

„Auf den Boden“, sagte Erik völlig ruhig. Eilwart gehorchte. Trotz des kühlen Morgens stand ihm der Angstschweiß auf der Stirn. Als seine Hände den Boden berührten und er bemerkte, dass er eine

Handvoll Sand ergreifen könnte, schöpfte er noch einmal Hoffnung.

Eilwart senkte den Blick und ergab sich scheinbar. Dabei krallte er die rechte Hand in den lockeren Boden und machte sich bereit, seinem Gegner den Inhalt ins Gesicht zu schleudern. Gerade als er dies tun wollte, schnellte der Fuß des Wikingers vor und stellte sich mit seinem ganzen Gewicht auf die Hand des Sklavenhändlers. Eilwart schrie vor Schmerz auf, sein Handgelenk war gebrochen. Erik gab ihm mit einer Geste zu verstehen, dass er sich jetzt erheben sollte. Eilwart aber krümmte sich vor Schmerzen und presste die gebrochene Hand an sich. Erik ging um ihn herum und trat dem Sklavenhändler herzhaft in den verlängerten Rücken. „Steh auf und geh", sagte Erik ruhig und zerrte Eilwart am Hemd hoch. Dem Sklavenhändler liefen, mehr vor Scham als vor Schmerz, die Tränen an den Wangen herunter, als die beiden Gegner die Felsen herunterkletterten. An Flucht war nicht denken, denn der Wikinger saß ihm hautnah im Genick, jederzeit bereit, sein Schwert zu benutzen.

Als sie den Fuß der Felsen erreichten, hatten sich dort bereits die meisten Dorfbewohner eingefunden. Ein Raunen ging durch die Menge, als sie Erik mit seinem Gefangenen auf sich zukommen sah. „Was hat er mit meinem Bruder gemacht"?, rief jetzt Diethart, „hängt ihn auf, diesen Wikingerbastard!"

„Jawohl, hängt ihn auf!", brüllte auch der dicke Denihart und schwang einen dicken Knüppel.

Abbio schwieg mit versteinerter Miene.

Einige der Dorfbewohner stimmten mit ein. „Hängt ihn auf!", riefen sie. Die Stimmen wurden immer zahlreicher. Erik, der die Bedrohlichkeit der Situation spürte, blieb ein gutes Stück vor der Menge stehen und befahl seinem Gefangenen niederzuknien. Das fachte die Wut der Bürger noch mehr an. Angeführt von Diethart und Denihart, aber immer noch zögernd, bewegten sich die Hammaburg-Bewohner auf Erik zu.

„Halt!", rief jetzt Berengar, nachdem er sich trotz seiner schmerzenden Verletzung mit ein paar schnellen Schritten vor die Menge gestellt hatte. „Haltet ein!", rief er und hob beide Hände.

Die Vorderen blieben stehen, die Nachdrängenden schoben die Menge jedoch so dicht an Berengar heran, dass dieser noch paar Schritte weiter vortreten musste. Dann herrschte für ein paar Augenblicke Ruhe. „Das Gottesurteil ist gesprochen", sagte Berengar jetzt leiser, „der Wikinger lebt. Gott hat für mich entschieden. Niemand rührt den Mann an." Er sprach diese Worte in einem so bestimmten und harten Ton, wie ihn die Dorfbewohner von ihrem Grafen noch nie zuvor gehört hatten.

Er verfehlte seine Wirkung nicht.

Niemand rührte sich, auch Abbio und seine beiden Söhne blieben stehen und schwiegen. „Jannasch, tretet vor“, sagte Berengar jetzt, „und nennt uns das Urteil.“

Langsam löste sich die Gestalt des alten weißhaarigen Mannes aus der Menge. Er schien sich heute noch mühevoller zu bewegen als am Tag zuvor. Er stützte sich auf einen handgeschnitzten Eichenstock, der ihn Schritt für Schritt an Berengar heranbrachte. Der Richter stöhnte dabei leise, sodass man fürchten musste, dass er jeden Augenblick zusammenbrechen könnte.

Aber Jannasch schaffte es.

Er stellte sich neben Berengar und sprach mit leiser, aber fester Stimme: „Gott hat gesprochen. Der Wikinger lebt. Dies ist der Beweis, dass Berengar die Wahrheit gesagt hat und Eilwart die Unwahrheit. Ohne dass ich weiß, was sich dort auf den Hundefelsen ereignet hat, erkenne ich, dass Eilwart sich in der Gewalt des Wikingers befindet. Dafür schuldet uns Abbios Sohn eine Erklärung.“ Er winkte fünf bewaffnete Männer heran, die auf sein Zeichen gewartet hatten. „Der Wikinger ist in Gewahrsam zu nehmen. Er gehört der Dorfgemeinschaft. Der Nordmann wird auf dem Sklavenmarkt verkauft. Den Erlös erhält die Dorfgemeinschaft.“

•••••••••••••••

Da ist es, das Wort, das wir heute mit der Antike und mit dem Kampf der Farbigen in Amerika um Freiheit und Anerkennung verbinden: Sklaverei. Die Sklaverei war aber auch in der Karolingerzeit ein für die damaligen Menschen selbstverständlicher Teil der Gesellschaftsstruktur. Das Ende des Sklaventums war allerdings abzusehen. Ein Sklave war im frühen Mittelalter kein Mensch, er war eine Sache, die gekauft und verkauft werden konnte, vermietet oder verliehen – etwa so wie heute die Fußballprofis. Im Unterschied zu diesen wurde ihnen ihre Unfreiheit allerdings nicht mit Millionen versüßt, sondern mit Prügel, harter Arbeit und, wenn es dem Herrn gerade gefiel, auch mit dem Tod.

Wurde ein Haus verkauft, so gehörte der Sklave zum Inventar, selbstverständlich fragte ihn niemand. Sklaven standen in der gesellschaftlichen Hierarchie ganz unten, vergleichbar nur den Verbrechern, den Halsabschneidern und Wegelagerern, von denen es seinerzeit noch mehr gab als heute.

Es waren Zeiten ohne Mitleid. Morde geschahen ohne Skrupel, die Flucht in die Trunksucht war allgemein verbreitet, und die Herrscher standen hilf- und fassungslos einer jederzeit vorhandenen Bereitschaft zu Totschlag, Raub und Vergewaltigung gegenüber. Wurde ein Sklave verkauft, spielte es überhaupt keine Rolle, ob er Frau und Kinder hatte, er war ein Nichts. Vor Gericht durfte er weder als Kläger noch als Beklagter oder auch nur als Zuschauer erscheinen, er wurde ohne Anhörung bestraft, selbstverständlich härter als jeder Freie.

Meistens wurde ein Sklave als ein solcher geboren, er konnte aber auch zum Sklaven werden, beispielsweise als verschleppter Kriegsgefangener, als Beute eines Überfalls oder auch aus wirtschaftlicher Not. Eine berühmte Geschichte aus der Zeit des großen Karl berichtet davon, dass ein Mann sich als Sklave verkaufte, um seine Frau vor dem Hungertod zu bewahren.

Es war schwer für einen Sklaven, sich aus seiner hoffnungslosen Situation zu befreien. Er schuftete als Landarbeiter und erhielt dafür gerade so viel zu essen, dass er bei Kräften blieb. Er hatte den Status von Vieh, genauso wurde er auch angesehen. Die wenigen, die ins Haus durften, um ihrem Herrn direkt zu dienen, hatten größere Chancen, aus dem Schlamassel herauszukommen. Mit sehr viel Glück bekamen sie in seltenen Fällen einen kleinen Bauernhof zur Bewirtschaftung, was ihnen eine winzige Chance ließ, ein selbstständiges Leben zu führen.

Meistens, aber durchaus nicht immer, waren die kleinen Handwerker auf den großen Gütern Sklaven. Sie durften mit ihren Waren Handel treiben und sich von dem Erlös von der Sklaverei freikaufen, was das alte Wort „vom Handwerk, das goldenen Boden hat" eindrucksvoll belegt.

Der einzige Trost für einen Sklaven, wenn auch ein äußerst schwacher: Er musste keinen Militärdienst leisten.

Nun gab es natürlich auch im Mittelalter unter den Sklaven Menschen, die sich eine solche Behandlung nicht gefallen ließen. Ähnlich wie in der Antike (Spartakus!) gab es blutige Aufstände, die in karolingischer Zeit vor allem aus dem Nordseegebiet überliefert sind. Die Staatsmacht, an deren Spitze fast überall

Franken standen, wurde mit den empörten und weitestgehend unbewaffneten Horden allerdings schnell fertig. Die Anführer erhielten die Todesstrafe, Mitläufer mussten sich gegenseitig auspeitschen. Außerdem wurde ihnen die Nasenspitze abgeschnitten.

Beschaffer der Ware Mensch, so schreibt Rudolf Pörtner in seiner „Wikinger-Saga", waren vor allem rusowarägische Händler, die in den Wäldern des Ostens Jagd auf Slawen machten, die dann nach Arabien verkauft wurden – was belegt, dass die Wörter „Sklave" und „Slawe" nicht zufällig ähnlich klingen, hieß doch der Volksstamm der Slawen einst „skleri". Der Kalif von Cordoba hatte beispielsweise im 10. Jahrhundert eine Leibwache, die aus slawischen Sklaven bestand.

Die Slawen waren ihrerseits allerdings auch nicht untätig. Sie besorgten ihren Handelspartnern in Griechenland und Byzanz Muselmanen, die sie an der Küste des Schwarzen Meeres einfingen. Italienische Händler orientierten sich mehr nach Nordafrika, und die Araber fingen Christen, wo immer sie ihrer habhaft werden konnten. Die Wikinger handelten sowieso mit allem, was ihnen in die Hände fiel.

Was man heute kaum glauben kann: Die Hauptumschlagplätze für Sklaven im mittelalterlichen Mitteleuropa waren Regensburg, Prag und Magdeburg. Das Ganze war ein lukratives Geschäft, das dem Pferdehandel verblüffend ähnelte: So scheuten sich die Händler nicht, ihre Ware hochwertiger darzustellen, als sie eigentlich war. Da wurden Haare gefärbt, Augen wurden durch geheimnisvolle Säfte zum Strahlen gebracht, man kannte sogar künstliche Polster, um sekundäre weibliche oder männliche Geschlechtsmerkmale wie Busen und Muskeln attraktiver erscheinen zu lassen. Die Sklaven wurden eingeölt und angemalt, Hauptsache, die Kundschaft griff zu. Man konnte sie zu vielen Dingen gut gebrauchen: Im Haus, auf dem Feld, als heimliche Nachwuchsbeschaffer, wenn die Kräfte des Herrn nachließen, oder man konnte sie, wie Pörtner ein wenig flapsig schreibt, „den Göttern opfern, frisch vom Markt sozusagen".

Vom späteren Hamburger Erzbischof und Nachfolger Ansgars, Rimbert, der in unserer Saga später noch eine Rolle spielen wird, wird berichtet, dass er aus Mitleid für eine versklavte Nonne, der er in Haithabu begegnete, sein Pferd hinschenkte. Rimbert stand ohnehin in dem Ruf, sein ganzes Hab und Gut für den Loskauf christlicher Sklaven eingesetzt zu haben. Auch Ansgar kaufte immer wieder Sklaven frei – auch das wird uns noch eingehender beschäftigen.

Kapitel 5

Noch bevor die fünf Bewaffneten Erik erreichten, hielt Ansgar sie mit einem scharfen „Bleibt stehen!“ zurück. „Ihr könnt Euch sicher vorstellen, dass ich von Gottesurteilen nicht viel halte“, sagte er. „Nun aber ist auf diese Art nach den Gesetzen des Things erwiesen, dass der junge Wikinger kein tollwütiger und gnadenloser Totschläger ist, sondern dass er Yba das Leben gerettet und sogar jetzt Eilwart verschont hat. So will ich ihn also aufnehmen in den Schoß der Kirche. Ich werde den Preis für ihn an die Dorfgemeinschaft zahlen und ihn lehren, unsere Sprache zu sprechen, unsere Bücher zu lesen und dem Wort des Herrn zu gehorchen.“

Da sich kein Widerstand regte, atmete Ansgar durch.

„Berengar“, wandte er sich an den Dorfgrafen, „ich fordere Euch auf, jetzt und hier darüber zu entscheiden, ob Ihr dieses Angebot annehmen wollt oder nicht.“ Berengar, der offensichtlich überrascht war, rieb sich, wie er es immer tat, wenn er sich über etwas im Unklaren war, ausgiebig das Kinn.

Eigentlich wäre es ihm am liebsten gewesen, wenn der Nordmann auf Nimmerwiedersehen verschwunden wäre, und damit die Erinnerung an diese ganze unselige Angelegenheit. Andererseits hatte der Fremde seine Tochter gerettet und sie aus den Klauen der Sklavenhändler befreit, denn sein Eheversprechen war mit dem Ausgang des Gottesurteils hinfällig. Außerdem durfte er seinen Freund Ansgar jetzt nicht enttäuschen.

„Gut“, sagte Berengar, „steckt ihn in Eure Kutte und macht mit ihm, was Ihr wollt. Ich habe aber noch einen weiteren Befehl: Es hat sich gezeigt, dass es in unserer Gemeinschaft ein faules Ei gibt. Eilwart hat nicht nur gelogen, sich nicht nur einen Sklaven durch Betrug erschleichen wollen, sondern hat augenscheinlich auch versucht, ein Gottesurteil zu seinen Gunsten zu beeinflussen – ein schweres Vergehen, das bestraft werden muss. Kraft meines Amtes als Vertreter des Kaisers sage ich Folgendes …“

Berengar machte eine kleine Pause. Er schob die Schultern zurück und hob den Kopf. Ringsherum herrschte Stille. Eilwart, der immer noch vor Erik auf den Knien lag, blickte auf. Der Wikinger beobachtete die Lage mit erhobenem Schwert, jederzeit bereit, einen tödlichen Streich zu tun.

„Du, Eilwart, hast das Recht verwirkt, jemals wieder unser Land zu betreten. Du bist vogelfrei, ehrlos und rechtlos. Jedermann kann dich straffrei töten. Es sei denn, du unterwirfst dich einem kaiserlichen Gericht. In diesem Falle bist du in Gewahrsam zu nehmen und sollst Tag und Nacht bewacht werden."

Beifälliges Gemurmel der Menge folgte seinen Worten. Abbio, Diethart und Denihart hatten sich, schon wegen der Hunde, abseits der übrigen Dorfbewohner aufgehalten. Nun steckten sie die Köpfe zusammen.

Dann trat Abbio vor, was eine Überraschung war, denn der alte Sklavenhändler hatte bisher noch nie sein Wort in der Gemeinschaft erhoben. Er trat dicht an Berengar heran und sah ihm fest ins Gesicht. Die kurz geschorenen roten Haare waren schon teilweise ergraut. Wie es schien, waren zahlreiche neue Stellen hinzugekommen.

Abbio sprach leise. „Graf Berengar", begann er, „Ihr seid ein Schurke. Ihr habt Eure Tochter in einem ehrlichen Spiel gesetzt und verloren. Jetzt versucht Ihr auf Kosten meines Sohnes, Euren Fehler rückgängig zu machen." Dabei spuckte er Berengar vor die Füße.

Er zog die Mundwinkel herunter und sah Berengar scharf an. „Wenn Ihr glaubt, Ihr könnt mit uns machen, was Ihr wollt, habt Ihr Euch gründlich geirrt. Wir sind Euch nicht ausgeliefert, auch wenn es zurzeit so aussieht."

Der Sklavenhändler machte eine wegwerfende Handbewegung. „Auch wir wollen jedoch mit Euch nichts mehr zu tun haben. Wir wollen Eure Tochter nicht, wir wollen Euer Land nicht, wir brauchen all diese Leute nicht.“ Dabei drehte er sich um und zeigte in die Runde. Wieder spuckte er aus.

Er trat noch näher an Berengar, um sicher zu sein, dass ihn nur der Dorfgraf verstehen konnte. „Gebt mir meinen Sohn wieder, und wir werden alle verschwinden. Wir nehmen nur mit, was unsere Pferde tragen können; alles andere könnt Ihr im Dorf verteilen. Wenn Ihr mir meinen Sohn aber nicht herausgebt, werdet Ihr es bereuen. Und mit Euch dieses ganze verdammte Hammaburg.“

Berengar überlegte. „Gut“, sagte er, ebenfalls so leise, dass nur Abbio ihn hören konnte. „Eilwart wird sich zum Schein der Gerichtsbarkeit unterwerfen. Wir werden ihn, da er verletzt ist, ins Kloster zu Bruder Benedikt bringen. Er wird dort in der ersten Nacht nicht streng bewacht werden. Wenn es Euch gelingt, ihn dort herauszuholen und noch im Schutze der Dunkelheit für alle Zeiten von hier zu verschwinden, so will ich dieses zulassen.“

„Werdet Ihr die Ächtung zurücknehmen?“, fragte Abbio. – „Nein“, antwortete Berengar, „aber was kümmert es Euch in Haithabu oder Starigard, dass Euer Sohn im Frankenland vogelfrei ist? Nur so kann ich sicher sein, Euch wirklich nie wieder zu sehen."

Berengar drehte sich abrupt um und ließ Abbio stehen, ohne ihm Zeit für eine Antwort zu geben. Sein Angebot war das äußerste Entgegenkommen, zu dem er gegenüber den verbrecherischen Sklavenhändlern bereit war, und auch dies war fast zu viel. Er wandte sich an Ansgar.

„Ansgar, könnt Ihr, da Ihr außer diesem Lumpenpack der Einzige seid, der die Sprache des Wikingers spricht, zu ihm gehen und ihm erklären, was mit ihm geschehen soll?" Als Ansgar nickte und sich in Eriks Richtung auf den Weg machte, fügte Berengar noch ein leises „Ich danke Euch" hinzu.

Erik hatte aus sicherer Entfernung die Vorgänge beobachtet. Auch wenn er nicht erwartete, freigelassen zu werden, hoffte er doch, dass ihm Gerechtigkeit widerfahren würde. Der Gedanke an Flucht, vielleicht sogar mit seiner Geisel, war ihm zwischenzeitlich gekommen, er hatte ihn aber sogleich wieder verworfen.

Auch wenn er nicht alles verstanden hatte, was heute und am Tag zuvor gesprochen wurde, war ihm doch eines klargeworden: Der Kerl hier vor ihm, der sich winselnd die verletzte Hand hielt, war kein besonders angesehenes Mitglied der Dorfgemeinschaft. Also taugte er auch nicht als Geisel. Eines aber würde er tun, sollten diese Leute ihm nochmals die Freiheit nehmen wollen. Er würde kämpfen, und der Erste, der sein Leben verlieren würde, wäre dieses Bündel Fleisch vor seinen Füßen, dieser Jammerlappen, der ihn so oft gedemütigt und beleidigt hatte. Danach würde er möglichst viele mitnehmen nach Walhall und würde dort, wie jeder andere tote Krieger, gemäß den uralten Überlieferungen seiner Heimat zu einer Eiche Odins werden. Erik warf stolz den Kopf zurück.

Als er sah, dass der seltsame alte Mann in seinem merkwürdigen Mantel, der beim Thing und in der vergangenen Nacht mit ihm in seiner Sprache geredet hatte, auf ihn zustelzte, packte er das Schwert noch fester. Als der Mann auf Rufweite herangekommen war, hielt Erik ihn zurück.

„Geht keinen Schritt weiter!", rief er Ansgar zu, der jedoch unbeirrt weiterging und dabei seine Handflächen nach außen drehte, um zu zeigen, dass er unbewaffnet war. – „Nein, nein, bleib ruhig, mein junger Freund. Ich habe mit dir zu reden. Ich möchte, dass du bei uns bleibst, als freier Mann, und in unsere Dorfgemeinschaft hineinwächst."

Ansgar wusste, dass er ein riskantes Spiel trieb, denn wenn er den Wikinger nicht überzeugen konnte, was dann? „Freier Mann" war nicht das, was er mit Berengar ausgehandelt hatte, und ob der Wikinger das Mönchsleben, das der Bischof ihm anzubieten hatte, als „frei" bezeichnen würde, war zweifelhaft.

„Bleibt stehen!“, rief Erik erneut, und diesmal verharrte Ansgar an seinem Platz, gut zwanzig Schritte von dem Wikinger und seinem Gefangenen entfernt. „Redet“, sagte Erik und umfasste den Knauf seines Schwertes noch fester.

„Ich heiße Ansgar. Ich war schon oft in deiner Heimat, kenne den König von Birka und habe mit den Häuptlingen in Haithabu gesprochen“, begann der Erzbischof. Erik erinnerte sich tatsächlich, von einem seltsamen Kauz gehört zu haben, der im Namen dieses neuen Gottes, von dem er kaum etwas wusste, durch den Norden zog. Das also war er.

Sie hatten immer, wenn die Sprache darauf kam, lauthals gelacht. Das Einzige, was Erik von diesem „Apostel des Nordens“ wusste, war, dass er nicht mit „Kampfsturmfischen“ kämpfte, wie sie am Lagerfeuer ihre Schwerter nannten, dass er keinem Schildtroll vertraute, dass er ohne „Wundenbienen“, also Pfeile auskam. Er trug noch nicht einmal einen Helm.

Erik erinnerte sich aber auch, dass die Männer seines Volkes diesen Ansgar insgeheim bewunderten und dass alle, die ihn je erlebt hatten, von ihm und seinen Worten beeindruckt waren.

„Wenn Ihr Ansgar seid und Euch ‚Apostel des Nordens‘ nennt, was macht Ihr dann hier? Müsstet Ihr nicht weit fort sein, da, wo das Eis die Wälder küsst?“, fragte Erik. Ansgar schmunzelte. „Ein frecher junger

Bursche“, dachte er. Aber er gefiel ihm. „Mach dir darüber keine Gedanken. Hier geht es um dich und nicht um mich.“

„Also, was wollt Ihr?“, knurrte Erik und blickte sein Gegenüber kampflustig an. – „Lass mich ein wenig näher kommen. Wie du siehst, bin ich ohne Waffen, und es droht dir von mir keine Gefahr.“ Ansgar wagte einen neuen Vorstoß; Erik erlaubte es ihm mit einer kurzen Bewegung seines Schwertes. Der Erzbischof setzte sich in Bewegung und blieb drei Schritte vor dem Wikinger und seinem Gefangenen stehen. Sie sahen sich an, ohne dass einer dem Blick des anderen auswich.

„Was geht hier eigentlich vor?“, stöhnte jetzt Eilwart in jener Sprache, die Erik nicht verstand. Dabei sah er Ansgar giftig an. „Dieser Kerl hat mich überfallen, als ich friedlich vorbeikam. Habt Ihr etwa vor, ihn dafür zu belohnen? Der Mann gehört an der nächsten Eiche aufgehängt! Es wird Zeit, dass Ihr mich von diesem Wahnsinnigen befreit. Haltet hier nicht eine Eurer langweiligen Volksreden!“

„Es steht Euch nicht zu, Forderungen zu stellen, jedenfalls nicht, solange ein scharfes Schwert über Euch schwebt. Also seid ruhig“, antwortete Ansgar.

„Ihr werdet gefälligst in meiner Sprache reden, sonst schlage ich ihm sofort den Kopf ab“, fuhr Erik dazwischen. Ansgar war überrascht. „Woher weißt du, dass er deine Sprache versteht?", fragte er. – „Wir haben gesprochen", nickte Erik. – „Aha", dachte Ansgar, „noch eine Lüge Eilwarts", denn dieser hatte behauptet, nie ein Wort mit dem Wikinger gewechselt zu haben.

„Nun, Eilwart, ich werde Euch sagen, wie sich uns der Vorgang darstellt, und wir werden uns diesmal nicht durch Eure Lügen von der Wahrheit abbringen lassen: Ihr habt versucht, ein Gottesurteil zu fälschen, indem Ihr eingegriffen habt. Ihr habt es nicht erwarten können, dass Eure Hunde diesen Menschen hier zerreißen, Ihr wolltet ganz sicher gehen."

Eilwart öffnete den Mund. „Nein, Ihr schweigt jetzt! Es ist schon viel zu viel geredet worden! Ihr hört jetzt zu!", fuhr ihn Ansgar an. „Ihr habt den Wikinger angegriffen und wolltet ihn mit dem Schwert töten. Der aber entriss Euch, wie auch immer, die Waffe." – „Nein", sagte Erik, „so war es nicht. Das Schwert war in der Felsspalte."

„So, so", brummte Ansgar, „in der Felsspalte ..." Hatte tatsächlich jemand dort eine Waffe niedergelegt? Vielleicht sein Freund Berengar? Das wäre ebenfalls ein Eingriff in das Gottesurteil und müsste entsprechend schwer bestraft werden. Hätte aber Berengar so hart gegen Eilwart geurteilt, wenn er selbst gefehlt hätte? Wohl kaum. Nun, das musste geklärt werden.

„Erlaube, dass ich noch ein wenig näher komme, um das Schwert zu betrachten“, sagte Ansgar. Jetzt konnte er es genauer sehen. Es war eine jener Klingen, wie sie die bewaffneten Männer des Dorfes trugen. Die Schneide war fein verziert, der Griff, soweit er durch Eriks Hand nicht verdeckt war, ein Meisterwerk der Schmiedekunst. Er erinnerte sich, es schon einmal gesehen zu haben. Plötzlich wusste er auch, wo.

„Es ist Garwigs Schwert! Es ist das Schwert des armen Jungen!“, rief Ansgar. „Welch ein Glück für dich, dass du es gefunden hast.“ Dies war gleichsam eine Bekräftigung des Gottesurteils! „Wie kamt Ihr also in die Hundefelsen, Eilwart?“ – „Ich konnte doch nicht zulassen, dass er meine Hunde abschlachtet“, jammerte der Sklavenhändler. „Ich wollte ihnen nur helfen.“ – „Du warst schon da, als ich das Schwert noch gar nicht hatte“, unterbrach ihn Erik. „Du wolltest mich in Stücke hauen.“

„Das ist eine Lüge!“, schrie Eilwart und brach in Tränen aus.

„Genug!“, donnerte Ansgar. „Ich habe genug von Euch! Gleich werden Euch die Bewaffneten ergreifen und hoffentlich für immer aus meinen Augen entfernen. – Doch nun zu dir, junger Freund“, wandte sich der Erzbischof an Erik. „Ich möchte dich aufnehmen in den Schoß der Kirche.“

Erik hörte voll Interesse zu.

„Du sollst nicht nur unsere Sprache lernen, sondern auch die der Gelehrten, die Sprache der Bibel, die Sprache, in der all das geschrieben wurde, was wir über die Menschheitsgeschichte wissen: Latein. Es ist die Sprache, in der wir unseren Gott verehren und in der unsere Gesetze und Urkunden geschrieben wurden. Ich möchte dir die Gedanken des Gottesstaates des heiligen Augustinus erläutern und die Regeln des heiligen Benedikt beibringen. Du wirst hören, was Lucan in seiner ‚Pharsalia' schrieb, du wirst Senecas Tragödien lesen, und du wirst über Plautus und Terenz lachen."

Ansgar hatte sich in solche Begeisterung hineingeredet, dass ihm entging, dass der Wikinger ihm kaum noch zuhörte, sondern ungeduldig den Kopf schüttelte. Erst ein energisches Räuspern des jungen Mannes brachte ihn wieder in die Gegenwart zurück. „Ah, ja", fügte Ansgar noch hinzu und sagte, in der Hoffnung, doch noch das Interesse des Wikingers zu wecken: „Dann werde ich dir von Troja erzählen und seinen großen Kriegern, die im Kampf gegen die Griechen Heldentaten vollbrachten und die, wie der große Vergil schrieb, die Urväter der Römer und damit auch des fränkischen Volkes sind, dem ich entstamme."

Ansgar behielt recht. Eriks Augen begannen zu leuchten. Darüber wollte er mehr wissen. Außerdem war da ja noch die junge Frau, an die er sein Herz verloren hatte. Wenn er sie auch nicht haben konnte, er wäre hier wenigstens in ihrer Nähe. Erik warf das Schwert von sich und sagte: „Erzählt mir von Troja."

So kam es, dass in Hammaburg zum ersten und – wie sich herausstellen sollte – zum einzigen Mal ein Wikinger in das Kloster der Benediktiner aufgenommen wurde.

Abbio gelang es in der folgenden Nacht tatsächlich, Eilwart aus der Krankenkammer herauszuholen. Die beiden verschwanden zusammen mit Diethart und Denihart sowie einem Dutzend schwer bepackter Pferde.

In ihr Haus zog eine friesische Familie, deren Hütte kurz zuvor in Flammen aufgegangen war. Es sollte fast acht Jahre dauern, bis Abbio und seine Söhne die Hammaburg wiedersahen. Danach allerdings nie wieder. Sie ließen sich in Dorestad am Niederrhein nieder, dem bedeutendsten Handelsplatz ihrer Zeit, und vermehrten ihren Reichtum.

Erik erwies sich zu Beginn seines Mönchsdaseins als gelehriger Schüler. Es zeigte sich jedoch bald, dass er zum Novizen nicht taugte. Der christliche Glaube interessierte ihn nur mäßig, und das strenge Klosterleben sagte ihm überhaupt nicht zu.

So dauerte es nicht lange, bis Ansgar ein Einsehen hatte und ihn aus dem klösterlichen Leben entließ.

Dennoch behielt er ihn bei sich, denn er hatte Gefallen an dem jungen Mann gefunden, der sein neues Leben mit großem Elan anpackte. Nur eben das Mönchsdasein nicht. Ansgar hatte geahnt, dass das Leben hinter Klostermauern nichts für diesen freien, unbändigen Mann war. Erik war viel zu ungeduldig, um die Regeln des heiligen Benedikt zu achten. Er hasste es, in aller Herrgottsfrühe aufzustehen, und er langweilte sich bei den endlosen Ritualen, denen die Mönche nun einmal unterworfen waren.

So war Ansgar nicht überrascht, als Erik eines Tages bat, ihn aus dem Orden zu entlassen.

Bereits nach einem halben Jahr sprach Erik (wenn er überhaupt etwas sagte, denn er war – wie wir wissen – von Natur aus schweigsam) fast fehlerfrei die fremde Sprache. Auch das Lateinische ging gut voran. Er war eifrig und ließ nie eine Gelegenheit aus, Yba zu sehen. Auch Yba fand mehr und mehr Gefallen an dem jungen Mann.

Berengar beobachtete die zarten Annäherungen der beiden mit Argwohn. Es passte ihm nicht, dass seine Tochter sich in einen Wikinger verguckt hatte. Er griff jedoch nicht ein. „Ihr habt schon einmal Unglück über Yba gebracht“, hatte ihm Ansgar ins Gewissen geredet, „sie hat verdient, nun über ihr Leben selbst zu entscheiden.“

So beobachtete der Dorfgraf unwillig, wie die beiden jungen Leute sich zunächst häufiger ansahen und lächelten, wie sie zusammen durch das Dorf gingen, wie sie sich eines Tages sogar in einem, wie sie meinten, unbeobachteten Augenblick an den Händen hielten und wie sie immer öfter am Ufer der Elbe entlanggingen. Auch Ansgar machte sich seine Gedanken.

Eines Abends, als fast ein Jahr seit dem Zweikampf ins Land gegangen war, rief er den jungen Mann zu sich. „Erik", sagte er, „wir müssen miteinander sprechen."

Sie redeten die ganze Nacht. „Es ist Zeit, darüber zu sprechen, wie deine Zukunft aussehen soll. Mönch wolltest du nicht werden. Was willst du also tun? Wirst du zurückkehren zu deinem Volk?", fragte Ansgar mit bangem Herzen, denn er hatte den Jungen liebgewonnen. Erik zögerte. „Nicht leicht für mich, darüber sprechen", murmelte er leise und noch unsicher formulierend. Ansgar verzichtete jedoch darauf, ihn zu korrigieren. „Ich liebe eine Frau."

Ansgar gab vor, überrascht zu sein. „Du, vor Kurzem noch ein Lehrling Gottes, liebst eine Frau?", sagte er mit vorwurfsvollem Unterton, wobei allerdings seine Augen vergnügt funkelten. Erik senkte schuldbewusst den Kopf, der sich langsam so rot färbte wie ein Sommersonnenuntergang.

„Jo", antwortete Erik leise. „Aber ich weiß nicht, wie ich es ihr sagen soll." – „Nun", schmunzelte der

Bischof, „ich bin nicht gerade ein Kenner in solchen Angelegenheiten, aber es ist eigentlich ganz einfach: Wer eine Frage hat, sollte sie stellen." Erik überlegte. Er schüttelte den Kopf. „Nein", sagte er. „Ich gehe lieber zurück nach Haithabu." – „Dann willst du also wieder mit Ragnarr über die Meere ziehen, Häuser anzünden und hilflose Menschen abschlachten? Ich hatte gehofft, dass du mehr gelernt hast, seitdem du hier bist. Nimm dein Herz in die Hand und frage sie."

Erik schluckte, ihn schauderte bei dem Gedanken, Yba die wichtigste Frage seines Lebens zu stellen, um als Antwort nur ihr glockenhelles Lachen zu hören. In seinen Tagträumen hatte er sie schon oft gefragt, und immer hatte sie über ihn gelacht. „Du wärest beinahe Mönch geworden, du bist ein Wikinger, du hast nichts als dein Hemd. Ich bin die Tochter des mächtigen Dorfgrafen. Was denkst du?", hatte sie gesagt und gelacht. Nein,das könnte er nicht ertragen.

„Ich brauche noch Zeit", sagte Erik, „ich brauche noch Zeit."

So gingen viele Tage ins Land, die Blätter färbten sich langsam rot, der Herbst näherte sich. Die Spaziergänge an der Elbe wurden länger und länger, und immer noch hatte Erik nicht gewagt, die entscheidende Frage zu stellen. Eines Tages – es war ein schöner Herbstnachmittag – gingen die beiden Hand in Hand, wie sie es schon seit Längerem taten, durch die Erlenwälder an den Strand der Elbe. Am Boden lagen bereits die ersten welken Blätter, vermischt mit abgebrochenen trockenen Ästen.

Sie hatten die Hundefelsen schon lange hinter sich gelassen und schlenderten nun, nachdem sie den Geesthang hinaufgeklettert waren, auf dem schmalen Pfad zurück zur Hammaburg.

Erik spürte, dass Yba fröstelte. Er legte seinen Arm um ihre Schultern und zog sie an sich. „Es ist die Zeit der Trolle und Elfen", sagte er leise und sah sie an. „Glaubst du an Waldgeister?", fragte er. Yba antwortete nicht. Sie zog seinen Arm fest um sich. „Wir Wikinger", fuhr Erik fort, während sie durch den langsam sich verdunkelnden Wald gingen, „wir glauben daran, dass in jedem Gegenstand ein Geist steckt, ein guter oder ein böser. Das weiß man nie so genau."

Einen Augenblick später stolperte Yba über einen Ast. „Siehst du", sagte Erik und hielt sie fest, sodass sie nicht fallen konnte. „Das war ein Troll. Die machen immer solche Scherze. Hier sind auch überall Riesen versteckt, die nur darauf warten, uns zu verschlingen. Die Eiche dort drüben könnte einer sein. Der Teich dahinten ist viel mehr als nur Wasser. Er ist ein lebendiges Wesen, das fühlt und leidet."

„Du meinst, der Teich würde sich freuen, wenn ich hineinspringen würde?", fragte Yba und schaute Erik mit einem lustigen Augenzwinkern an. „Ganz sicher“, antwortete Erik ernst. „Allerdings würde er dich behalten wollen. Dagegen hätte ich etwas.“ Yba zog Erik fest an sich. Sie blickte hoch, ihr Gesicht war klar und ruhig wie der Abendhimmel. Sie öffnete leicht die Lippen.

Erik verstand. Die beiden Verliebten blieben stehen und küssten sich. Es war ganz anders als in Eriks Träumen. Er musste nicht fragen. Sein Herz jubelte. Er hatte sie gewonnen! Schweigend und Arm in Arm gingen sie weiter. Viel später sagte Erik: „Ich meine, wir sollten eine Familie gründen.“

Als sich die beiden der Hammaburg näherten, blieben sie weitgehend unbeachtet, denn voller Neugier war das gesamte Dorf am Ufer zusammengelaufen. Hartwin, der Fischer, war zurück von großer Fahrt! Während er meist nur mithilfe von Netzen und Reusen in der Elbe nach Lachsen und Aalen fischte, fuhr er ein- oder zweimal im Jahr die Elbe hinunter und ging im großen Meer auf Jagd nach Makrele, Hering und Dorsch.

Hin und wieder erwischte er auf einer Sandbank einen Seehund oder harpunierte sogar ein Walross, aus dessen Haut sich fabelhafte Taue machen ließen, dessen Fleisch sehr schmackhaft war und für dessen Zähne Abbio, als er noch in Hammaburg lebte, stets ein kleines Vermögen bezahlt hatte.

Diesmal hatte Hartwin besonders viel Glück

gehabt. Sein Kahn lag so tief im Wasser, dass er beinahe vollgelaufen wäre. „Schnell!“, rief Yba, als sie die Menschenmenge am Ufer sah. „Lass uns sehen, ob wir etwas kaufen können. Ich denke, wir sollten heute Abend mit meinem Vater sprechen.“ – „Ja“, antwortete Erik, „kann auch Ansgar kommen?“ – „Gern!“, rief ihm Yba zu, während sie schon zehn Schritte vorauslief. „Wir werden einen Lachs kochen! Ansgar liebt gekochten Lachs!“

„Und ich liebe dich!“, rief er Yba hinterher und blieb verdutzt stehen. Endlich war es heraus. Sie hatte es zwar nicht gehört, denn sie drehte sich nicht um, aber er hatte es gesagt. Erik lächelte. So einfach war das also. Noch stand allerdings die Zustimmung des Dorfgrafen aus. Morgen um diese Zeit – nein, schon heute Abend – würde er mehr wissen.

Als Erik und Ansgar sich auf den Weg zum Grafen machten, war es schon fast dunkel, und auch in Berengars geräumigem, aber fensterlosem Haus war es ziemlich schummrig. Es empfing sie ein griesgrämiger Gastgeber. „Setzt Euch oder bleibt stehen“, knurrte er und ließ sich selbst auf der hölzernen Bank vor dem Tisch nieder. Yba stand an der Herdstelle und begrüßte ihre Gäste kurz, um sich jedoch gleich wieder ihrem Kochtopf zuzuwenden.

Sie benutzte zur Zubereitung der Speisen, wie

alle ihre Nachbarinnen, einen runden Eisentopf, der an einer langen Kette über dem offenen Feuer hing. Durch seine runde Form wurde die Hitze gleichmäßig über die gesamte Oberfläche des Topfes verteilt. Sie entfachte die Flammen nur in Ausnahmefällen mit Holz. Meistens nahm sie getrocknete Kuhfladen oder Torfstücke. Das übrige Hausgerät bestand aus hölzernen Kübeln und Eimern, die von Eisenringen zusammengehalten wurden.

Sehr umfangreich war die Auswahl an Speisen nicht, wenn nicht gerade – wie heute – Hartwin mit einem guten Fang heimgekommen war oder wenn Berengar Jagdglück hatte. Normalerweise gab es Erbsen, Lauch, Weizen, Hirse, Kohl, Feldsalat, Linsen und Rüben. Gewürzt wurde mit Petersilie und Kümmel. Yba verstand es, aus den Früchten ihres kleinen Gartens immer etwas Schmackhaftes zu zaubern.

„So, so“, brummte Berengar, „ein Wikinger soll also Vater meiner Enkelkinder werden. Was für ein Gedanke!“ Dabei schüttelte er bekümmert den Kopf.

„Was für ein Empfang!“, sagte Ansgar und schlug Berengar herzhaft auf die Schulter. „Ich habe etwas, das wird Euch aufmuntern!“ Dabei zog er einen Kübel unter der Kutte hervor. „Es ist Wein, den ein Bruder aus Burgund mitgebracht hat.“ Ansgar stellte das Gefäß auf den Tisch und strahlte Berengar an. Dieser brummte etwas Unverständliches, erhob sich und stellte einen Holzbecher auf den Tisch. „Was? Was?“, fragte Ansgar. „Nur einen Becher? Wollt Ihr allein trinken?“

Berengar antwortete nicht, schenkte den Becher voll und leerte ihn in einem Zug. „Ihr trinkt sowieso nicht, Yba ist noch zu jung, und Wikinger saufen nur Bier.“ Erik ballte die Faust. Ihm war nicht entgangen, dass Yba mit abgewandtem Gesicht leise weinte und sich immer wieder Tränen aus dem Gesicht wischte.

„Wenn Ihr nicht sofort vernünftig werdet“, entgegnete Ansgar, „werden wir gehen.“ – „Nein, das werden wir nicht“, fuhr Erik dazwischen. „Wir werden reden. Jetzt.“ Er setzte sich mit entschlossener Miene an den Tisch, sodass ihn die beiden älteren Männer verblüfft anschauten. Auch Yba hörte auf, im Topf zu rühren, und schaute mit tränenüberströmtem Gesicht, leise schluchzend, zu den dreien hinüber.

Berengar fand schnell seine Fassung wieder. „Ich höre wohl nicht recht!“, donnerte er. „Dieser Kerl will mir meine Tochter nehmen und führt hier auch schon das große Wort!“

„Halt! Halt!“, griff Ansgar ein. „Geht euch doch nicht gleich an die Gurgel! Beherrscht euch und hört, was der andere zu sagen hat.“ – „Ich habe ihm nichts zu sagen“, knirschte Berengar. – „Dann lasst uns essen“, schlug Ansgar vor. – „Ich habe keinen Hunger“, knurrte der Graf. – „Ich auch nicht“, setzte Erik hinzu. – „Na“, sagte Ansgar fröhlich, „dann habt ihr ja wenigstens etwas gemeinsam“ – eine Bemerkung, die Yba an ihrem Topf zu heftigem Schniefen veranlasste.

Das Schweigen, das nun folgte, empfanden alle als bedrückend. „Kann mich denn keiner verstehen?“, brachte schließlich Berengar als Erster hervor. Sein Zorn schien verraucht, seine Stimme klang verzweifelt. „Ich habe meine Frau an die Wikinger verloren, ich will nicht, dass dies auch mit meiner Tochter geschieht.“

„Aber Vater“, sagte Yba, „du verlierst mich doch nicht. Wir werden hierbleiben. Wir werden dir Enkelkinder schenken, die du lieben wirst. Bitte, Vater.“ Mit diesen Worten hatte sie sich ihm langsam genähert und war vor ihm niedergekniet. Sie nahm seine Hände zwischen die ihren, drückte sie an das tränenfeuchte Gesicht und legte ihren Kopf in Berengars Schoß.

Dem Dorfgrafen fiel es schwer, seine Rührung zu verbergen. Er zog eine Hand hervor und strich seiner Tochter sanft über das Haar. „Es ist gut“, flüsterte er. „Mein Gott, mein Gott, sag mir, was richtig ist.“

Nach kurzem Zögern mischte sich Ansgar ein. „Für Fragen, die mit Gott zusammenhängen, bin ich zuständig. Ich will Euch sagen, wie ich über die Sache denke.“ Berengar nickte langsam und sah seinen Freund ernst an.

„Ihr, Berengar, habt Unglück über Eure Tochter gebracht, als Ihr bestimmt habt, dass der verbrecherische Eilwart ihr Mann werden sollte. Das war Euer Recht als Vater. Eure Tochter hat schweren Herzens gehorcht. Gott hat es jedoch anders gewollt. Unser aller Herr hat bestimmt, dass sie einen anderen Mann haben soll. Wart Ihr nicht selbst derjenige, der dem Gottesurteil zugestimmt hat? Wieso meint Ihr, dass dieses Gottesurteil sich nur auf den Zweikampf bezog? Nein! Gott ist weiser. Er will, dass diese zwei jungen Menschen, die sich aufrichtig lieben, ein Paar werden und Kinder bekommen zum Wohle von Hammaburg."

Berengar wirkte jetzt gefasster. „Ein Wikinger soll Graf von Hammaburg werden, wenn ich nicht mehr bin? Ein Wikinger? Ein Mann, dessen Volk Leid und Tränen über uns bringt, ein Mann, dessen Kampfgenossen unsere Männer, Frauen und Kinder gnadenlos töten und immer wieder alles vernichten, was wir mühsam aufgebaut haben? Die mir die Frau nahmen? Nein, Ansgar, das ist zu viel verlangt."

„Ich kann Euren Schmerz und Eure Wut verstehen. Dieser junge Mann hier", und damit zeigte der Bischof auf Erik, der sich erhoben hatte und wie versteinert stand, „ist keiner dieser brutalen, hirnlosen Kraftprotze, er ist ein sensibler, kluger Mensch, der nichts sehnlicher wünscht, als hierzubleiben und mit Eurer Tochter zusammenzuleben: Im Übrigen wäre sie wahrscheinlich heute tot oder verschleppt, wenn er nicht gewesen wäre. Er hat ihr das Leben gerettet. Kaiser Karl hat Sklaven sogar zu Grafen gemacht. Und mit ihnen ihre Nachkommen."

„Das weiß ich alles", sagte Berengar kleinlaut. „Wenn ich ehrlich bin, gefällt mir der Bursche auch ganz gut. Wie soll ich aber Dankmar erklären, der seinen Sohn letztes Jahr beim Überfall durch den Schwertstreich eines Wikingers verlor, dass meine Tochter einen Nordmann heiratet?"

„Dankmar wird damit leben müssen. Nur wer sich ändern kann, hat eine Zukunft."

„Liebst du ihn wirklich?", fragte Berengar noch einmal seine Tochter, die nicht antwortete, sondern nur mit gesenktem Kopf nickte. „Und du, junger Mann, du liebst meine Tochter ebenso?"

Erik war an Berengar herangetreten und reichte ihm die Hand mit den Worten: „Mehr als die Kampfbahn des Abenteuers." Berengar ergriff die Hand und die seiner Tochter, legte sie ineinander, seufzte tief und sagte: „Dann sei es so."

Von diesem Augenblick an entspannte sich die Stimmung im Hause Berengars. Der Dorfgraf stellte drei weitere Becher auf den Tisch, Ansgar schenkte ein und füllte nach. Der gekochte Lachs, den sie, zusammen mit einem kräftigen Brot, zu sich nahmen, war vorzüglich. Bald näherte sich das Morgengrauen.

Erik und Berengar lagen sich weinselig in den Armen, und der Graf sagte mit schwerer Zunge: „Erik, mein Sohn, du wirst doch gut auf meine Tochter achten, nicht wahr?“ Der Wikinger nickte. „Du wirst für sie sorgen, und du wirst mir Enkel schenken, nicht wahr?“ Erik nickte. „Jetzt habe ich noch eine Frage.“

Erik hob den Kopf und versuchte, sich zu konzentrieren. „Was meinst du mit ‚Kampfbahn des Abenteuers‘?“ Der junge Wikinger sah den Vater seiner Braut mit strahlenden Augen an. „Die ‚Kampfbahn des Abenteuers‘? Das ist das Meer.“ – „Du liebst meine Tochter wirklich mehr als die See?“ – „Ja“, bestätigte Erik. – „Dann ist es gut“, murmelte Berengar, bevor der Schlaf ihn übermannte.

Es kam so, wie Berengar vermutet hatte. Um Dankmar, den Schmied, sammelten sich diejenigen, die keinen Wikinger in ihren Reihen dulden wollten. Sie äußerten ihren Protest nicht öffentlich, dazu hatten sie vor der Macht Berengars zu viel Respekt, aber es war doch hinter vorgehaltener Hand zu hören, wie empörend es sei, dass die Tochter des Grafen einen Todfeind zum Mann genommen hatte.

Yba ließ sich nicht beirren. Sie spürte den Widerstand, hätte aber eher ihr Leben gegeben, als diesen Mann zu verlieren. Sie war stolz auf ihn. Die für sie immer wieder überraschenden Gegensätze in seinem Wesen faszinierten sie. In einer Minute war er der wutschnaubende Kraftprotz, dann wieder der gutmütig lächelnde Freund, der heißblütige Liebhaber oder der zärtliche Tröster.

Dabei zeigte er eine ausgeprägte Lust am Plänemachen, war ein geschickter Verhandlungspartner, überlegte sich stets genau, wie ein bestimmtes Problem zu lösen sei. Yba liebte Eriks grummelnde Einsilbigkeit, sein kurzes „Jo“, wenn er zustimmte, sein „Njooooh“, wenn er etwas ablehnte, und sein „Jo jo jo jo“, wenn ihn etwas nicht interessierte. Je länger sie ihn kannte, um so weniger konnte sie sich vorstellen, jemals wieder ohne ihn zu leben. Sie trug das winzige daumennagelgroße Kruzifix, das ihr Erik zur Hochzeit geschenkt hatte, stets um den Hals. Es bestand aus Bronze und war mit kleinen Glasperlen verziert. Wer genau hinsah, konnte Christus entdecken, der in fein ziselierter Arbeit in der Mitte des Schmuckstücks dargestellt war. Es verging kein Tag, an dem sie es nicht ansah und zart küsste.

Erik hörte nicht viel von dem Getuschel hinter seinem Rücken. Er strahlte und war glücklich. Er war am Ziel seiner Träume, fast jedenfalls. „Wir wollen ein Haus bauen, wie wir sie in meiner Heimat haben“, sagte Erik eines schönen Tages, „nicht eines eurer dunklen stinkenden Höhlen.“ In Yba regte sich Widerstand, sie erwiderte aber nichts, da sie neugierig war, wie Eriks Pläne wohl aussähen.

„Wie sind sie denn, eure Häuser?“, fragte sie. Erik

verschränkte die Arme, wie er es häufig tat, wenn er zu einer längeren Rede ansetzte. „Wir bauen sie aus langen geraden Hölzern, die wir an den Ecken so zusammenfügen, dass selbst ein schwerer Sturm sie nicht fortweht. In diese Hölzer schneiden wir Löcher, sodass die Sonne hineindringen kann. Oder wir rammen lange Stäbe in den Boden, so dicht an dicht, dass nicht einmal eine Maus hindurchkommt. Darauf setzen wir das Dach. Den Boden fertigen wir aus Brettern oder Knüppeln."

„Hm", sagte Yba und blickte Erik mit hochgezogenen Augenbrauen belustigt an, denn so, wie es Erik eben beschrieb, baute man schon lange in Germanien. „Ja, so sind sie, unsere Häuser", brummte Erik, „aber wir können ja auch so eines bauen, wir ihr es kennt." Yba lachte auf. „Wir sollten uns in jedem Fall beeilen, denn lange sind wir beide nicht mehr allein." Es dauerte eine Weile, bis Erik begriff. „Was? Wie?", stammelte er. „Ein Kind?" – „Ja", lächelte seine junge Frau, „mindestens eins." Vorsichtig nahm Erik Yba in die Arme und zog sie zärtlich an sich. Dabei schaute er in den blauen Himmel, damit sie nicht sehen konnte, dass sich seine Augen mit Tränen füllten. Es war wieder einmal der glücklichste Augenblick seines Lebens.

Yba behielt recht. Es wurde nicht nur ein Kind, es wurden zwei. Als es endlich so weit war, nahm Erik seine Söhne nach Wikingerart an: Er nahm sie auf, setzte sie auf seine Knie, benetzte sie mit Wasser und gab ihnen ihre Namen, wie es Brauch war, nach berühmten und erfolgreichen Verwandten oder Bekannten. „Denn der Name prägt das Leben eines Menschen", sagte Erik.

Die beiden strammen Jungen hießen Asmund und Adalhart. Asmund hieß Eriks Großvater, den er sehr verehrte, Adalhart hatte Ansgar vorgeschlagen, weil der erste Abt des Klosters Corvey diesen Namen trug.

Die Geburt der Zwillinge ließ die üblen Nachreden in Hammaburg leiser werden. Auch Erik trug sein Teil dazu bei, dass er in der Gemeinschaft anerkannt wurde. Er war fleißig und hilfsbereit, fröhlich und hatte immer gute Ideen. So zeigte er den Bauern, wie man wirkungsvoller pflügen konnte, indem man Streichbrett und Pferd benutzte. Das brachte ihm viele neue Freunde ein. Er war überdies ein guter Geschichtenerzähler. Er sprach inzwischen die neue Sprache fehlerfrei und ließ keine Gelegenheit aus, die staunenden Hammaburger mit den schönsten Sagen und Gesängen seiner Heimat zu verwöhnen.

Besonders gern redete er von der nordischen Götterwelt, die ihn, den frischgebackenen Christenmenschen, immer noch nicht ganz losgelassen hatte. So kam es häufig vor, dass Berengar, Ansgar, Yba und Erik im neuen Haus des jungen Paares bei einer heißen Zwiebelsuppe, die fast immer im Topf köchelte, oder bei Hühnerbrühe und Schweinebraten am frisch gezimmerten Tisch saßen und Erik von den nordischen Göttern erzählte.

„Es ist seltsam", sagte er eines Abends zu Ansgar, „gestern noch spracht Ihr von Eva, die aus einer Rippe Adams geschaffen wurde. Bei uns im Norden heißt es, dass das erste Wesen entstand, indem die Kuh Audumla es mit ihrer heißen Zunge aus einem Stein herausleckte."

Ansgar lächelte. „Ja, das ist seltsam. Auch wenn es nicht dasselbe ist, es steckt derselbe Gedanke dahinter. Es gibt eben nur einen Gott. Trotzdem: Der christliche Glaube hat nichts mit euren blutigen Schauermärchen zu tun."

„Wieso?", entgegnete Erik. „Ihr habt eine Hölle, wir haben Muspelheim, wo das ewige Feuer lodert. Wenn Ihr sagt, Gott habe den Menschen aus Lehm erschaffen, so sagen wir: Der Anfang von allem ist Feuer und Eis."

„Ich kenne eure Sagen vom Beginn der Welt und bewundere die dichterische Kraft, die sie geschaffen hat, aber das ist doch trotzdem alles Aberglaube!" Yba, die mit Besorgnis beobachtete, wie sich die Stirn ihres Mannes umwölkte, glaubte, eingreifen zu müssen. „Lasst ihn doch erzählen von seinem, wie heißt das noch? Muspel…?" – „Muspelheim", knurrte der

Wikinger. Seine Augen strahlten jedoch wieder, als er das aufmunternde Kopfnicken Berengars bemerkte.

„Also. Es gibt hoch im Norden ein Land namens Niflheim; Es ist eiskalt dort. Schnee, Eis, Stürme. Und es gibt Muspelheim, wo es heiß ist wie in Eurer Hölle." Dabei warf er Ansgar einen triumphierenden Blick zu.

„Aus Feuer und Eis entstand Ymir, der Riese. Er fand Audumla, die Kuh. Diese leckte Buri aus dem Gestein. Buri hatte einen Sohn, der hieß Bor." – „Und wer war die Mutter dieses Sohnes?", fragte Ansgar. Erik stutzte. „Das weiß ich nicht. Diese Frage habe ich mir noch nie gestellt", gab er zu. Er hielt einige Zeit inne.

„Maria war ja auch Jungfrau und gebar dennoch einen Sohn", konterte er schließlich. „Nun", sagte Ansgar und wollte zu einer weitschweifigen, theologisch fundierten Antwort ansetzen. Berengar unterbrach ihn hastig. „Was Ihr zu sagen habt, könnt Ihr ja in der nächsten Predigt mitteilen. Nun lasst Erik erzählen. Also, wir waren bei Bor."

„Bor hatte drei Söhne: die Götter Odin, Ve und Velin. Die töteten den Riesen Ymir und bauten aus ihm die Welt. Aus seinem Fleisch machten sie Länder und Inseln, sein Blut wurde das Meer, und sein Schädel war das Himmelszelt."

Yba verzog das Gesicht. „Das ist ja furchtbar. Außerdem: Das Meer ist doch blau und nicht rot", sagte sie. – „Ymir hatte blaues Blut, weil er ein Riese war“, versetzte ihr Mann mit unwiderstehlicher Logik.

„Die ersten Menschen waren Askr und Embla. Die Götter hatten sie aus zwei Baumstämmen geformt, die das Meer angeschwemmt hatte. Dann zogen sie sich zurück nach Asgard, wo sie wohnten und den ganzen Tag und die ganze Nacht tranken, liebten und spielten.“

Ansgar, der wegen der Unterbrechung durch Berengar verärgert war, hatte auf seinen langen Wanderungen durch den Norden viel über die Götterwelt der Heiden gehört. Insgeheim beneidete er sie um die urwüchsige Kraft dieser Geschichten. Er wusste auch, wie schwer es war, dort den Glauben an Jesus Christus zu verbreiten, den sanften, die Nächstenliebe über alles stellenden Sohn Gottes, der Gewalt verabscheut und Liebe gibt und fordert.

Was konnte er mit seinen Gleichnissen schon ausrichten gegen den wuchtigen Gott Odin, einäugig wie die Sonne am Himmel, mit langem Bart, breitem Hut und einem Goldreif am Arm? Gegen diesen ständig Met saufenden Alleskönner, der alles wusste, alles sah? Der jedes Mädchen, das er haben wollte, verführte, dessen größte Freude der tägliche Schwertkampf war, der sich in wen und was auch immer verwandeln konnte? Und der mächtige, ihm sklavisch ergebene Helfer hatte: die beiden Wölfe Geri und Freki und die beiden Raben Hugin und Mugin. Hugin – der Gedanke – und Mugin – die Erinnerung – waren unablässig in der Welt unterwegs, um ihrem Herrn das Neueste mitzuteilen.

Dann war da noch Wotan, wie er bei Dänen und Sachsen hieß, den die Männer aus dem äußersten Norden jedoch Thor nannten: der Hammerwerfer, ein unersättlicher Fresser, der leicht einen Ochsen und acht bis zehn Lachse in sich hineinstopfte und mit Kübeln voll Met hinunterspülte.

Thor war aber freundlich und gutmütig, nur ein wenig tölpelhaft. Er tappte häufig in für ihn aufgestellte Fallen.

Sein Hammer, der alles zerstörende Mjölnir, flog schneller als ein Pfeil durch die Luft und erzeugte dabei Blitze. Wenn einer einschlug, donnerte es. Ansgar kniff die Lippen zusammen. Was hatte das Christentum dagegen schon zu bieten?

Yba und Berengar hatten mit großem Interesse zugehört. „Erzähl noch mehr von den Göttern der Wikinger“, bettelte Yba. Erik fuhr fort.

„Ich muss noch berichten von Loki, dem hinterhältigsten, listenreichsten, aber auch lustigsten aller Götter. Er war ein Betrüger und Gaukler; deshalb lieben wir Wikinger ihn besonders. Ihm fiel immer etwas ein, sich aus einer Klemme zu befreien. Meist eine Gemeinheit. Wenn es im Ofen knistert, dann sagen wir noch heute: ‚Loki schlägt seine Kinder.‘

Im Gegensatz zum Gott der Christen lebten unsere Götter nicht ewig, sondern nur bis zum Ragnarök, der Götterdämmerung. Sie hatten es nicht anders gewollt. Als die Himmelsburg Asgard gebaut wurde, hatten die Götter einen Riesen zum Baumeister gewählt und ihm Sonne, Mond und die wunderschöne Freya als Lohn versprochen, wenn er rechtzeitig fertig werden würde. Als es so aussah, als ob er es schaffen würde, hat ihn Thor mit seinem Hammer erschlagen.“

„Nein, nein“, stammelte Yba und schlug sich vor Entsetzen die Hände vor die Augen. – „Das war noch lange nicht alles“, sagte Erik, der nun richtig in Fahrt geriet. „Sie verbrannten eine Hexe, als sie nicht verraten wollte, wie man Gold macht. Sie vollbrachten noch viele andere Untaten, und so kam es, wie es kommen musste: Die große, letzte Schlacht begann.“

„Die Apokalypse!“, rief Ansgar aus. – „Nun lasst doch endlich Erik sprechen“, unterbrach Berengar ihn verärgert. „Immer platzt Ihr in die schönsten Geschichten hinein.“ Als sich Ansgar demonstrativ auf die Lippen biss, forderte Berengar Erik mit einer ungeduldigen Handbewegung zum Weitersprechen auf.

„Also: Die große Schlacht begann. Als Erster musste Odin sterben. Der schreckliche Fenriswolf verschlang ihn, obwohl ihn die Asen mit der unzerreißbaren Schnur Gleipnir gefesselt hatten. Odins Sohn

Vidar rächte ihn, indem er dem Wolf sein Schwert durch den Rachen ins Herz stieß."

Nun war Erik nicht mehr zu bremsen. Mit leuchtenden Augen fuhr er fort: „Danach erschlug Thor die Midgardschlange, starb jedoch selbst an dem giftigen Schleim, mit dem sie ihn besprüht hatte. Alle brachten sich gegenseitig um. Zum Schluss lebte niemand mehr in der Welt der Götter. Auf der Erde gab es Sturmfluten, Erdbeben und Feuersbrünste."

„Das Jüngste Gericht!", rief Ansgar aus, schwieg aber sofort, als ihn Berengars unwilliger Blick traf. – „Aus der Finsternis wurde eine neue Welt geboren. Es gab Blumen und Bäume, Fische und Menschen, und alles wurde gut, denn der oberste der Götter war jetzt der gute Baldr."

„Wer ist das nun wieder?", fragte Berengar. „Hattest du den schon erwähnt?"

„Nein", gab Erik zu, „aber Baldr ist wichtig. Er ist allerdings ziemlich langweilig, weil er nie irgendjemandem etwas zuleide getan hat, er war nämlich durch und durch gut. Alle hatten geschworen, ihm kein Leid anzutun: alle Krankheiten, alle Gifte, alle Berge, alle Meere, alle Tiere und Steine. Nur ein kleiner Mistelzweig war beim großen Eid vergessen worden. Das hat der schlaue Loki ausgenutzt." Dabei rieb sich Erik vor Vergnügen die Hände.

Yba war erschüttert. „Wie kannst du dich derartig

darüber freuen?“, fragte sie empört. „Was hat Loki getan?“

„Nun, Loki schnitzte aus dem Mistelzweig einen Pfeil und sorgte dafür, dass Baldrs blinder Bruder Hödr ihn damit tötete.“ – „Was für eine Niedertracht!“, rief Yba nun aus. „Was bin ich froh, dass ich Christin bin und mit euren Göttern nichts zu tun habe! Pfui!“, fügte sie hinzu und stand auf, um sich um ihren Haushalt zu kümmern.

....

Zwiebelsuppe, Schweinebraten, Wild und Beeren aus dem Wald – das klingt annehmbar. Aber: In einer Zeit, in der die Rechte des Einzelnen in der Verfassung garantiert sind, in der es Urlaub und Weihnachtsgeld gibt, Lebensversicherungen und Rente, in der ein soziales Netz Armut und Elend verhindern soll, ist es schwer vorstellbar, wie es damals war, das Leben der Menschen im Mittelalter.

Das Jahr des Bauern – und das war auf die eine oder andere Weise damals fast jeder – wurde von der Natur diktiert. Die Aussaat begann im März, kurz darauf wurde das im Winter abgemagerte Vieh auf die Weiden getrieben. Im Juni folgte die Heuernte, im Sommer wurden Feldfrüchte und Obst eingebracht, im Herbst wurden die Schweine in die Wälder getrieben, damit sie sich an Eicheln fett fressen konnten. Danach kam das Vieh wieder in die Ställe, und es folgte die Winteraussaat. Von Dezember bis Februar gab es wenig zu tun.

So war es, wenn alles gut ging. Das war aber selten, denn

Leben im Mittelalter bedeutete einen ständigen Kampf ums Überleben.

Stets fürchtete man Missernten und mit ihnen einhergehende Hungersnöte. Da die Böden auch in guten Jahren nicht genug hergaben, um Reserven anzulegen, hatten die Menschen nichts zu essen, wenn die Ernte verhagelte.

So geschwächt, fielen sie zu Tausenden Epidemien und Seuchen wie Pest, Lepra oder Typhus zum Opfer. Wer Glück hatte, fand im Wald ein paar Beeren. Wer einen Speer oder Pfeil und Bogen besaß, konnte sich in einem jagdfreien Gebiet Wild schießen. Oder man nannte ein Netz sein Eigen, mit dem man aus einem frei zugänglichen Teich einen Fisch herauszog.

Die Natur barg im Mittelalter glücklicherweise eine Menge Möglichkeiten der Selbstversorgung. So gab es Wildschweine, Rehe, Hirsche, Hasen, Wildtauben und Reiher. Selbst Dachse sollen, über dem Rost gebraten, schmecken, wenn man genügend Hunger hat.

Das alles galt natürlich nicht – so war es nun mal von jeher in der menschlichen Gesellschaft eingerichtet – für die Reichen. Die betrieben das Jagen – wenigstens manchmal – zum Vergnügen. So unsportlich wie in der heutigen Zeit, in der der tapfere Weidmann hoch und trocken in sicherer Entfernung darauf wartet, dass ihm seine Beute vor die Flinte läuft, war das damals nicht.

Wildschweine beispielsweise, die, wie man weiß, nicht ganz ungefährlich sind, wurden gejagt, indem man eine Hundemeute dazu brachte, das Tier auf den Jäger zuzutreiben. Der stand eisern wie festgewachsen und wartete darauf, dass er seinem Opfer den Speer ins Herz stoßen konnte.

Interessant: Im Mittelalter war Rindfleisch offenbar längst nicht so teuer wie Schweinefleisch. Das belegen Ausgrabungsfunde in der Hamburger Innenstadt. Hier stieß man auf Knochenreste, die man der sozialen Stellung der Menschen zuordnen konnte. So ergab sich, dass Handwerker sich vorrangig von Rindfleisch, die Handelsleute sich eher von Schweinefleisch ernährten. Das ließ sich deshalb so einwandfrei feststellen, weil die Menschen damals freundlicherweise alle Knochen, die beim Essen anfielen, einfach auf den Boden warfen. Sie traten sich fest. Man aß auch viel Fisch und Muscheln, was dieselben Ausgrabungen beweisen.

Die Reichen – die Grafen, wie unser Berengar – waren reich, weil ihnen Land gehörte. Sie besaßen das Land, sie hatten die Sklaven, und sie bekamen von den Bauern, die ihre Äcker bestellten, normalerweise genug an Abgaben und Steuern, um ein relativ bequemes Leben führen zu können.

Ganz so einfach war das aber auch nicht. Wenn man meint, die Einteilung der Gesellschaft in Arm und Reich sei identisch mit der in Unfrei und Frei, so verfehlt man die Realität. Denn wer „frei“ war, war durchaus nicht immer reich. Der Besitz eines Bauernhofes war keine Garantie für Wohlstand – im Gegenteil: Man musste sein Leben lang ackern, ohne die geringste Aussicht auf eine angemessene Entlohnung zu haben.

Wer beispielsweise fünf oder sechs Bauernhöfe besaß – heute eine sichere Grundlage für soliden Wohlstand –, war damals nur ein kleines Licht; wer gar kein Land besaß, zählte nichts, war *kaum vom Sklaven zu unterscheiden.*

Dann gab es noch die „Schelme und Galgenvögel, die gesetzlos unser Land durchqueren", wie es in einer Schrift jener Zeit heißt. Dazu gehörten entlaufene Sklaven, flüchtige Schuldner, Räuber, Bettler und Mönche, die es hinter den Klostermauern nicht mehr ausgehalten hatten. Es waren damals eine Menge Strolche unterwegs, die den braven Leuten auch noch das wegnahmen, von dem sie ohnehin zu wenig hatten.

Auf der nächsthöheren Stufe der karolingischen Gesellschaftshierarchie standen die sogenannten Kolonen, die aber meist ebenso arme Würstchen waren wie die Sklaven. Sie besaßen aber wenigstens ein Stückchen Land, durften vor Gericht auftreten und hatten das zweifelhafte Privileg des Wehrdienstes. Der Graf durfte sie, wie die Sklaven, jederzeit zur Arbeit prügeln. Sie hatten so etwas wie eine 72-Stunden-Woche.

Die Gruppe der „Freien", so könnte man meinen, war so etwas wie ein wohlhabender, zufriedener Mittelstand, besaßen ihre Mitglieder doch immerhin fünf, sechs oder zehn Höfe nebst einer Menge Land. Weit gefehlt. Die Freien fristeten auch ein schweres Dasein. Sie wurden von staatlichen Amtsträgern gepiesackt, ausgequetscht und, wo möglich, in den Ruin getrieben.

Sie wurden bei jeder passenden Gelegenheit, und die gab es im frühen Mittelalter häufig, in den Krieg geschickt oder mit hohen Bußgeldern belegt, weil sie Gerichtsverhandlungen fernblieben, die, um sie kleinzukriegen, täglich angesetzt wurden.

Der Kriegsdienst war eine der schwersten Lasten, die den

Freien auferlegt wurden. Es verging praktisch kein Jahr, in dem der Freie, ausgestattet mit Proviant für drei Monate, mit Waffen ausgerüstet für ein volles Jahr, nicht für den Herrscher ins Gefecht ziehen musste, ohne Sold dafür zu bekommen.

Kein Wunder, dass immer mehr Menschen verarmten.

Karl der Große, der seinen Beinamen nicht zu Unrecht führt, erkannte diese Gefahr für die karolingische Volkswirtschaft und milderte den Dienst an der Waffe, indem er zuließ, dass sich mehrere Freie zusammentaten und einen für alle in den Krieg schickten. Meistens entschied der zuständige Graf, wer gehen musste und wer bleiben durfte.

Dies führte jedoch naheliegenderweise zu Bestechung, öffnete Kriechern, Speichelleckern und Schmeichlern Tür und Tor. Mancher Graf nutzte seine überragende Position, um seinem Lieblingshobby, der Habsucht, zu frönen und noch reicher zu werden. Er schickte einfach immer denselben Mann in den Krieg und kaufte ihm dann das Land, das dieser sich bald nicht mehr leisten konnte, zum Schleuderpreis ab. Seine Frau nahm er ihm schließlich auch noch weg.

Wehren konnte sich der einfache Mann kaum gegen solche Willkürakte. Die Justiz entschied in der Regel zugunsten des Mächtigen.

Graf zu sein war im Mittelalter also ein feiner Job. Etwas mehr als 200 gab es von ihnen, und wenn einer, wie Berengar, so weit von der Zentralmacht entfernt residierte, konnte er frei schalten und walten. Die sogenannten missi dominici, eine Art Rechnungsprüfer, die vom Herrscher eingesetzt wurden, kamen, *wenn überhaupt, nur äußerst selten vorbei.*

Übrigens wissen wir von Berengar, dem Grafen von Hammaburg in der Mitte des 9. Jahrhunderts, kaum mehr, als dass es ihn wirklich gegeben hat. Und dass er nicht anwesend war, als die Wikinger die Hammaburg niederbrannten. Davon werden wir noch hören. Was wir aber wissen, ist, dass nördlich der Elbe die Gesellschaftsordnung nicht ganz so starr in die oben beschriebenen gesellschaftlichen Klassen getrennt war wie im Süden.

Ja, so waren sie, die Grafen, der hohe Adel, der Klerus und die regierenden Familien. Sie quetschten alles heraus aus dem Volk und wurden reicher und reicher. Selbstverständlich blieb man, wo möglich, unter sich. Die Ämter wurden vererbt. Nicht nur die weltlich Mächtigen waren wohlhabend, die Kirche gehörte ebenso zu den Großgrundbesitzern und verfügte aus diesem Grund über eine beeindruckende Macht, die sie zu nutzen verstand.

Kapitel 6

Es folgten einige glückliche Jahre. Hammaburg blieb – vorläufig – verschont von Wikingerüberfällen, Sturmfluten und Gewalttaten. Erik und Yba hatten sich ihr Häuschen gebaut. Schließlich war es doch eher im fränkischen Stil geraten, etwas erhöht lag es malerisch am Geesthang. Sie waren sehr glücklich, auch wenn Yba Erik nicht zu ihrer hausfräulichen Ordnung bekehren konnte. Er ließ ständig seine Sachen herumliegen und sagte, wenn Yba ihn darauf aufmerksam machte: „Jo. Hab ich vergessen."

Berengar hatte sich noch immer nicht an den Verlust seiner Frau Edda gewöhnt. Nach Ybas Heirat war es in seinem Haus oft recht still.

Da ihn jedoch seine inzwischen angewachsene Familie häufig besuchte, konnte er es ertragen. Einigermaßen. Die Zwillinge jedenfalls entwickelten sich prächtig und waren der ganze Stolz ihres Großvaters. Adalhart hatte Aussehen und Wesen Eriks geerbt, während Asmund seiner Mutter wie aus dem Gesicht geschnitten war. Wer die beiden nebeneinander sah, konnte kaum glauben, dass sie Brüder und schon gar nicht, dass sie Zwillinge waren.

Sie hatten aber auch einiges gemein: So liebten beide über alles den leckeren Honig. Außer den Beeren im Wald und den Äpfeln am Baum war dies die einzige Süßigkeit, die es in Hammaburg für kleine Schleckermäuler zu ergattern gab. Im Winter tobten sie auch bei der bittersten Kälte draußen herum und suchten sich, obwohl sie gerade erst Laufen gelernt hatten, zugefrorene Tümpel, um mit ihren aus Knochen geschnitzten Schlittschuhen laut juchzend ihre wunderbare Kindheit zu genießen. Diese Schlittschuhe wurden meist aus dem Eisbein von Schweinen hergestellt und etwas abgeflacht. Schließlich wurden für Lederriemen Löcher hineingebohrt, sodass sie am Fuß befestigt werden konnten.

Die beiden schienen die Abenteuerlust ihres Vaters geerbt zu haben, denn oft genug waren sie verschwunden und tauchten erst nach langen, bangen Stunden für Erik, Yba und Berengar fröhlich vor sich hinpfeifend wieder auf. Da sie sich im Allgemeinen damit herausredeten, sie hätten in den Birkenwäldern Geäst und Stämme für die Holzkohle im Winter gesammelt, fiel die Strafe meist nicht allzu schwer aus.

Eines Tages hatten sie zusammen mit anderen Kindern ein Floß gebaut. Obwohl dies streng verboten war, hatten sie es am Oberlauf der Alster zu Wasser gelassen und waren, vorbei an der Hammaburg, Richtung Mündung getrieben. Sie waren zu sechst auf dem kleinen Floß. Asmund und Adalhart waren mit Abstand die Jüngsten.

Nachdem sie anfangs viel Spaß hatten, wurde das Floß mit der Zeit schneller und schneller, gefährliche Stromschnellen drehten es im Kreis. Die Kinder bekamen es mit der Angst zu tun.

Einige Dorfbewohner, die alles beobachtet hatten, holten den Fischer Hartwin aus seinem Mittagsschlaf. Der warf sich auf sein Fischerboot und versuchte, die Kinder zu erreichen. Vergeblich, denn die Strömung war zu schnell.

Erik und Berengar waren in heller Aufregung an die Stelle gelaufen, an der die Alster in die Elbe floss, und versuchten, den Kindern auf dem ziemlich nahe am Ufer treibenden Floß ein Hanfseil zuzuwerfen.

Die Kinder aber schrien und wagten nicht, das Seil zu fangen, denn jede Bewegung ließ das Floß noch mehr hin und her schaukeln. Der liebe Gott beließ es jedoch diesmal dabei, nur warnend den Finger zu heben. Durch einen glücklichen Umstand hatte sich nämlich ein toter Baum, der schon vor langer Zeit die Alster hinuntergeschwommen war, im Ufergestrüpp verfangen und sich quer zur Strömung gelegt. Auf diesen Baumstamm trieben die Kinder zu und kamen dadurch für kurze Zeit in ruhigeres

Wasser. Dies nutzte Erik, um ins Wasser zu springen und mit ein paar Schwimmstößen das Floß zu erreichen.Er klammerte sich am Holz fest und band mit ein paar schnellen Griffen ein Ende des Seils am Floß fest. Aus dem Augenwinkel sah er, wie ihn Asmund und Adalhart mit großen Augen ängstlich ansahen. Trotz aller Anstrengung lächelte Erik ihnen zu und sagte: „Alles wird gut, haltet euch fest!"

Dann schwamm er zurück zum Ufer, band das Seil um einen großen Findling und wartete darauf, dass es sich spannte. Da sich das Floß nun in ruhigem Wasser befand, trieb es, von dem Stein festgehalten, langsam auf das Ufer zu. Als es nur noch einige Schritt vom Ufer entfernt, war, befahl er: „Springt! Aber einer nach dem anderen!" Adalhart wagte es als Erster. Er sprang und – konnte stehen. Langsam watete er ans Ufer. Dann sprang Asmund. Überglücklich nahm Erik seine Söhne in die Arme und brachte sie nach Hause.

Keines der Kinder nahm irgendeinen Schaden, aber an diesem Abend mussten sich die Zwillinge, wie alle anderen Missetäter, ein paar strenge Worte anhören, und sie mussten versprechen, in Zukunft besser zu gehorchen. Sie taten dies ohne zu zögern, denn dieses Abenteuer war denn doch ein wenig zu aufregend gewesen.

Ansgar baute unterdessen seine Missionsstation

Hammaburg weiter aus. Er unternahm mehrere Reisen nach Haithabu, wo er auf dem Sklavenmarkt junge Sachsen und Franken freikaufte, um sie vor einem ungewissen und schrecklichen Schicksal in fremden Ländern zu bewahren. Er ließ sie in der Klosterschule ausbilden.

Dann, die Zwillinge waren gerade vier geworden, und seit dem Wikingerüberfall waren sechs Jahre ins Land gegangen, ereignete sich im fernen Verdun im Westen des Frankenlandes etwas, was für Ansgar, das Kloster, die Mönche und Hammaburg von einschneidender Bedeutung war: Kaiser Ludwig der Fromme war am 20. Juni 840 in die Ewigkeit abberufen worden, und seitdem stritten sich seine drei Söhne Karl, Lothar und Ludwig um das Erbe.

Im Jahr 843 erzielten sie endlich eine Einigung und schlossen den Vertrag von Verdun, der Ansgar und Hammaburg viele Sorgen bescheren sollte. Denn Karl, der allgemein und zu Recht der Kahle genannt wurde, hatte nicht eingesehen, dass ein Kloster aus seinem Herrschaftsbereich (Turholt in Flandern) ein Kloster unterstützen sollte, das im Land seines Bruders Ludwig lag. So musste Ansgar auf all die Zuwendungen verzichten, die bisher so beruhigend regelmäßig geflossen waren.

Hammaburg, der immer noch ärmliche Vorposten im Norden des Herrschaftsbereichs von Ludwig dem Deutschen, musste also plötzlich auf eigenen Beinen stehen, und die waren noch recht wackelig. Das Leben an der Seite des Erzbischofs war erheblich mühsamer geworden, was einige Mönche veranlasste, das Weite zu suchen. „Um die ist es nicht schade“, sagte Ansgar sich immer, machte sich aber doch große Sorgen.

Im Frühjahr des Jahres 845 entschloss sich der Bischof, sein ehemaliges Kloster Corvey aufzusuchen, um dort Hilfe zu erbitten. Man würde ihm dort schon nichts abschlagen, schließlich hatte er sich dort als junger Mann einige Verdienste erworben. Ansgar bat Erik und Berengar, ihn zu begleiten, da es eine lange und nicht ganz ungefährliche Reise war.

Erik zögerte, der Gedanke, sich so lange von Yba und den Kindern zu trennen, behagte ihm nicht. Schließlich stimmte er jedoch zu, vor allem, weil seine junge Frau ihn darum bat. „Das sind wir Ansgar schuldig“, hatte sie gesagt, „er allein machte es möglich, dass wir heute eine glückliche Familie sind.“ Es werde in der Zeit seiner Abwesenheit schon nichts geschehen, sagte Yba. Da irrte sie sich allerdings.

Kurz bevor die drei nach Corvey aufbrechen wollten – der letzte Schnee war schon geschmolzen –, kehrte Ansgar von einem seiner gewohnten langen Spaziergänge zurück. Da erwartete ihn eine große Überraschung. Schon am Morgen hatte ihm sein Prokurator, der die Berichte an den Heiligen Stuhl verfasste, erzählt, er habe einen merkwürdigen Traum gehabt.

Da habe ein Knabe mit roten Haaren und freundlichem Gesicht auf dem Dach des Hammaburger Kirchleins gesessen, sei schließlich herabgestiegen und habe mit Inbrunst die Glocke geläutet. Dabei habe er überaus glücklich ausgesehen und laut gelacht. Auf Ansgars Frage, ob er den Jungen kennen würde, hatte der Prokurator mit Nein geantwortet.

An demselben Mittag traf ein Ochsengespann aus dem Rheinland ein. Auf der Karre hatte der aus Friesland stammende Handelsmann einen jungen Mönch mitgenommen. Dieser trug eine schwarze Kutte, hatte schulterlange rote Haare und lachte fröhlich, als er heruntersprang. Ansgar, der zufällig mit dem Prokurator zusammenstand und die Szene beobachtete, blieb vor Überraschung der Mund offen stehen. „Rimbert!", rief er aus, „wie kommst du hierher?" Ansgar hörte kaum, dass der Prokurator neben ihm stammelte: „Das ist er, das ist der Junge aus meinem Traum!", denn schon eilte er auf den Ankommling zu, um ihn herzlich zu begrüßen. Er hatte Rimbert seit langer Zeit nicht gesehen und war überwältigt vor Freude.

Vor Jahren war ihm der Junge bei einem seiner Besuche im Kloster Turholt aufgefallen, weil er so ernst war, so eifrig die Heilige Schrift studierte und sich als Einziger auch außerhalb des Klosters bekreuzigte. Ansgar war zu Rimberts Eltern gegangen und hatte dafür gesorgt, dass der Junge die Tonsur erhielt. Seither hatte sich Rimbert verändert. Damals war es kleines, schmächtiges Kerlchen gewesen, zart und zerbrechlich – heute, im Alter von 17 Jahren, strotzte er vor Kraft und Lebensfreude.

„Ich habe Euch lange gesucht!“, sagte der junge Mann. „Endlich habe ich Euch gefunden!“ „Warum wolltest du zu mir?“, fragte Ansgar ergriffen.

„Ihr wart schon immer mein Vorbild, und ich möchte alles von Euch lernen“, antwortete der junge Mönch treuherzig. „So bin ich von Turholt nach Corbie und von dort aus nach Corvey gereist, um Euch zu treffen.“

„Wann warst du in Corvey?“ „Ich komme direkt von dort.“ „Dann wirst Du gleich wieder dorthin zurückkehren“, sagte Ansgar, was der Junge zuerst missverstand, denn er fragte mit enttäuschtem Gesicht: „Ihr schickt mich wieder fort?“ „Nein, nein“, beruhigte ihn der Erzbischof, „du sollst uns nur auf einer langen Reise an die Weser begleiten.“

So waren es also vier Männer, genauer gesagt: drei Männer und ein Jüngling, die im Frühjahr des Jahres 845 aufbrachen, den Abt des befreundeten Klosters um Hilfe zu bitten.

Der Weg nach Corvey war lang und gefährlich.

Er führte über einen uralten Handelsweg, auf dem schon in der Antike mutige Kaufleute Bernstein von der Ostsee zum Mittelmeer transportierten. Anfangs, in der Heide südlich der Elbe, war dies nicht mehr als ein Pfad, der überdies schlecht zu erkennen war, da die Heide immer dann, wenn längere Zeit niemand den Weg benutzte, schnell nachwuchs und so häufig zur Verwirrung und manchmal auch zur Verirrung der Reisenden beitrug.

Dies waren nicht die einzigen Gefahren, die die Reisenden bedrohten. Überall lauerten Räuber, die die Landstraßen unsicher machten. Sie überfielen auch einsame Gehöfte und schlachteten das Vieh auf den Weiden. Nicht zuletzt deshalb hatte Ansgar seine Freunde gebeten, ihn zu begleiten. Vor allem von der Kampfkraft des jungen Wikingers erhoffte sich der Bischof wirksamen Schutz. Allein die Tatsache, dass er dabei war, müsste, so dachte er, die meist schlecht bewaffneten und feigen Wegelagerer von ihrem Vorhaben abbringen.

Als sie bereits mehrere Tage unterwegs waren, trieb Erik sein Pferd neben das von Ansgar und sagte: „Ansgar, ich weiß so wenig von Euch. Erzählt mir einmal aus Eurem Leben. Auf diese Weise können wir uns die Reisezeit ein wenig verkürzen.“ Ansgar schmunzelte. „Es hat einen guten Grund, dass ich niemals über mich spreche. Was ist schon der einzelne Mensch? Ein Sandkorn am Strand des Lebens. Immer in Gefahr, weggespült oder fortgeweht zu werden. Aber du hast recht. Bevor wir die Berge erreichen, wird es noch dauern."

Der Bischof setzte sich kerzengerade auf sein Pferd und blickte zum Himmel, der grau verhangen war und aus dem ein feiner Nieselregen fiel. Ihre Versuche, sich vor ihm zu schützen, waren nutzlos. Die dicken Wollsachen, die sie trugen, hatten sich voll Wasser gesogen, waren schwer und fühlten sich unangenehm auf dem Körper an. Außerdem rochen sie wie faulendes Heu. Es war ein wahrer Jammer, denn schließlich bestanden die Mäntel aus feinsten friesischen Tuchen, die so wertvoll waren, dass sie der große Kaiser Karl dem Kalifen Harun al Raschid zum Geschenk gemacht hatte. Um die Ziegenhaardecken mussten sie sich dagegen keine Sorgen machen. Nachts wärmten sie sich unter diesen sogenannten lectisterniae caprinae, tagsüber wurden sie gut geschützt von einem der drei Packpferde getragen. Die gegerbten Schaffelljacken, von denen Rimbert gerade vier aus seiner Heimat Gallien mitgebracht hatte, hatten leider schon ihre wärmende Wirkung verloren.

Wenn sie gegen Abend die Burg Dankwarderode erreichen würden, so hofften sie dort auf das Feuer eines lodernden Kamins, das ihre Sachen wieder trocknen würde. Bruder Benedikt hatte ihnen ein paar Kräuter mitgegeben, aus denen sie einen wärmenden Tee brauen könnten.

„Es war genau so ein Tag wie heute, als meine Mutter starb", begann Ansgar. „Ich war erst fünf Jahre alt. Viel habe ich nicht von ihr in Erinnerung. Ich weiß nur, dass sie eine wunderschöne Frau war."

Während Ansgar seine Gedanken sammelte, setzte sich Erik gespannt auf. Auf der anderen Seite hatte Rimbert sich den beiden angeschlossen, um ebenfalls mehr aus dem Leben seines großen Vorbilds zu erfahren. Der Benediktiner-Mönch aus Gallien hatte schon lange den Plan gefasst, das Leben Ansgars niederzuschreiben. Dies erschien ihm als gute Gelegenheit, Stoff zu sammeln.

„Mein Vater war ein strenger Mann", fuhr Ansgar fort, „er steckte mich in eine Klosterschule. Seither habe ich ihn nie wieder gesehen. Wahrscheinlich ist er schon lange tot. Mir gefiel es in der Schule. Ich tollte mit den anderen Jungen herum und beging manche Albernheit. Es waren auch einige üble Streiche darunter, sodass ich meinen Lehrern viel Verdruss bereitete. Sie versuchten es mit Güte, aber sie bestraften mich, wenn nötig, auch streng. Vergeblich."

Ansgar schien alles um sich herum vergessen zu haben. Er schaute weder nach links noch nach rechts, starrte nur geradeaus. „Eines Nachts", fuhr er fort,

„es waren vielleicht zwei Jahre vergangen, seitdem ich in die Schule gekommen war, träumte ich, in einen Sumpf gefallen zu sein. Ich strampelte und schrie und versuchte herauszukommen. Es war nicht möglich. Je mehr ich kämpfte, umso mehr geriet ich in den Schlamm."

Ansgar machte eine Pause, um seine Gedanken zu sammeln. Die beiden Männer an seiner Seite spürten, dass der Erzbischof dies alles zum ersten Mal erzählte. „Als ich aufblickte, sah ich nicht weit entfernt auf einem Bohlenweg eine kostbar gekleidete Frau. Sie trug ein langes, weißes Gewand und einen purpurfarbenen Umhang. Auf dem Kopf hatte sie eine Haube aus Gold, durchsetzt mit Perlen. Ich erkannte sie sofort. Es war die Jungfrau Maria."

Ansgars Pferd stolperte in diesem Augenblick über einen Stein, der auf dem holprigen Weg lag. Der Bischof zeigte keine Regung. Er saß immer noch gedankenverloren und kerzengerade in seinem Holzsattel.

„Bei ihr waren noch einige andere sehr schöne Damen, unter ihnen war auch meine Mutter. Die Jungfrau Maria fragte mich: ‚Liebes Kind, willst du zu deiner Mutter?' Ich sagte, ohne zu zögern, Ja. ‚Wenn dich nach unserer Gesellschaft verlangt', fuhr sie fort, ‚dann musst du alle Eitelkeit meiden, von den Kindereien lassen und ernsthaft auf dich achten. Leichtsinn und Faulheit mögen wir gar nicht; wer daran Freude hat, kann nicht unter uns weilen.‘ Ich weiß nicht mehr, ob ich dann tatsächlich zu meiner Mutter kam. Ich war aber nach diesem Traum ernster und habe die Streiche der anderen nicht mehr mitgemacht. Ich begann zu lesen und zu lernen, sodass meine Freunde darüber sehr erstaunt waren.“

Erik lachte auf. „Einen solcher Traum würde Asmund und Adalhart sicher auch einmal gut tun!“ Ansgar blieb ernst. „Asmund und Adalhart haben Vater und Mutter. Das ist besser als jeder Traum“, wies er den jungen Wikinger zurecht.

„Ich trat später in den Orden der Benediktiner ein und erhielt bald die Tonsur, die mich Gott ganz übereignete“, fuhr Ansgar fort. „Als der große Kaiser Karl starb, war ich gerade 13 Jahre alt. Sein Tod erschütterte mich zutiefst. Er war ein gütiger Mann, den zu lieben jeder Franke gute Gründe hatte. Da erinnerte ich mich an meinen Traum und daran, was die Jungfrau gesagt hatte. Von nun an wandte ich mich ganz Gott zu, übte äußerste Enthaltsamkeit und bat um das Geschenk der Reue. Ich hielt Nachtwachen und verharrte in tiefem Ernst.“

Still und in Gedanken versunken ritten die drei nebeneinander weiter. So legten sie mehrere Meilen zurück. Schließlich ergriff Rimbert das Wort. „Ansgar“, sagte er, „Ihr wart Lehrer in der Schule des heiligen Petrus in Corbie, nicht wahr? Erschien Euch auch dort die Jungfrau Maria?“

„Nein“, antwortete Ansgar, „aber die heiligen Petrus und Johannes und Jesus Christus, unser Herr. Dort habe ich das Fegefeuer erlebt. Da es immer noch regnet und der Weg noch weit ist, will ich Euch auch das erzählen.“

Ansgar atmete tief durch und begann erneut: „Eines Nachts, wir feierten gerade das Pfingstfest, träumte mir, ich sei gestorben. Ich rief den heiligen Apostel Petrus und Johannes den Täufer um Hilfe an, und sie erschienen tatsächlich. Sie kamen in jenem Moment, als meine Seele den Körper verließ und in einen anderen, unendlich schönen, mit ewiger Jugend versehenen Körper schlüpfte. Der ältere von ihnen hatte volles, schlichtes, ergrautes Haar, eine rötliche Gesichtsfarbe und einen ernsten Blick; er trug ein weißes, farbig verziertes Kleid und war von kleinem Wuchs. Ich erkannte ihn sofort als den heiligen Petrus.“

In diesem Augenblick bemerkte Ansgar, dass Rimbert, der immer noch neben ihm ritt, jedes seiner Worte leise nachsprach und in sich hineinmurmelte. „Rimbert, mein Junge, was machst du da?“, fragte Ansgar. „Ich, äh“, sagte Rimbert mit hochrotem Kopf. „ich versuche nur, mir genau zu merken, was Ihr sagt.“ „Warum?“, fragte Ansgar. „Weil Ihr ein wichtiger Mann seid, und weil ich meine, dass nicht nur Erik und ich von Eurem Leben erfahren sollten. Ich möchte gern die Geschichte Eures Lebens aufschreiben."

Nach einiger Zeit des Nachdenkens sagte Ansgar: „Rimbert, spar dir die Mühe. Ich bin zu unbedeutend, als dass irgendjemand sich für mich interessieren würde. Ich bin ein Diener des Herrn und tue nichts als meine Pflicht." „Aber ich bitte inständig darum. Ihr seid ein Heiliger."

Ansgar wusste nicht, wie er auf diese Worte seines Gefährten reagieren sollte. Einerseits fand er es beschämend, dass Rimbert ihn für einen so besonderen Menschen hielt, andererseits ... warum eigentlich nicht? Das, was er zu verkünden hatte, war es vielleicht wirklich wert, festgehalten zu werden.

„Nun gut, Rimbert", sagte Ansgar. „ich verlange aber, dass du deinen Bericht erst nach meinem Tode niederschreibst und dass zuvor von dem, was ich dir jetzt und in Zukunft erzählen werde, keine Silbe an eines Menschen Ohr oder Auge kommt. Das musst du mir schwören." „Ich will es Euch gern zusagen, und ich schwöre bei allem, was mir heilig ist, mich an das zu halten, was Ihr mir soeben vorgeschrieben habt. Ich werde mein Werk die ‚Vita Anskarii' nennen."

„Nun gut", sagte Ansgar, nun milde gestimmt. „Dann will ich Euch weiter von meinem Traum erzählen. Von Petrus sprach ich zuletzt. Der andere

Mann war viel jünger, er trug ein seidenes Gewand, hatte ein feines, schön geschnittenes, hageres Gesicht und sah etwa so aus wie unser Freund Erik." Dabei sah Ansgar den jungen Wikinger an, der sichtlich verlegen wurde.

„Er hatte ein freundliches Antlitz, einen keimenden Bart und dunkle, krause Haare. Die beiden Heiligen nahmen mich bei der Hand und führten mich durch eine unendlich klare Welt zum Fegefeuer, das ich sofort als selbiges erkannte. Dann gingen sie fort und ließen mich dort allein. Ich bekam furchtbare Angst, befand ich mich doch in einer undurchdringlichen Finsternis. Eine tiefe Beklemmung schnürte mir das Herz zu. Ich meinte, 1000 Jahre leiden zu müssen, es waren aber nur drei Tage unendlicher Pein."

„Träumtet Ihr, dass es drei Tage waren, oder wart Ihr wirklich drei Tage fort?", fragte Erik voller Spannung. „Traum oder Wirklichkeit, wer kann das genau sagen? Als ich an jenem Pfingsttage erwachte, waren jedenfalls nur wenige Stunden vergangen", sagte Ansgar, ein wenig ungehalten über die Unterbrechung.

„Nach drei Tagen kehrten die beiden Heiligen zurück. Sie waren freundlich und frohgemut, nahmen mich in die Mitte und führten mich durch noch größere Klarheit. Ich sah von Weitem verschiedene Heilige, einige standen dem Osten näher, andere ferner; alle aber schauten gen Osten. Ihn preisend, der im

Osten erschien, senkten die einen das Haupt, andere erhoben das Antlitz, breiteten die Hände aus und beteten. Weiter im Osten zeigten sich in einem weiten Halbkreis die 24 Ältesten auf ihren Sesseln sitzend, wie es in der Offenbarung geschrieben steht. Sie sangen wunderschöne Choräle, die mich aufs Lieblichste erquickten. Dann sah ich einen wunderbaren unendlichen Glanz, ein unnahbares Licht von gewaltiger, unermesslicher Klarheit, worin ich den Herrn selbst vermutete. Er umfing alles, er durchsättigte und lenkte alles. Er war körperlos und dennoch von körperhaftem Aussehen. Zusammen mit den Heiligen betete ich den Herrn an und vernahm die Stimme: ‚Gehe hin, und mit dem Martyrium gekrönt kehre zu mir zurück.' Ich war unendlich traurig, da dies bedeutete, dass ich in die Welt zurückkehren musste. Aber ich erhielt das Versprechen der Rückkehr. Ich erlebte die Wonnen der Wonnen. Ich erblickte, was kein Auge gesehen, kein Ohr gehört hat und was in keines Menschen Herz gekommen ist."

Die drei Männer ritten schweigend weiter. Es hatte inzwischen aufgehört zu regnen, an einigen Stellen kam sogar die Sonne hervor. „Wie kamt Ihr in das Kloster Corvey?", fragte Erik. „Nun", sagte Ansgar bedächtig, „ich war gerade 20 Jahre alt geworden, als ich vom Abt des Klosters Hethis im Solling einen Ruf erhielt. Er hieß Adalhart, nach ihm ist dein Sohn benannt. Ich sollte dabei helfen, dieses Kloster an den Strand der Weser zu verlegen. Da das Mutterkloster Corbie, also Corbeia Antiqua, hieß, wurde es Corbeia Nova, Corvey, genannt. Ich war an der gesamten Planung des Klosters beteiligt, eine Erfahrung, die mir beim Bau des Klosters und des Mariendoms in der Hammaburg sehr zustatten kam."

„Warum rief man gerade Euch?", wollte Erik wissen. Ansgar zuckte kaum merklich zusammen, es war zu spüren, dass ihm diese Frage unangenehm war. Er zögerte, zog den Wollmantel zurecht und rutschte unruhig im Sattel hin und her. „Es war ein Unglück", sagte er so leise, dass Erik und Rimbert wie auf ein Kommando ihre Tiere näher an ihn heranführten. „Ich war Lehrer und hatte gerade Aufsicht, als der Schüler Fulbert von einem seiner Kameraden mit einer Tafel niedergeschlagen wurde. Er war schwer verletzt, und ich war in der Stunde seines Todes nicht bei ihm, sondern hatte mich zu einem kurzen Schlummer niedergelegt."

Die Erinnerung an eine der schwärzesten Stunden seines Lebens trieben dem Erzbischof Tränen in die Augen. Es waren Tränen des Mitgefühls mit dem Schicksal des armen Jungen, aber auch des Selbstmitleids, weil Gott ihm diese Prüfung auferlegt hatte.

„Ich fand Trost in einem Traum, den ich in jenem Augenblick träumte, in dem der Junge starb.

Mir erschien der Schüler in einem purpurnen Raum, als er aufgenommen wurde in den Kreis der Märtyrer. Er sah sehr glücklich aus. Der Junge hatte seine Verletzung so geduldig ertragen, auf dem Sterbebett hatte er für den Knaben, der ihn tödlich getroffen hatte, um Vergebung gebeten. Er hat es verdient, in die Chöre der Märtyrer aufgenommen worden zu sein. Dies war mein einziger Trost, und ich machte mir schwere Vorwürfe. So kam der Ruf nach Corvey gerade recht."

Ansgar schwieg. Nur ungern erinnerte er sich an das vorwurfsvolle Gesicht des ehrwürdigen Vaters Witmar, der mit ihm zusammen die Knabenschule leitete. Erst einige Jahre später befreite ihn ein langes Gespräch mit Witmar auf ihrer gemeinsamen Reise nach Schweden von diesem lastenden Druck.

In Corvey wartete genau die richtige Aufgabe, um ihn das schreckliche Erlebnis halbwegs vergessen zu lassen. Er machte seine Aufgabe gut, so gut, dass ein leises Lächeln des Stolzes über sein Gesicht huschte. Stolz war ein Gefühl, das seinem Wesen eigentlich zuwider lief und sich selten in Ansätzen zeigte.

Ansgar sagte: „Wir bauten ein Kloster, das sich sehen lassen konnte. Es gibt nach dem berühmten St. Gallener Vorbild einen Teil, der für die Kranken reserviert ist, das Kloster verfügt über Werkstätten, in denen verschiedene Handwerke ausgeübt werden können. Natürlich gibt es auch eine Schule, in der sich vor allem dem Griechischen gewidmet wird. Das alles werde ich Euch ja in ein paar Tagen zeigen können."

In diesem Augenblick näherte sich Berengar von hinten. „Was redet Ihr eigentlich so lange? Mir ist auch langweilig." Erik dreht sich im Sattel um und sagte lachend: „Leider ist auf diesem bedeutenden Heerweg nur Platz für drei Reiter nebeneinander." „So, dann wird jetzt einer von Euch zurückbleiben und mich an der Seite meines Freundes reiten lassen", versetzte Berengar.

Dabei sah er Erik scharf an und schickte ihn mit einer Handbewegung fort. „Nun, Ansgar", meinte Berengar gemütlich, „nun erzählt Ihr mir alles noch einmal von vorn." „Das wird nicht nötig sein", mischte sich Rimbert lachend ein. „Ihr werdet dies alles in meiner ‚Vita Anskarii' lesen können."

Ansgar schüttelte den Kopf. „Dazu musst du es erst niederschreiben", sagte er, „und das darfst du erst, wie verabredet, nach meinem Tod, mein guter Rimbert." „Und du, Berengar, müsstest erst einmal lesen lernen", lachte Erik, machte dann aber bereitwillig Platz, indem er sein Pferd zurückfallen ließ. „Bengel", knurrte Berengar, als er an ihm vorüberritt.

Der weitere Verlauf der Reise auf der wichtigen Ost-West-Handelsstraße Hellweg an den Weserbogen, der den Namen „Villa Huxori“ trug und an dem das Kloster Corvey liegt, verlief ohne Zwischenfälle. Sie kamen an Feldern vorüber, auf denen fleißige Hände die erste Saat aussäten, sie sahen saubere Gehöfte, und ihnen begegnete hin und wieder ein Bauerngespann oder eine kleine Reisegesellschaft von Kaufleuten auf ihrem Weg in den Norden.

Kein Räuber ließ sich blicken, kein Rudel Wölfe begleitete sie, und auch das Wetter wurde immer besser. Als sie an die Weser kamen, konnten sie sogar ihre schweren Wollmäntel ausziehen.

Das Kloster war ein beeindruckender Bau. Nachdem sie einen Fährmann gefunden hatten, der sie über die Weser brachte, konnten sie die beiden Türme der Kirche bereits aus der Ferne sehen. Sie erinnerten Ansgar ein wenig an die angespitzten Palisaden der Hammaburg, wofür er das dröhnende Lachen Berengars erntete. Ansgar wurde warm ums Herz, als das ehrwürdige Gebäude, das nun schon seit 23 Jahren bestand, in Sicht kam.

Der Empfang durch die Mönche, die Ansgar fast alle kannte, war überaus herzlich. Auch seine Gefährten wurden auf das Freundlichste behandelt. Der ehrwürdige Adalhart, der Ansgar so sehr gefördert hatte, war vor 19 Jahren gestorben, auch sein Bruder und Nachfolger Wala war schon neun Jahre tot, aber auch der jetzige Abt, Warin, hatte schon viel von Ansgar gehört. Auch er war dem Erzbischof wohlgesonnen.

Ansgar verlangte zunächst, die Gebeine des heiligen Vitus zu sehen, die dem Kloster vor ein paar Jahren vom Abt Hilduin von St. Denis, das nördlich von Paris liegt, geschenkt worden waren. Dann wollte er die neue Basilika besichtigen, deren Weihe gerade ein Jahr zurücklag. Das Gebäude erwies sich als ein beeindruckender Bau mit schönen, zarten Wandmalereien.

Ganz besonders freute sich Ansgar, Bernhard wiederzusehen. Er hatte gehört, dass der Mönch in Corvey sein würde, und war gespannt, was aus ihm geworden war. Zuletzt gesehen hatte er ihn vor 18 Jahren in der Klosterschule, als Ansgar mit seinem kranken Begleiter Autbert von der ersten Missionsreise ins Reich des Dänenfürsten Harald Klak zurückgekehrt war. Er hatte vor, sich mit Bernhard am Abend in eine Stube des Klosters zurückzuziehen, um ein wenig über die alten Zeiten zu plaudern.

Zwar war es Ansgar gar nicht recht, dass der junge Rimbert auch bei diesem Zusammensein dabei sein wollte, schließlich stimmte er nach langem Drängen zu. „Seht, ich muss doch alles wissen", hatte ihn der Junge mit großen Augen angefleht, „und ich habe den langen Weg doch nur gemacht, um alles über Euch zu erfahren. Bitte, schlagt es mir nicht ab." Da nicht viel gefehlt hätte, dass Rimbert vor Ansgar niedergekniet wäre, stimmte der Erzbischof hastig zu.

Bernhard hatte sich in all den Jahren ziemlich verändert. Aus einem ungewöhnlich großen, dünnen Jungen mit langen blonden Haaren war ein stattlicher, kräftiger Gottesdiener geworden, dessen schütteres Haar allerdings bereits schneeweiß war. Sein Gesicht war von tiefen Furchen durchzogen, die rechte Wange zeigte eine breite Narbe, offenbar Folge eines Schwerthiebs, der nur schlecht verheilt war.

Ansgar versuchte, sich seine Überraschung nicht anmerken zu lassen, und musste sich sehr zurückhalten, um keine Bemerkung über die Vergänglichkeit des Menschen zu machen. Als sie sich an dem kleinen Holztisch niedersetzten, griff Bernhard ohne zu zögern nach der Karaffe Wein, die bereitstand. Ansgar füllte sich seinen Becher mit Wasser.

Obwohl der Bischof kein Wort geäußert hatte, glaubte Bernhard, sich rechtfertigen zu müssen. „Ach“, sagte er und schaute Ansgar verlegen an, „der Wein war oft mein einziger Tröster, wenn ich einsam durch die Steppen zog.“ Mit diesen Worten trank er den Becher bis zur Neige aus und schenkte sich nach. Ansgar fielen die glasigen und blutunterlaufenen Augen des jungen Mannes auf, und so sagte er milde lächelnd: „Eine lange Zeit ist vergangen. Eine Zeit, die an keinem von uns spurlos vorübergegangen ist.“

Rimbert hatte sich abseits, außerhalb des Lichtkreises, den die zwei auf dem Tisch stehenden Kerzen verbreiteten, niedergelassen, sodass die beiden Freunde ihn nicht wahrnahmen. „Dass Ihr einmal Erzbischof werden würdet, wer hätte das gedacht ... “, murmelte Bernhard.

„Jeder sollte da tätig werden, wo er das Wort des Herrn am wirkungsvollsten verkünden kann. Du im Osten bei den Tartaren und ich im Norden in Hammaburg. Dabei sind Titel und Ehrungen nicht von Belang“, sagte Ansgar ein wenig hölzern.

Bernhard war einer jener Jungen gewesen, die Ansgar und der Mönch Autbert auf ihrer gefährlichen Mission in den Norden auf Sklavenmärkten freigekauft hatten. Er entstammte einem kleinen Dorf an der Seine-Mündung und war bei einem Überfall dänischen Wikingern in die Hände gefallen.

Diese verkauften ihn in Haithabu an einen Sklavenhändler, der ihn schließlich an Harald Klak weiterverscherbelt hatte. Bernhard war wegen seiner ungewöhnlichen Körpergröße und den damit verbundenen relativ hohen Ernährungskosten billig gewesen und musste in der königlichen Küche arbeiten, wo er sich von den nicht mehr ganz so königlichen Abfällen ernährte. Er wurde gezwungen, die Arbeiten zu verrichten, für die sich die anderen zu schade waren. Hier hatte Ansgar den damals erst achtjährigen Jungen entdeckt und König Harald für ein horrendes Geld abgekauft.

Bernhard wurde dann in die neue Schule des Klosters Corvey gesteckt, bekam die Tonsur und verschrieb sich der Mission, vor allem in den Osten, wo er haarsträubende Abenteuer erlebt haben musste. Ansgar hatte davon gerüchteweise gehört. Vielleicht waren die Erinnerungen an all das der Hauptgrund für Bernhards offensichtliche Trunksucht, dachte der Bischof.

Ansgars Gefährte auf der Mission ins Land des Harald Klak war der gute Autbert gewesen. Er hatte damals alle Welt mit dem Wunsch überrascht, mit Ansgar gehen zu wollen. Autbert war Abkömmling einer vornehmen fränkischen Familie und war eigentlich als Nachfolger des damaligen Corvey-Abtes Wala vorgesehen. Wala hatte ihn ungern ziehen lassen und auf absolute Freiwilligkeit bestanden. Auch Ansgar war die Bereitwilligkeit Autberts, sich diesen Strapazen zu unterziehen, seltsam erschienen.

Er erinnerte sich: Als er bereits dem Kaiser zugesagt hatte, den Wikingerkönig Harald zu begleiten, und mit bangem Herzen seine Entscheidung in einem Weinberg überdachte, stand Autbert plötzlich vor ihm und kündigte an, dass er mit ihm kommen wolle. Zunächst hatte Ansgar gedacht, das Kloster wolle ihm einen Aufpasser mitschicken, und so hatte er dieses Angebot mit äußerster Kühle und Argwohn entgegengenommen.

Mit der Zeit stellte sich jedoch heraus, dass Autbert ohne Aufträge oder Hintergedanken nur hatte teilhaben wollen an diesem großen Abenteuer. Und, dieses Zugeständnis war Ansgar ihm schuldig: Er hatte Autbert gut brauchen können. Denn außer Kaiser Ludwig, der alles daran setzte, seinen Beinamen „der Fromme“ mit Leben zu erfüllen, glaubte eigentlich niemand an einen Erfolg dieser Reise ins Heidenland.

Sie hatten viel erlebt auf ihren gemeinsamen Abenteuern, die Mönche Ansgar und Autbert. Und sie hatten viel erreicht. Immer mehr Menschen ließen sich von ihnen zum Christenglauben bekehren, sie gründeten zahlreiche kleine Kirchen, und es gelang ihnen, auf Sklavenmärkten eine erfreuliche Anzahl Jungen wie Bernhard freizukaufen, um sie in ihren Schulen auszubilden. Diese Jungen wurden nicht gezwungen, Priester zu werden, aber sie konnten es.

Die meisten dieser Geschöpfe, die noch einmal Glück im Unglück gehabt hatten, blieben ihr Leben lang der Kirche und den Männern, die sie vor einem schrecklichen Schicksal bewahrt hatten, verbunden.

Mehr als zwei Jahre wirkten die beiden Mönche im Norden, als Autbert von einer schweren Krankheit befallen wurde. So mussten sie nach Corvey zurückkehren. Autbert aber erholte sich nicht, wurde immer schwächer, und zur Osterzeit des Jahre 828 starb der tapfere Mann.

Als Ansgar und Bernhard an diesem Abend in Corvey davon sprachen, fühlte der Erzbischof erneut Hilflosigkeit und Trauer, dasselbe Gefühl, das ihn damals beim Tode Autberts erfasst hatte. War dies sein Motiv, sich Hals über Kopf in das nächste Abenteuer zu stürzen und dem Ruf des schwedischen Wikingerkönigs Björn an dessen Hof in Birka zu folgen? „Erzähl jedoch nun, was du bei den Tartaren erlebt hast“, forderte er Bernhard mit gespielter Munterkeit auf, um seine schmerzhaften Erinnerungen zu verdrängen. Bernhard, der trotz einiger Becher Wein keine Anzeichen von Trunkenheit zeigte, verzog den Mund. „Was gibt es da schon zu erzählen? Ich bin ein paarmal gefoltert worden, meinen Gefährten ist bei lebendigem Leib die Haut abgezogen worden, ich habe mit Bären und Wölfen gekämpft, und ich hätte fast mein Ende als Sklave gefunden“, sagte Bernhard, so, als sei das gar nichts gewesen. Dann schwieg er lange. Er griff zum Becher und nahm einen tiefen Schluck Wein. Dabei sah er dem Bischof nachdenklich in die Augen, „ich werde nicht länger dem Herr dienen können“.

Regungslos starrte Ansgar ihn an, so sehr erschütterte ihn diese Nachricht. Dann beugte er sich vor und sagte scharf: „Erzähle!“ Bernhard neigte den Kopf zur Seite und zog die Augenbrauen hoch: „Ich würde es vorziehen, wenn wir dies unter vier Augen besprechen könnten. Das, was ich zu erzählen habe, soll diesen Raum niemals verlassen."

So sehr Rimbert, der bisher stumm zugehört hatte, darauf brannte, Bernhards Geheimnis zu erfahren – er stand auf einen Wink Ansgars ohne zu zögern auf und verließ die Kammer.

Bernhard atmete tief durch, als Rimbert die leise knarrende Tür zugezogen hatte. „Es ist erst knapp zwei Jahre her, dass ich auf Missionsreise im Lande der Chazaren war, als eines Nachts das Dorf, in dem ich mich aufhielt, von wilden Horden überfallen wurde, die alles niederbrannten und jeden, den sie nicht erschlugen, verschleppten. Ich gehörte zu denen, die – so dachte ich anfangs jedenfalls – das Glück hatten, den Angriff zu überleben."

„Der Mensch ist in Gottes Hand, und der Herr wird wissen, warum du verschont wurdest", warf Ansgar ein. Bernhard lächelte bitter. „Verschonen würde ich es nicht nennen. Aber hört selbst. Diese wilden Männer mit ihren gigantischen Schnauzbärten, die gänzlich in Fell gekleidet waren und so schnelle Pferde ritten, wie ich es zuvor nie gesehen habe, diese Männer also nahmen mich mit nach Osten. Weiter und weiter. Immer weiter nach Osten. Bald wusste ich nicht mehr, wo ich war. Alles war unendlich öde, wir kamen durch Steppen und Wüsten, erlitten am Tage unendliche Hitze und froren nachts in bitterer Kälte.

Ich wurde wie ein Stück Vieh behandelt. Man sorgte nur dafür, dass ich nicht starb, denn man hatte noch einiges mit mir vor."

„Wusstest du zu diesem Zeitpunkt, welches Schicksal dich erwartete?", fragte Ansgar.

„Nein", antwortete Bernhard, „ich verstand ihre Sprache nicht und sie nicht die meine. Aber, um es kurz zu machen: Schließlich kamen wir in das Heimatdorf der wilden Horde. Dort behandelten sie mich ein wenig besser, sodass ich Hoffnung schöpfte. Leider aber war ihr einziges Ziel, mich zu verkaufen. So verbanden sie meine Wunden, schnitten mir die Haare und mästeten mich, so wie man einen Ochsen pflegt, für den man einen guten Preis erhalten will. Selbst von dem unangenehmen Ziehen in der linken Schulter, unter dem ich jahrelang gelitten hatte, befreiten sich mich. Sie stachen mir Nadeln in den Handrücken. Es war wie Zauberei, die Schmerzen waren verschwunden."

Ansgar hörte voll Spannung zu, auch er hatte in seinem Leben eine Menge Abenteuer erlebt, dieses hier schien aber alle zu übertreffen.

„Nach wenigen Wochen fühlte ich mich wie neugeboren und begann, mich an meine neue Umgebung zu gewöhnen. Dann, eines Tages, banden sie mich auf ein Pferd und ritten eine mir unendlich scheinende Strecke weiter nach Osten. Die Himmelsrichtung konnte ich am Stand der Sonne erkennen. Wieder ging es durch Wüsten und Ödland, und uns begegnete kein Mensch. Schließlich erreichten wir eine kleine Stadt. Dort lebten Menschen, wie ich sie zuvor nie gesehen hatte. Sie waren klein, hatten lange schwarze Haare, eine gelbliche Gesichtsfarbe und schmale, schlitzartige Augen. Als mich die Tartaren vom Pferd hoben und, an einem Seil gefesselt, durch die Menge führten, wurde ich von allen Seiten angefasst. Ich bemerkte an den erstaunten Gesichtern, dass sie von meiner Größe so überrascht waren wie ich von ihrem seltsamen Aussehen."

Bernhard hielt einen Augenblick inne, um sich Wein nachzuschenken und Ansgar einen prüfenden Blick zuzuwerfen. Er fragte sich, ob der Erzbischof ihm wohl glauben würde. Aus der Miene des Kirchenfürsten ließ sich jedoch nichts schließen. Bernhard räusperte sich.

„Nun, sie fanden bald einen Käufer. Es war, wie ich später erfuhr, einer jener hierorts unbekannten Provinzkaiser, die in einem unvorstellbar riesigen Reich über unermessliche Reichtümer verfügen."

Bernhard entging der zweifelnde Zug um Ansgars Mundwinkel. Dem Erzbischof schoss durch den Kopf, dass er von einem solchen Reich noch nie etwas gehört hatte. Wenn dieses wirklich so groß und so reich sein sollte, hätte er wohl als einer der Ersten davon erfahren. Aber, sei's drum, er war für gute Geschichten immer zu haben, auch wenn sie erfunden waren.

„Fahre fort", sagte er deshalb und beobachtete, wie die blauen Augen seines Gegenübers kurz aufblitzten. „Ihr glaubt mir also?", fragte Bernhard hoffnungsvoll. „Fahre fort", sagte Ansgar. Er wollte sich nicht festlegen. Jetzt noch nicht.

„Die Strapazen der Reise und die Aufregungen in dem fremden Land waren zu viel für mich", sagte Bernhard leise. „Ich wurde sehr schwer krank. Sobald ich irgend etwas berührte, durchfuhr mich ein eisiger Schauer. Ich ertrug es kaum, Kleidung auf meinem Körper zu tragen. Ständig brach mir kalter Schweiß aus, ich konnte nichts essen, ohne es sogleich wieder von mir zu geben. Ich wurde immer schwächer. Dann rettete mir Hui das Leben."

„Wer ist Hui?", fragte Ansgar. „Meine Frau", antwortete Bernhard und erntete dafür einen verblüfften Gesichtsausdruck und hochgezogene Augenbrauen bei seinem Gegenüber. „Hui war die Lieblingsfrau des Herrschers, und er hatte sie zu meiner Pflege abgestellt, weil man in mir eine Art seltenes Tier sah", fuhr Bernhard fort. „Nachdem sie alles versucht hatten, Kräuter, Öle, Tees, tat Hui das Einzige, was wirklich half. Sie wärmte mich mit ihrem Körper." Bernhard seufzte und atmete tief durch.

„So, so", sagte Ansgar. Mehr fiel ihm nicht ein. Bernhard biss sich schmunzelnd auf die Unterlippe. Er war so gespannt gewesen, wie Ansgar diese Neuigkeit verdauen würde. Er hatte erwartet, dass der Erzbischof empört aufgesprungen wäre. Und nun sagte er nur „so, so".

„Ja, ich gestehe, wir liebten uns", fuhr Bernhard fort – insgeheim belustigt über Ansgars versteinerten Gesichtsausdruck „Wir schmiedeten Fluchtpläne. Ich weiß selbst nicht mehr, wie wir uns eigentlich verständigt haben, denn keiner von uns beiden sprach die Sprache des anderen. Eines Nachts war es so weit: Hui hatte ein paar Vorräte besorgt, und dann sind wir Richtung Westen gegangen, immer Richtung Westen."

„Oh, mein Gott", entfuhr es Ansgar, wobei offen blieb, welches Ereignis er eigentlich damit kommentieren wollte. „Ja, der half uns", sagte Bernhard. „Wir waren Wochen um Wochen unterwegs, und wären wir nicht in einem Kloster aufgenommen worden, so hätten wir es wahrscheinlich nie geschafft."

„Ein Kloster, so weit im Osten?", fragte Ansgar aufgeregt. „Keines unserer Klöster", beruhigte ihn Bernhard, „die Mönche dort beten Buddha an, was so viel heißt wie ‚der Erleuchtete'. Es ist eine Religion, die es bereits seit mehr als 1200 Jahren gibt. Buddha ist der Ehrentitel eines gewissen Siddhartha. Viel weiß ich nicht davon, aber wenn ich die Mönche richtig verstanden habe, so fußt diese Religion auf vier Weisheiten: dass Leben ständiges Leiden bedeutet, dass die Ursache dieses Leidens Durst nach Liebe, nach Leben, nach Wissen, nach Macht ist, dass die Beseitigung dieses Durstes auch das Ende des Leidens ist und dass dieses Leiden nur besiegt werden kann auf einem achtfachen Pfad."

„Schweig still!", unterbrach ihn Ansgar. „Ich will nichts davon hören. Es gibt nur einen Gott, und das ist der Herr der Bibel. Wenn du nicht willst, dass ich diesen Raum verlasse, so schweig sofort still!" Bernhard machte eine abwehrende Handbewegung. „Nein, nein, versteht mich nicht falsch, ich wollte Euch nur erläutern, was für Menschen es waren, die uns aufnahmen."

Ansgar beruhigte sich, und so setzte Bernhard seinen Bericht fort. „Also, diese Mönche führten mich ein in eine neue und faszinierende Welt, zeigten mir ganz seltsame Arten der Meditation und lehrten mich kämpfen auf eine Weise, die mir bis dahin völlig fremd war. Die Fähigkeiten, die ich im Shaolin-Kloster erworben habe, kamen mir auf dem weiteren Weg nach Westen zugute. Ohne sie wäre ich heute nicht hier, und Hui wäre heute keine Mutter."

„Was?", rief Ansgar jetzt, „du, ein Mönch, als Vater?" „Ja", gab Bernhard kleinlaut zu, „es ist wahr." Ansgar schnaufte vor Entrüstung. „Jetzt wird mir alles klar. Dann verstehe ich auch, dass du nicht mehr Diener Gottes sein kannst.“ Nach einigen Augenblicken der Besinnung beugte sich Ansgar vor. Er sah Bernhard scharf an. „Und was, um Gottes Willen, hast du jetzt vor? Wo willst du hin?“, fragte er. „Ich weiß es nicht, ich hatte gehofft, dass Ihr mich mitnehmt nach Hammaburg. Vielleicht kann ich Euch nützlich sein.“

„Nein“, sagte Ansgar bedauernd, „ich bin nach Corvey gekommen, um meinerseits um Hilfe zu bitten, da wir unsere Aufgaben kaum erfüllen können. Noch ein hungriges Maul können wir nicht stopfen.“

„Aber es müsste ja nicht bei Euch im Kloster sein. Ich würde auch auf dem Feld arbeiten oder als Fischer oder Schmied.“ „Hm“, sagte Ansgar und kratzte sich das Kinn. „Komm morgen Mittag an das große Klostertor. In meiner Begleitung befindet sich Berengar, der Graf von Hammaburg. Vielleicht kann er etwas für dich tun.“ Mit diesen Worten erhob sich Ansgar, gab Bernhard ein wenig linkisch die Hand und ging. Er hatte in aller Frühe ein Gespräch mit Abt Warin. Dafür musste er gut gerüstet sein.

Warin empfing den Erzbischof mit gebührender Höflichkeit in seinem geräumigen Arbeitsraum im Herzen des Klosters. An den Wänden standen zahlreiche Bände mit Werken der Dichter und Wissenschaftler, die die Mönche der Abtei in unendlicher Fleißarbeit abgeschrieben hatten. Als Ansgar eintrat, blickte Warin auf, ein aufgeschlagenes Buch vor sich, in das er sich gerade vertieft hatte.

„Seid willkommen“, sagte der Abt und erhob sich langsam. Mit einer eleganten Handbewegung bot er Ansgar einen Stuhl vor seinem Arbeitstisch an. „Lesen, lesen“, sagte er schmunzelnd, „der heilige Benedikt lässt uns keine Wahl.“ „Ich hoffe, es belastet Euch nicht allzusehr“, sagte Ansgar. Er hatte diese Bemerkung freundlich gemeint. Warin aber schien sie übelzunehmen. „Nein“, sagte er in säuerlichem Ton, „es ist meine Lieblingsbeschäftigung – gleich nach dem Beten, – um Eurer Frage zuvorzukommen.“

„Kein guter Anfang“, dachte Ansgar und biss sich auf die Lippen. Hätte er doch bloß geschwiegen! Der Erzbischof behielt recht. Das für ihn und Hammaburg so wichtige Gespräch verlief frostig und zäh. Sie kamen nicht recht voran.

„Was denkt Ihr Euch, Ansgar“, versetzte Warin, als ihn der Bischof um Unterstützung bat. „Auch dieses Kloster befindet sich im Aufbau. Auch uns hat der Tod Kaiser Ludwigs schwer getroffen. Sein Nachfolger Lothar erweist sich nicht als so freigebig wie sein Vater. Ihr habt Eure Diözese, dies ist eine andere. Nur um Eurer Verdienste willen, die Euch um den Aufbau dieses Klosters zweifellos zustehen, habe ich Euch überhaupt angehört. Ich kann es nicht vertreten, Euch zu helfen. Es tut mir leid.“

Erst nach langem, kräftezehrenden Ringen gelang es Ansgar schließlich, Warin die Zusage zu entlocken, zehn seiner freigekauften Kinder zur Ausbildung zu übernehmen, was Hammaburg deutlich entlasten würde. Warin stimmte allerdings nur unter der Bedingung zu, dass diese Jungen voll und ganz im Dienste des Klosters Corvey stehen würden und Hammaburg auf ewig würden verlassen müssen. Das war hart für Ansgar, und ihm wurde das Herz schwer, aber ihm blieb keine Wahl. Und es war wenigstens etwas, was er erreicht hatte.

Nach dem enttäuschenden Gespräch suchte Ansgar sich einen einsamen Platz am Weserufer. Er hatte noch ein wenig Zeit bis zur Mittagsstunde. Der herrliche Frühlingstag passte überhaupt nicht zu seiner Stimmung. Je länger er über das Abkommen mit Warin nachdachte, um so weniger gefiel es ihm. Seine Reisegefährten erwarteten ihn schon am Tor des Klosters. Schon von Weitem erkannten sie an seinem Gesichtsausdruck, dass er nicht zufrieden war. „Nun?“, fragte Berengar, und Rimbert spitzte neugierig die Ohren. „Nun“, sagte Ansgar und zuckte die Schultern, „sie können uns nicht helfen. Oder sie wollen es nicht.“ „Hat Abt Warin eine Begründung genannt?“, fragte jetzt Rimbert. Ansgar fuhr gereizt herum. „Und du!“, herrschte er den jungen Mann an, „du wirst dies alles vergessen. Diese ganze Reise!

Anderenfalls entziehe ich dir die Erlaubnis, über mich auch nur eine Zeile zu schreiben." Rimbert zuckte zusammen, wurde blass, nickte dann aber stumm und versuchte, sich möglichst klein zu machen. Berengar hatte seinen Spaß daran. „Nun, Ansgar, mein Freund, man kann nicht immer gewinnen", lachte er und trieb sein Pferd an, „kommt, lasst uns nach Hause reiten."

Ansgar hatte über seine Verhandlungen mit Abt Warin Bernhard völlig vergessen, und so fuhr er zusammen, als er in seinem Rücken die Stimme des ehemaligen Mönchs vernahm. Er drehte sich um und wäre fast vor Überraschung vom Pferd gefallen. Da stand Bernhard und führte einen Maulesel am Zügel. Auf dem Tier saß eine Frau, und diese Frau hielt zwei kleine Kinder im Arm.

„Das ist Hui", sagte Bernhard. „Und das sind Kim und Lin."

Auch wenn Hui eine Frau ist, die unsere ganze Aufmerksamkeit verdient hat, so wollen wir uns doch für einen Augenblick einer historischen Person zuwenden.

....

Er war schon ein bemerkenswerter Mann, dieser Ansgar, der heiliggesprochen wurde und dessen Wirken in seiner Wahlheimat Hamburg bis heute Spuren hinterlassen hat. Seit dem Jahre 1883 steht an der Trostbrücke neben dem Haus der Patriotischen Gesellschaft sein Denkmal, und auch Straßennamen wie Schaartor und Schaarmarkt erinnern an ihn – „Schaar" deshalb, weil man den guten Ansgar in Hamburg mundartlich gern „Anschar" nannte (was dann auch einem renommierten hanseatischem Bestattungsinstitut zu seinem Namen verhalf). Ansgar wurde 801 geboren, verlor als Fünfjähriger die Mutter und kam als Halbwaise in das Kloster Corbie in Flandern. Wir wissen recht viel über diesen mutigen Kirchenmann, da Rimbert, der sein Nachfolger als Erzbischof von Hamburg und Bremen wurde, unmittelbar nach dem Tode Ansgars im Jahre 865 mit seiner Biografie „Vita Anskarii" begann und sie elf Jahre später beendete.

Dies was das erste Buch, das je in Hamburg geschrieben wurde. Tatkräftig unterstützt wurde er von einem jungen Mönch namens Adalgar, der zwar als Mitautor nicht genannt wird, inzwischen aber von der Forschung als Mitchronist identifiziert wurde. Adalgar wurde seinerseits der Nachfolger von Rimbert.

Der junge Ansgar muss über ungewöhnliche Fähigkeiten verfügt haben, denn schon in jungen Jahren wurde er für schwierige Aufgaben ausgewählt, die Mut, aber auch Fingerspitzengefühl erforderten. Als beispielsweise im Jahre 826 (Ansgar war, wie man leicht errechnen kann, gerade mal 25 Jahre alt) der Dänenkönig Harald Klak um fränkische Hilfe gegen die Söhne des Haithabu-Erbauers Göttrich bat, nutzte Ludwig die Gunst der Stunde und sorgte dafür, dass Ansgar den Dänen als Gegenleistung bekehren durfte. Ansgar begleitete Harald auch zurück nach Dänemark und schließlich in dessen Lehen Rüstringen zwischen Jade und Wesermündung.

Von nun an galt der junge Priester als Wikingerexperte. Als im Jahre 829 (Ansgar war noch keine 30) der mächtige Schwedenkönig Björn nach einem Missionar rief, war der passende Mann schnell gefunden. Ansgar wurde von seinem königlichen Herrscher, dem frommen Ludwig, aufgefordert „Ne se raderet, antequam ...", das heißt unverzüglich oder wörtlich, „ohne sich zu rasieren" (womit allerdings nicht die tägliche Nassrasur, sondern die Tonsur gemeint war), an den Hof zu kommen.

Man ahnt es schon. Ansgar zögerte nicht, die gefährliche Mission zu übernehmen. Als Begleitung wurde Witmar ausersehen, den er schon aus dem Kloster Corbie kannte. Harald Klak, an dessen Hof Ansgar bis zu diesem Zeitpunkt ja noch missionarisch tätig war, bekam als Ersatz einen gewissen Giselmar, was den alten Dänen nicht gerade freute, womit er sich aber abfinden musste.

Auf dem Weg in den hohen Norden machte Ansgar eine erste unangenehme Erfahrung mit räuberischen Wikingern: Trotz erbitterten Widerstandes wurde seine kleine Reisegruppe aufgerieben, und alle Waren, vor allem die wertvollen Geschenke für König Björn, gingen verloren.

Für einige von Ansgars Begleitern war das ein bisschen viel Abenteuer. Sie kehrten um. Der gerade 30 Jahre alte Mönch machte sich jedoch, gemeinsam mit Witmar, zu Fuß auf den Weg nach Birka.

Die beiden benötigten über ein Jahr, bis sie schließlich im Sommer 831 ankamen. Zu ihrer großen Überraschung fiel es ihnen, so schreibt Rimbert in seinem vielleicht unkritischen

Bericht, außerordentlich leicht, dem christlichen Glauben neue Anhänger zuzuführen.

Besonders wertvoll war, dass sie einen wichtigen Mann aus der unmittelbaren Umgebung des Königs, einen gewissen Hergeir, taufen konnten, der ihnen sogar ein Stückchen Land für den Bau einer Kapelle schenkte. Diese Erfolgsmeldungen beeindruckten den Kaiser Ludwig derartig, dass er Ansgar auf dem Reichstag in Diedenhofen im Oktober 831 zum Bischof und zum „Apostel des Nordens" mit Sitz in der Erzdiözese Hammaburg machte. Er folgte damit einem alten Plan seines Vaters Karl, der seinerseits daran gedacht hatte, hier, in Nordalbingen, ein Basislager für die Erschließung der Barbarenreiche im Norden zu gründen.

Erzbischof Ebo von Reims (dem übrigens der Hamburger Stadtteil Eppendorf seinen Namen verdanken soll), musste sein Legat für die Christianisierung des Nordens abgeben, die Bischöfe Helmgaud und Willerich mussten auf Holstein, Stormarn und Dithmarschen verzichten. Niemand rückt gern etwas heraus, schon gar nicht, wenn es ein ehrenvolles Amt ist, sodass man schon davon ausgehen kann, dass es Widerstände gegen Ansgars Ernennung gab. Darüber jedoch schweigen die Chronisten.

Da ein neues Erzbistum in einem Unruhegebiet wie Nordalbingen nicht auf eigenen Füßen stehen konnte, schenkte Ludwig der Fromme seinem Schützling „zur ewigen Nutzung" hilfreiche Zuschüsse aus dem Kloster Turholt in Flandern, in der Nähe von Brügge. Die Ewigkeit dauerte allerdings nur zwölf Jahre, da ließ der Vertrag von Verdun diese wichtige Einnahmequelle versiegen.

Der frisch gewählte, aus Syrien stammende, Papst Gregor IV. versah Ansgars neue Stellung mit dem allerhöchsten Segen, allerdings mit der kleinen Einschränkung, dass die Besetzung des erzbischöflichen Stuhls in Hammaburg allein auf die Person Ansgars beschränkt war, dass jedoch Ansgar und Ebo gemeinsam das Legat zur Bekehrung von „Schweden, Dänen, Slawen und sonstigen Stämmen im Norden, wo immer sie wohnen mochten" erhielten. Wer dies nicht wahrhaben wolle, werde mit dem Kirchenbann und dem Fluche ewiger Höllenstrafen bedroht, fügte der Heilige Vater noch hinzu. Daraus ergibt sich, dass Ansgar nie einen Alleinvertretungsanspruch als „Apostel des Nordens" innehatte. Ebo hatte ebenfalls eine Operationsbasis nördlich der Elbe, die seinerzeit wahrscheinlich von noch größerer strategischer Bedeutung war als der Flecken Hammaburg. Dies war Welanao, das spätere Heiligenstedten, im Schatten der im Jahre 810 gebauten Burg Esesfeld bei Itzehoe.

Aber der Geist der Geschichte neigt gelegentlich zur Unfairness. So sind Ebos Leistungen heute weitestgehend vergessen, während Ansgar hoch im Kurs steht. Was beide damals nicht wissen konnten: Ansgar hatte sich einen Ort ausgesucht, der heute eine große und reiche Stadt ist, und er hatte einen Biografen, Rimbert, was wieder einmal die Richtigkeit des Satzes beweist, dass es nicht ausreicht, Gutes zu tun. Man muss auch darüber reden.

Ansgar widmete sich vor allem dem dänischen Gebiet, wobei er mehrmals in Haithabu auftauchte und dort „junge Dänen und Slawen" aus der Sklaverei freikaufte, um sie „zum Dienste Gottes zu erziehen", wie Rimbert schreibt.

Verlassen wir jedoch die Lebensgeschichte unseres Apostels für einige Zeit, denn in Hammaburg tut sich etwas. Leider nichts Erfreuliches.

Kapitel 7

Viel musste die junge Chinesin nicht tun, um die vier fremden Männer zu bezaubern. Sie lächelte wunderschön und zart, saß graziös und ein wenig zerbrechlich auf dem Maultier. Das glänzende, pechschwarze Haar hatte sie zu einem langen Zopf gebunden. Über einer winzigen Nase und einem vollen Mund, in dem schneeweiße Zähne schimmerten, blitzten dunkle, schräg geschnittene Augen. Hui neigte zum Gruß den kleinen Kopf.

Nicht ohne Stolz beobachtete Bernhard schmunzelnd, wie seine Frau auf die vier Männer wirkte. Ansgar starrte mit regungslosem Gesicht, Berengar lächelte freundlich, Erik stand der Mund offen, und Rimbert wusste vor Verlegenheit nicht, wo er hinschauen sollte. Ansgar gewann seine Fassung wieder. „Berengar“, sagte er zum Dorfgrafen. „Ich vergaß, dass mich Bruder, äh, nicht mehr Bruder Bernhard, nicht wahr?“, wobei er den jungen Mann ansah. Der nickte, woraufhin Ansgar fortfuhr, „dass mich also Bernhard fragte, ob er mit nach Hammaburg kommen könne, um dort ein neues Leben zu beginnen.

Ich wusste allerdings nicht“, und dabei schaute er auf Hui und die beiden Kinder, „dass er seine Familie gleich mitbringt.“

Berengar konnte sich schnell mit diesem Gedanken anfreunden. „Nun“, sagte er, „wir können tüchtige Menschen immer brauchen. Nicht viele haben den Mut, zu uns ans Ende der Welt zu kommen. Seid also willkommen. Wir müssen aber zusehen, dass auch Bernhard ein Reittier bekommt.“

„Sind das zwei Mädchen?“, fragte inzwischen Erik, der sein Pferd dicht an das Maultier herangeführt hatte und so den Blick auf die zwei winzigen Bündel werfen konnte, aus denen ihn dieselben Augen anstrahlten wie die ihrer Mutter.

„Ja“, antwortete Bernhard stolz. „Zwillinge.“ „Was für ein Zufall!“, jubelte Erik, „Ich habe auch Zwillinge! Zwei Jungen! Was für ein wunderbarer Zufall!“, rief er noch einmal und klatschte in die Hände. Vorsichtig schob er das Tuch, das die beiden kleinen Gesichter zur Hälfte bedeckte, beiseite und strich den Säuglingen sanft über die Wangen.

Nach einigem Hin und Her war beschlossen worden, dass die wenigen Habseligkeiten der kleinen Familie auf eines der Lasttiere und das Maultier verteilt werden würden, sodass Hui und Bernhard jeweils eines der beiden übrigen Pferde bekämen. Die junge Chinesin, die offenbar Vertrauen zu Erik gefasst hatte, reichte dem Wikinger die beiden Kinder und stieg vom Maultier. Dabei öffnete sich ihr Reitmantel, und das bis zur Hüfte geschlitzte Kleid gab den Blick frei auf ein paar ungewöhnlich lange und schöne Beine.

Bernhard, der die Blicke der Männer gesehen hatte, räusperte sich und sagte. „Leider konnten wir nur mitnehmen, was wir am Leibe trugen. Hui besitzt nur dieses eine seidene Kleid.“ „Wir werden sicher bald etwas Passendes finden“, knurrte Ansgar, der sich immer noch überrumpelt fühlte – ein Zustand, der ihm überhaupt nicht behagte.

Zum Erstaunen der vier Männer banden sich Bernhard und Hui mit großem Geschick mit langen Tüchern je ein Kind vor den Leib, sodass die kleinen Beinchen wie aus einer Schaukel herausschauten. Dann ritten sie los. Es war wohl die ungewöhnlichste Reisegesellschaft, die je auf dem alten Handelsweg nach Norden zu sehen war: ein Erzbischof aus Flandern, ein fränkischer Graf, ein Wikinger, zwei junge Männer aus Gallien, eine Frau aus China und ihre zwei kleinen Mädchen.

Und sie hatten wiederum Glück, denn sie wurden nicht überfallen. Das Wetter jedoch machte ihnen zu schaffen. Schon nach Überqueren der Weser zog sich an dem strahlend blauen Himmel graue Wolken zusammen, und es begann in Strömen zu regnen.

Der Weg verwandelte sich in eine knöcheltiefe Schlammwüste, und sie mussten sehr aufpassen, nicht auszurutschen. Manchmal gerieten sie in dicken Nebel, der ihnen die Orientierung erschwerte. Sie kamen deutlich langsamer voran als auf der Hinreise, auch da sie Rücksicht nehmen mussten auf die junge Frau und die Kinder.

Alle Vorsorge war vergeblich. Irgendwo auf halber Strecke bekamen die Kinder hohes Fieber und schrien ununterbrochen. Auch Berengar fühlte sich unwohl. Sein Schädel brummte, und die alte Brustverletzung plagte ihn. Tränende Augen und heiße Wangen bedeuteten, dass auch er fieberte. Die Gruppe beschloss, ihre Reise in Ramelsloh zu unterbrechen.

Hier besaß die alte Ikia ein umfangreiches Anwesen, das sich Meierhof nannte und das als das reichste und schönste Gut in dem Landstreifen südlich der Elbe galt. Ikia war Witwe. Ihr Mann war ein weit gereister Kaufmann gewesen, der aller Herren Länder bereist hatte, sodass sie in ihrem geräumigen Haus beträchtliche Schätze angesammelt hatte: Geschirr aus Arabien, Bronzeflaschen aus Persien, syrische Silberschalen und, zur übergroßen Verwunderung von Bernhard, ebensolche Taschen, wie sie seine Entführer getragen hatten, und Tiermasken, wie er sie in den Zelten seiner Peiniger gesehen hatte. „Dies sind Tataren-Masken und -Taschen", erläuterte Ikia. „Wie kommt es, dass du sie schon einmal gesehen hast?“

So kam es, dass Bernhard die Geschichte, die eigentlich nur Ansgar hören sollte, doch noch einmal erzählte. Allerdings ließ er geschickt alles aus, was mit seinem ehemaligen Priestertum zu tun hatte. Er erfand einfach einen Priester, in dessen Dienste er angeblich stand. Ansgar, der diese Variante der Erzählung mit wachsendem Erstaunen vernahm, hatte Mühe, die Lüge nicht zu entlarven. Eigentlich, so dachte er sich, soll der Mensch nicht lügen. Schließlich schwieg er doch. Er wollte das freundschaftliche Klima, das im Hause Ikias herrschte, nicht stören. Aber er merkte sich den Vorfall. „Aha, mein lieber Bernhard, ich werde ein Auge auf dich haben müssen. Du scheinst mir ein arges Schlitzohr zu sein“, dachte er sich, fand aber doch Gefallen an der abenteuerlichen Erzählung Bernhards.

Berengar verpasste die Geschichte. Er hatte sich gleich nach ihrem Eintreffen niedergelegt und schwitzte nun aus, was an Krankheit in ihm steckte. Erik aber war begeistert. Er hing an Bernhards Lippen und klatschte oft vor Aufregung in die Hände. Das war so recht nach seinem Geschmack. Außerdem saß da noch Hui, die ihm gut gefiel und die ihn freundlich anlächelte. „Wenn da nicht Yba wäre ... “, dachte Erik für einen Augenblick. Dann ließ er aber den Gedanken sofort wieder fallen. Auch Bernhard war das Interesse Eriks an Hui nicht entgangen. Als der Wikinger die junge Chinesin wieder einmal zu lange anstarrte, unterbrach Bernhard seine Erzählung, spitzte den Mund und wartete. Dabei sah er Erik an, der zunächst nichts merkte. Dann wachte er wie aus einem Traum auf, schüttelte sich ein wenig und lächelte verlegen. Mit hochrotem Kopf stammelte er: „Äh ... du hast eine sehr schöne Frau, Bernhard." „Ich weiß", antwortete der ehemalige Mönch langsam und fixierte Erik. „Ich habe jedoch auch eine sehr schöne Frau, zu Hause in Hammaburg", lachte der Wikinger und strahlte Bernhard an. Das war derart entwaffnend, dass auch Bernhard lachen musste. „Dann sollten wir es auch dabei belassen", fügte er abschließend hinzu.

Ikia, die Herrin des Hause, war steinreich. Sie verfügte über eine große Anzahl Sklaven, die sie und ihr Eigentum beschützten. Ihr Land hatte sie an zahlreiche Bauern vergeben. Sie hatte inzwischen ihr 70. Lebensjahr hinter sich, und sie verehrte Ansgar über alles, nachdem der Bischof ihr nach dem Tod ihres Mannes vor zehn Jahren Trost zugesprochen hatte.

Jetzt erwies sie sich als gute Freundin. Ohne zu zögern, hatte sie die Reisegesellschaft versorgt und kümmerte sich mit Ausdauer um die Kranken. „Ansgar", sagte sie am zweiten Tag, „ich mache mir große Sorgen." Sie blickte Ansgar mit ihren immer noch strahlenden blauen Augen an. „Wir sollten Hilfe holen. Ihr habt doch in Hammaburg einen Bruder, der in der Heilkunde bewandert ist."

Ansgar kam der Vorschlag gerade recht. Er wollte ohnehin so schnell wie möglich zurück nach Hammaburg, um die zehn Knaben auszusuchen, die er nach Corvey schicken würde. So machte er sich zusammen mit Rimbert auf den Weg. Erik wollte Berengar nicht allein lassen, und Bernhard und Hui blieben natürlich bei ihren Kindern. Rimbert sollte später Benedikt zurück nach Ramelsloh begleiten, da der kleine heilkundige Mönch den Weg zum Meierhof nicht kannte.

Nach wenigen Stunden erreichten Ansgar und Rimbert die Elbe. Ein Fährmann setzte sie über, und als sie das nördliche Ufer erreichten, hatte die Wache auf den Hundefelsen sie schon entdeckt und in sein Horn gestoßen. Befriedigt stellte der Bischof fest, dass ihr Wikinger-Frühwarnsystem funktionierte.

Daher hatten sich an der Alsterfurt zu ihrer Begrüßung schon viele Menschen angesammelt, die ihnen zujubelten. Auch Yba mit den beiden Jungen war da. Sie schaute den Erzbischof so verwirrt und ängstlich an, dass er vor ihr haltmachte und vom Pferd stieg. „Mach dir keine Sorgen, mein Kind", sagte er und lächelte. „Deinem Vater und auch Erik geht es gut. Berengar hat lediglich ein wenig Fieber, sodass er auf dem Meierhof in Ramelsloh gesundgepflegt werden sollte. Es wird in wenigen Tagen überstanden sein." „Und Erik?", fragte Yba, immer noch besorgt. „Ihm geht es gut, er blieb nur dort, um deinem Vater zur Seite zu stehen. Ich werde gleich Bruder Benedikt mit unserem Freund Rimbert zurückschicken, damit er nach ihnen sieht." Von Bernhard, Hui und den Kindern sagte der Bischof einstweilen nichts. Er wollte es Yba am Abend zu erzählen.

Yba gefiel das alles überhaupt nicht, zumal die Jungen enttäuscht waren, dass sie noch weiter auf ihren Vater warten mussten. Ansgar versprach, am Abend wiederzukommen.

Natürlich hielt er sein Wort. Es war ein wunderschöner Frühlingsabend, die Apfelbäume standen in voller Blüte, und aus Westen wehte eine milde Brise, sodass sich Yba und Ansgar auf eine Bank vor das Haus setzten. Der Bischof erzählte ihr von der Reise, ließ allerdings aus, dass er mit dem Ergebnis keineswegs zufrieden war. Er kündigte an, dass ein gewisser Bernhard mit seiner sehr ungewöhnlichen Frau und zwei kleinen Kindern nach Hammaburg kommen würde und wie sehr er sich sehr darüber freue.

Yba war neugierig, wollte alles über die Frau und über die Kinder wissen. Sie versprach sich von der neuen Nachbarin viel, denn mit ihr würde das Leben interessanter werden. Manchmal war es doch ein wenig langweilig in Hammaburg.

Als es zu dunkeln begann, verabschiedete sich Ansgar. Er wollte noch arbeiten und morgen früh noch vor dem Morgengrauen die Namen derjenigen festlegen, die ins Kloster Corvey geschickt werden sollten.

Ansgar hatte sich bereits entkleidet, sein Nachtgewand übergezogen und sich in die Heilige Schrift vertieft, als er den Hornstoß hörte. Er wunderte sich, dass so spät noch jemand den Weg nach Hammaburg eingeschlagen hatte. Hatten Benedikt und Rimbert umkehren müssen? Er würde es bald wissen, dachte Ansgar, und widmete sich wieder seinem Buch.

Kurze Zeit später fiel ihm der ungewöhnliche Lärm auf. Er hörte Menschen rufen und Waffen klirren. Gerade wollte er sich erheben, als ein Mönch die Tür aufriss. „Wikinger!“, schrie er, „es sind Tausende!“ Ansgar erschrak. So viele Jahre waren sie verschont worden, dass die Hammaburger völlig überrumpelt waren.

Und diesmal schienen die Wikinger zum Äußersten entschlossen. Ansgar nahm sich nicht die Zeit, seine Kutte überzuwerfen. So wie er war, verließ er seine Kammer, lief zum Wehrturm, um zu sehen, was sie erwartete. Was er sah, ließ seinen Atem stocken.

Ein unübersehbarer Haufen angreifender Wikinger stürmte auf Hammaburg zu, ohne dass sie auf nennenswerten Widerstand gestoßen waren. Ansgar bekam Angst. Die grölenden Horden, die vor den Palisaden alles niedermachten, was sich ihnen in den Weg stellte, lösten in ihm den dringenden Wunsch aus, sofort aus diesem Albtraum zu erwachen oder unverzüglich zu flüchten.

In diesem Augenblick fiel Ansgar die Geschichte von Jonas ein. Auch der war geflohen. Er hatte sich während des Sturms im Bauch seines Schiffes verkrochen und die Gefährten ihrem Schicksal überlassen, weil er dem Befehl Gottes nicht gehorchen wollte. Als der Sturm weiter tobte und immer bedrohlicher wurde, hatten ihn die Freunde geweckt und um Hilfe gebeten. Da befahl Jonas ihnen, ihn ins Meer zu werfen, nur so würde sich der Sturm beruhigen. Schweren Herzens hatten sie es getan, das Meer wurde sogleich ruhig und glatt. Aber Jonas wurde von einem Wal verschlungen, der ihn erst nach drei Tagen und Nächten wieder ans Ufer spie. Daraufhin ging Jonas nach Ninive, um dort die Menschen zu retten.

An diese Geschichte aus dem Alten Testament dachte Ansgar, und sie gab ihm Kraft. Er würde kämpfen! Ja, er würde kämpfen! Mit zusammengekniffenen Lippen ergriff er einen dicken Knüppel und stürzte in Richtung Kampfgetümmel.

In diesem Augenblick lösten sich zwei oder drei riesige Wikinger aus dem Menschenknäuel, das sich wenige Meter vor ihm gebildet hatte. Sie sahen den

Bischof, fletschten die Zähne und stapften breit grinsend auf ihn zu. Dabei hoben sie die Schwerter und schrien furchtbar.

Ansgar blieb stehen. Die Geschichte von Jonas war wie fortgeblasen. Der Erzbischof warf den Knüppel weg, klemmte die Bibel, die er immer noch bei sich hatte, unter den Arm, drehte sich um, zog sein Nachthemd hoch, und rannte, so schnell ihn seine spindeldürren nackten Beine tragen konnten, fort. Das laute Hohnlachen der Wikinger verfolgte ihn noch ein ganzes Stück, dann krabbelte er den Hang hinauf, zog sich laut keuchend am Dünengras der kleinen Schlucht hoch und lag schließlich bäuchlings auf dem Geestrücken. Dann sah er zum ersten Mal zurück.

Was er sah, ließ ihn erschaudern. Die erste Barrikade an der schmalen Alsterfurt im Westen der Hammaburg hatten die Angreifer längst überrannt. Dort stellten sich die meisten der Dorfbewohner den Wikingern entgegen, hier färbte sich das Wasser rot vom Blut der Erschlagenen. Mehrere Tote trieben in Richtung Flussmündung. Auch in Richtung Burg war ein Großteil des Bodens von Leichen bedeckt, und immer noch schlugen die Wikinger auf flüchtende Dorfbewohner, meist Frauen, Kinder und Greise, ein. Es war ein grauenhaftes Gemetzel. Die Hammaburg stand schon zu einem großen Teil in Flammen. Ansgar konnte die Hitze des Feuers bis hierher spüren. Das Wik war bisher verschont geblieben – bis auf das Haus von Berengar und das von Yba und Erik. Als Ansgar genauer hinsah, wusste er, warum. Während um sie herum der Kampf tobte, saßen vier Männer auf ihren Pferden und beobachteten, ohne einzugreifen, wie die beiden Häuser niederbrannten. Es waren Abbio und seine Söhne.

Der Alte hatte inzwischen schneeweißes Haar und saß wie versteinert im Sattel, während die drei Söhne ihren Spaß deutlich zeigten. Nun wusste Ansgar, warum die Wikinger zurückgekehrt, warum sie so zahlreich waren und warum nur Berengars und Ybas Häuser brannten. Von Yba und den Kindern konnte er, so sehr er sich auch bemühte, nichts entdecken.

Ein starkes Gefühl drängte ihn, dorthin zu laufen, um mit den Seinen zu sterben. Wie sollte er weiterleben mit diesen Bildern im Gedächtnis? Alles, was er und seine Freunde aufgebaut hatten, war zerstört. Was bleiben würde, waren rauchende, verkohlte Trümmer, die, von den Menschen verlassen, mit der Zeit im Erdreich versinken würden. Nicht mehr lange, dann gab es Hammaburg nicht mehr. Es würde Jahrzehnte, wenn nicht Jahrhunderte dauern, bis sich hier wieder Leben ansiedeln würde, dachte der Bischof. Sollte man noch einmal von vorn anfangen, noch einmal alles aufbauen, um dann am Ende noch einmal zu erleben, wie alles zerstört wird? Ansgar sank auf die Knie und betete zu seinem Gott.

In seinem Herzen war kein Platz für Zweifel. Er stellte nicht die Frage nach dem Warum. So schwer es auch fiel, er glaubte weiter an diesen einen Gott, obwohl der so viel Grausamkeit zuließ. „Der Herr hat's gegeben, der Herr hat's genommen. Wie es dem Herrn gefällt, so geschieht es. Der Name des Herrn sei gepriesen“, sagte Ansgar und küsste seine Bibel, die er vor der räuberischen Bande hatte retten können.

Er erhob sich. Gott hatte ihn aus dem Inferno entkommen lassen, das noch immer tobte. Er sollte also weiterleben, weiterkämpfen und weiter das Wort der Bibel verbreiten. Er wandte sich ab. Er musste noch ein gutes Stück elbaufwärts gehen, um die Stelle unterhalb der Dünen zu erreichen, an der ein Fährmann Reisende an das andere Ufer der Elbe übersetzte. Dieser Übergang wurde nur selten von den Hammaburgern benutzt, im Allgemeinen überquerten sie die Elbe kurz hinter den Hundefelsen, unterhalb des hohen Berges am Elbufer. An dieser Stelle lagen jedoch zurzeit Hunderte von Wikingerschiffen.

Ansgar hatte nur einen Plan: So schnell wie möglich zu den Freunden nach Ramelsloh zu kommen, um ihnen die schreckliche Nachricht zu überbringen. Er kniete nieder: „Lieber Gott“, so betete er, „in all deiner Gerechtigkeit und Güte: Verschone Berengar vom Verlust seiner Tochter und seiner Enkel. Ihm wurde schon die Frau genommen; erspare ihm diese letzte furchtbare Prüfung." Ansgar sank zu Boden und weinte.

Als er wieder aufblickte, hatte sich das Kampfgetümmel zu seinen Füßen gelegt. Die Hammaburg, die Kirche und das Kloster waren ein Raub der Flammen geworden, auch die Häuser von Berengar und Erik standen nicht mehr. Die Wikinger hatten zahlreiche Lagerfeuer entzündet, um sich zu wärmen, aber auch, um um sie herumzutanzen.

Abbio und seine drei Söhne konnte Ansgar zunächst nicht entdecken. Doch, dahinten waren sie! Sie sprachen mit einem riesigen grauhaarigen Wikinger und schlugen sich gegenseitig auf die Schultern. Der Erzbischof knirschte mit den Zähnen. Das also war die Rache der Sklavenhändler.

Er kehrte der zerstörten Hammaburg den Rücken. Er hatte einen weiten Weg vor sich.

Als der Bischof zwei Tage später das Gut Ramelsloh erreichte, hatte man dort von der Zerstörung der Hammaburg noch nichts gehört. Er schilderte der Gutsfrau und den Freunden, was sich vor wenigen Tagen am Strand der Elbe zugetragen hatte.

Rimbert setzte sich noch am selben Abend nieder, um das, was Ansgar ihnen soeben erzählt hatte, festzuhalten. Er hob es lange Jahre auf und machte dann daraus ein Kapitel in seiner „Vita Anskarii“: „Es geschah“, so schrieb er, „dass unerwartet Seeräuber die Stadt Hamburg erreichten und mit ihren Schiffen umzingelten. Weil dies überraschend und plötzlich geschehen war, blieb keine Zeit, die Gaubewohner zu versammeln, zumal auch der Graf gerade abwesend war. Der Herr Bischof, der sich dort befand, wollte mit denjenigen, die in der Burg selbst anwesend waren und in der Vorstadt sich aufhielten, zwar zunächst, als er von der Ankunft gehört hatte, den Platz halten, bis ihnen stärkere Hilfe zuteil würde.“

„Aber als die Heiden angriffen und die Stadt schon belagert war und er erkannte, dass man ihnen nicht widerstehen könne, traf er Vorbereitungen, wie er die ihm anvertrauten heiligen Reliquien wegschaffen könnte. Und so, während seine Geistlichen, nach allen Seiten fliehend, sich zerstreuten, entkam er selbst nur mühsam.“

„Schließlich, nachdem die Burg erobert und alles, was sich im benachbarten Wik befand, geraubt worden war, hielten die Feinde, die am Abend angekommen waren, sich die Nacht, den folgenden Tag und eine weitere Nacht dort auf. Und nachdem so alles in Brand gesteckt und geplündert worden war, zogen sie davon.“

„Da wurde die mit wunderbarer Kunstfertigkeit unter Leitung des Herrn Bischofs erbaute Kirche mit dem kunstvoll angelegten Kloster vom Feuer ergriffen. Da ging die bestens angefertigte Bibel, die der erlauchteste Kaiser demselben unserem Vater geschenkt hatte, mit mehreren anderen Büchern im Feuer zugrunde. Und so wurde alles, was er dort an Kirchengerät und anderen Schätzen und Vermögenswerten besessen hatte, durch den Raub oder das Feuer beim feindlichen Angriff vernichtet, sodass sie ihn ohne Kutte, gleichsam unbekleidet entkommen ließen."

Der Bericht entsprach im Wesentlichen der Wahrheit. Nur in einem irrte Rimbert: Die wertvolle Bibel konnte Ansgar retten.

Voller Aufregung und Unruhe sattelten Berengar, der inzwischen seine Krankheit überwunden hatte, und Erik sofort ihre Pferde. Die Bedenken Ansgars, der sie bat, noch zu warten – schließlich sei es möglich, dass die Wikinger immer noch da seien – hielten sie nicht zurück. Bernhard, dessen Kinder dank der wirkungsvollen Arznei Benedikts wieder gesund waren, wollte mit ihnen kommen, nahm jedoch das Angebot Ikias, seine Frau und die Zwillingen noch in Ramelsloh zu lassen, dankbar an.

So machten sich die drei Männer bereit, obwohl es schon dunkel wurde. Als Ansgar einen letzten Versuch unternahm, sie zurückzuhalten, indem er bemerkte, dass sie unterwegs keinen Rastplatz finden würden, schaute ihn Berengar nur lange ernst an und schüttelte den Kopf.

Ikia bat Ansgar, sich etwas Ruhe zu gönnen. Davon wollte der Erzbischof aber nichts wissen.

Als sich Ansgar, Rimbert, Erik und Benedikt am nächsten Morgen in aller Frühe zur Abreise bereit machten, trat Ikia zu Ansgar und machte ihm ein ungewöhnliches Angebot. „Lieber Ansgar", sagte sie, „Ihr wisst, dass ich eine alte Frau bin und keine Kinder habe. Ich möchte Euch, nachdem Ihr in Hammaburg alles verloren habt, ein Geschenk machen: Ich übertrage Euch mein Gut, auf dass Ihr daraus ein Kloster machen könnt."

Ansgar hatte furchtbare Tage hinter sich und wusste, dass ihn schwere Monate und Jahre erwarteten. Dieses Geschenk freute ihn sehr. Mit Tränen in den Augen sagte er: „Ihr tröstet ein gebrochenes Herz mit Eurer Güte. Ich werde Euch diese Tat nie vergessen." Zur Überraschung Ikias, Rimberts, Eriks und Benedikts plante Ansgar zunächst nicht, unverzüglich zur Hammaburg zurückzukehren.

Ihn erwarteten andere Aufgaben: Er musste seine Diözese retten. Denn er wusste: Viele eifersüchtige und gierige Hände würden sich auf das stürzen, was von Hammaburg übrig war. Vordringlich musste etwas dagegen unternommen werden, dass die Nachricht von der Zerstörung der Kirche und des Klosters an der Alstermündung in die falschen Hände geriet.

Vor allem musste er sicherstellen, dass sein alter

Feind Leuderich in Bremen die Gelegenheit nicht beim Schopfe fassen würde. Das musste um jeden Preis verhindert werden. So reiste Ansgar allein an die Weser. Rimbert, Erik und Benedikt schickte er nach Hammaburg, um dort zu retten, was zu retten war.

Völlig erschöpft erreichten die drei in der Nacht jene Stelle, an der ein Fährmann normalerweise seinen Dienst tat. Sie hatten nicht viel Hoffnung, den Mann anzutreffen, aber eine glückliche Fügung hatte ihn veranlasst, vor dem Überfall der Wikinger sein Boot an Land zu ziehen. Er hatte einige kleinere Schäden ausbessern wollen. Das hatte ihm wohl das Leben gerettet.

Daraufhin hatte der Fährmann eine Reise ins Landesinnere unternommen und war erst wenige Stunden zuvor zurückgekehrt. Er hatte noch nichts von dem Überfall gehört, sodass er sich bekreuzigte und dem Herrn dankte, dass er und sein Schiff verschont geblieben waren. Der Fährmann erkannte Berengar und ließ sein Schiff mithilfe der drei Männer zu Wasser. Ein schmaler Lichtstreifen im Osten zeigte an, dass es bald Tag werden würde.

Als die Freunde die Hundefelsen hinter sich gelassen hatten, bot sich ihnen ein grauenerregender Anblick. Überall lagen Leichen, in der Ferne stand von der einst so stolzen Hammaburg nur noch eine Ruine. Sie sahen, wie einige Dorfbewohner von einem Toten zum anderen liefen, um zu sehen, ob ein Mitglied ihrer Familie unter ihnen war. Als sie einen dieser armen Menschen ansprachen, schien dieser völlig verwirrt.

„He, du, bist du nicht Harald, der Besenbinder?“, hatte Berengar den Mann gefragt, der in zerrissener Kleidung und mit rußgeschwärztem Gesicht zu ihm hochblickte. Die Augen sahen durch Berengar hindurch, der Mund stand offen. „Harald“, sagte der Mann, „Harald, Harald.“ „He, ich bin es, Berengar, erkennst du mich nicht?“ Die Antwort war nur „Harald, Harald“, dabei kicherte der Mann. Berengar war vom Pferd gesprungen und hatte den Mann bei den Schultern gepackt. „Komm zu dir!“, schrie er ihn an. Doch der Mann sank vor ihm auf die Knie, schlug die Arme über dem Kopf zusammen und jammerte auf. „Tot! Sie sind alle tot.“

Berengar stieg wieder auf das Pferd. Die drei Männer rasten auf die Alsterfurt zu, kaum beachtet von den wenigen Menschen, die auf dem Schlachtfeld herumliefen. Sie ritten mit höchster Geschwindigkeit zuerst zu dem Haus, das sich Erik und Yba erbaut hatten. Nur rauchende Trümmer waren davon geblieben.

Erik suchte mit Tränen in den Augen nach Spuren seiner Frau oder der Kinder. Nur Trümmer, nichts als Trümmer! Wo war Yba, wo waren Asmund und

Adalhart? Wo waren sie? Gab es Hoffnung? Solange er nicht ihre Leichen fand, gab es Hoffnung. Voller Verzweiflung irrte Erik auf dem Schlachtfeld herum. Wo waren seine Kinder? Nur selten hatte er bisher zum Christengott gebetet – zuletzt in seiner Novizenzeit im Kloster in Hammaburg. Jetzt tat er es.

Dann hörte er es. Es war ein herzzerreißendes, hoffnungslos trauriges Wimmern. Es kam aus ebenjenem Grubenhaus, in dem sich Yba und Berengar vor Jahren versteckt hatten. Eriks Herz machte einen Sprung. Er stürzte auf das Grubenhaus zu.

Schnell war das Reisigdach von der Grube gerissen. Da waren sie. Sie hielten sich eng umschlungen und schauten ihn mit großen angstvollen Augen an. Asmund und Adalhart lebten! Erik sprang in die Grube und drückte seine Kinder an sich. „Vater", winselten sie, „Vater." Erik weinte vor Glück. Sie lebten. „Dank, o Gott, dass sie leben", murmelte er und umfasste sie mit beiden Armen. „Wo ist eure Mutter?", fragte Erik. Die Kinder sahen ihn traurig an. Asmund zuckte mit den Schultern, und Adalhart sagte: „Sie hat uns hier versteckt und dann allein gelassen."

Verzweifelt schaute sich Erik um. Keine Spur von Yba. Berengar war inzwischen ebenfalls in die Grube gestiegen. Auch er drückte seine Enkel fest an sich. Als sie dann stumpf und unschlüssig vor dem zerstörten Haus standen, kam aus Richtung der Hammaburg-Ruine ein mit einer zerrissenen Kutte bekleideter Mönch auf sie zugehumpelt. „Berengar!“, rief er schon von Weitem. „Sie haben Yba mitgenommen!“

Als der Mann näher kam, erkannten ihn Erik und Berengar als Ansgars Prokurator. Er fuchtelte wild mit den Armen. „Sie sind erst wenige Stunden fort!“ Der Prokurator brach vor ihnen zusammen. Er war am Ende seiner Kräfte. „Nun kommt erst einmal zu Atem“, sagte Berengar und versuchte ihn aufzurichten. Der Prokurator nickte dankbar. Erik fragte ungeduldig: „Nun erzählt schon, wie kommt es, dass Ihr am Leben seid, und wo sind die anderen?“

Der Prokurator holte tief Luft. „Die wenigen, die es geschafft haben, in die Wälder zu laufen, leben wohl noch. Alle anderen sind tot. Ich weiß nicht, wer mit dem Leben davongekommen ist.“

„Die Wikinger hatten schon alles überrannt, sie steckten Eure Häuser an, und auch die Hammaburg stand schon in Flammen, als ich dachte, mein letztes Stündlein habe geschlagen. Mich wollte gerade eines dieser Ungeheuer aufspießen, als Diethart dazwischensprang.“ „Wie, Diethart, welcher Diethart?“, fragte Berengar. „Na, Diethart, Abbios Sohn“, antwortete der Mönch. „Er sorgte dafür, dass ich am Leben blieb. Er schrie den Nordmann an, der auch sofort von mir abließ. Alle Wikinger schienen seinen Befehlen zu gehorchen.“

„O, Gott“, stöhnte Berengar, „die Sklavenhändler! Sie hatten damals gedroht, sich zu rächen. O, mein Gott! Was haben sie mit Yba gemacht?“ „Ich weiß es nicht“, sagte der Prokurator und hörte Erik aufstöhnen, „ich weiß nur, dass die Wikinger sie mitgenommen haben. Diethart sagte mir, wenn mir mein Leben lieb ist, soll ich dir und Erik Folgendes ausrichten: Yba gehört jetzt einem dänischen Seekönig namens Ragnarr Lodbrock.“

Erik schrie auf. „Nein! Das darf nicht sein!“ „Doch“, fuhr der Mönch fort. „Ich soll Euch sagen, dass Ihr sie nur wiederbekommt, wenn Ihr und Erik nach Haithabu geht und Yba dort freikauft.“

Erik sprang sofort auf sein Pferd. „Worauf wartest du noch?“, rief er Berengar zu. „Halt, halt“, hielt der Prokurator ihn zurück. „Er sagte außerdem, dass Ihr Euch Zeit lassen könnt. Ragnarr werde frühestens Ende des Sommers in Haithabu sein. Er wolle zunächst einen Raubzug nach Northumberland unternehmen. Auch dort habe er eine alte Rechnung zu begleichen. Da er Wert darauf lege, dass Yba ihn begleitet, sei es völlig sinlos, wenn Ihr früher als er in Haithabu seid.“

Erik stieg wieder vom Pferd. „Immerhin lebt sie“, sagte er hoffnungsvoll. „Wir werden sie freikaufen.“ Berengar strich sich über das Kinn. „Ich fürchte, so leicht wird das nicht sein. Ich vermute eher, dass uns Abbio bei der Gelegenheit festsetzt und uns auch als

Sklaven verkauft. Das sähe ihm ähnlich.“ Erik beruhigte sich. „Du hast recht“, sagte er, „wir müssen Geduld haben, und wir müssen klug sein.“

Ansgar hatte unterdessen die Residenz von Leuderich, dem Erzbischof von Bremen, erreicht. Seine Hoffnung, dass die Nachricht vom Ende der Hammaburg sich noch nicht bis zur Weser herumgesprochen hatte, war schnell dahin. Man wusste schon Bescheid. Leuderich empfing seinen Amtsbruder mit einem breiten Grinsen. „Na, Ansgar“, sagte er leutselig, „habt Ihr das Wenige, das Ihr ohnehin nur hattet, jetzt auch noch verloren?“ „Ihr solltet nicht spotten“, versetzte Ansgar ernst. „Es haben zahlreiche Menschen ihr Leben verloren, und die Sache des Herrn hat einen schweren Rückschlag erlitten.“ Leuderich machte eine beruhigende Geste. „Nun, wir wollen uns nicht wieder streiten“, sagte er, „ruht Euch erst einmal aus. Dann sehen wir weiter. Ich will mir gern anhören, was Ihr von mir erwartet.“ Er entließ den Erzbischof von Hammaburg mit einer Handbewegung, als wollte er eine lästige Fliege verscheuchen. Dann stand er auf und verließ langsam den Raum

Ansgar war sprachlos. Er bereute es schon, hierhergeritten zu sein. Vielleicht hätte er doch den König oder einen ihm gewogenen Erzbischof, wie Ebo von Reims, aufsuchen sollen. Jetzt war es zu spät.

Am Abend, Ansgar hatte einige Stunden geruht,

bat ihn Leuderich erneut zu sich. Das Gespräch begann vielversprechend. „Nun“, sagte der Erzbischof von Bremen, „wir sollten unsere alte Feindschaft vergessen und gemeinsam überlegen, was zu tun ist. Wir sind, oder sagen wir lieber, wir waren ja schließlich Nachbarn.“

Ansgar biss sich auf die Lippen. Er ärgerte sich über Leuderichs selbstgefällige, herablassende Art. „Es ist immer schlimm, wenn man verraten wird. Waren es nicht Eure eigenen Schäfchen aus dem Norden, die den Überfall angezettelt haben?“ Ansgar war kurz davor, die Beherrschung zu verlieren.

Der Erzbischof von Bremen ließ nicht locker. „Nachdem Eure Mission so kläglich gescheitert ist, dachtet Ihr wohl, dass ich in Zukunft Eure Abenteuer bezahle. Das werde ich jedoch keinesfalls tun. Sucht Euch einen anderen Gönner.“

Nun platzte Ansgar der Kragen. „Was seid Ihr bloß für ein Mensch, Leuderich? Ihr seid es nicht wert, den Titel Erzbischof zu tragen. Ihr seid ein Verräter an der Sache Gottes“, zischte er.

„Und Ihr, Ansgar, Ihr seid doch selbst ein halber Heide“, stieß Leuderich voller Hass hervor. „Ihr habt es Euren Mönchen erlaubt, Salböl zu verkaufen, obwohl Ihr wisst, dass dies streng verboten ist. In Eurem Dorf, wie heißt es noch gleich ... Hammaburg, werden nicht nur die Erzengel Gabriel, Raphael und

Michael angebetet, ständig erfindet Ihr neue Heilige! Eure Leute beten Steine, Teiche und Bäume an. Ihr könnt froh sein, wenn ich Euch nicht vor ein Kirchengericht bringe."

„Das ist eine üble Verleumdung!", rief Ansgar und sprang auf. Er hatte vor Wut einen hochroten Kopf und ballte kampflustig die Fäuste. „Was wollt Ihr, alter Mann? Wir brauchen keine Gewalt! Das Wort des Herrn wird gehört werden, auch ohne dass wir Menschen auf Bretter nageln und sie den Fluss hinuntertreiben lassen, bis sie ertrinken. Ihr denkt doch genauso wie die, die diese Grausamkeiten vor Kurzem an der Loire begangen haben. Wann treiben die ersten Leichen im Namen des Herrn die Weser hinunter? Wer hat den Norden für das Christentum erschlossen, Ihr oder ich? Wer hat, trotz aller Gefahren, in Städten der Wikinger Kirchen errichtet, und wer hat sächsische, friesische und fränkische Jungen der Sklaverei entrissen, während Ihr Euch hier sicher und gefahrlos in Eurem, wie heißt es noch gleich ... Bremen, der Völlerei und der Trunksucht hingegeben habt? Und habt Ihr nicht gerade Gottschalk, dem Sachsen, zugestimmt, dass Christus nur für die zum Heil Vorherbestimmten starb? Das ist Ketzerei! Ich will nichts mehr wissen von Eurem Neid und Eurer Missgunst!"

Ansgar raffte seine Kutte zusammen und

rauschte hinaus, einen Leuderich zurücklassend, dem mit offenem Mund und totenbleicher Gesichtsfarbe jedes Wort im Halse steckenblieb. Nicht nur das. Wenige Wochen später – Ansgar hatte Bremen schon lange verlassen – am 24. August 845, segnete Ansgars alter Feind, Leuderich von Bremen, das Zeitliche. Er erstickte an einem Stückchen geräuchertem Schinkens, obwohl die Kirchengeschichtsschreibung davon nichts wissen will.

Für Ansgar war Leuderichs Tod in mehrfacher Hinsicht ein glücklicher Umstand.

Inzwischen waren die meisten der in die Wälder geflüchteten Hammaburg-Bewohner in ihre verwüstete Wohnstatt zurückgekehrt. Hartwin, der Fischer, war dabei, ebenso Dankmar, der Schmied, jeweils mit ihren Familien. Den alten Jannasch fanden sie auf einem Heuhaufen hinter seinem Häuschen. Die Wikinger hatten den alten Mann gequält, bevor er starb. Die Häuser und Hütten – in all den Jahren war das Wik auf einige Dutzend Wohnstätten angewachsen – hatten die Wikinger verschont, jedenfalls hatten sie sie nicht zerstört. Sonst hatten die Räuber aus dem Norden jedoch alles mitgenommen, was auch nur den geringsten Wert hatte. Das Vieh war an Ort und Stelle geschlachtet und roh oder über dem Feuer geröstet verspeist worden.

Die Hammaburg war nicht mehr zu retten, dasselbe galt für das Kloster und die Kirche. Viele der Mönche und auch die Knaben, die eigentlich ins Kloster Corvey umsiedeln sollten, waren erschlagen worden. So hoffnungslos auch alles anfangs aussah, die Überlebenden packten an und bauten auf. Schon nach wenigen Wochen waren die ärgsten Spuren des Überfalls beseitigt, und mit der Zeit sorgten die Nachkommen jener Tiere, die mit oder ohne ihre Besitzer in den Wald geflüchtet waren, für einen bescheidenen Viehbestand.

Vorläufig ernährten sich die Menschen von den Früchten des Waldes und von dem, was Hartwin aus der Elbe fischte. Berengar war beeindruckt vom Mut seiner Leute. Sie beerdigten ihren Toten und blickten danach unbeirrt in die Zukunft.

Die Hammaburg ließen sie, wie sie war. Es gab niemanden, der an einer neuerlichen Errichtung des Klosters Interesse gezeigt hätte. Von Ansgar hörten und sahen die Bürger von Hammaburg zu ihrer großen Enttäuschung über lange, lange Zeit nichts. Selbst Bruder Benedikt, der als einer der wenigen Mönche geblieben war, wusste nichts über seinen Aufenthaltsort.

Gleich nach dem Überfall waren Erik und Bernhard mit den beiden Jungen nach Ramelsloh gezogen, vor allem, damit die Kinder das Schreckliche, das sie erlebt hatten, vergessen konnten. Obwohl sie oft nach ihrer Mutter fragten, wurden Asmund und

Adalhart jeden Tag munterer. Sie ritten auf den Fohlen, die ihnen die gute Frau Ikia zum Trost geschenkt hatte, und schlossen die junge Chinesin Hui ins Herz, die sich rührend um die beiden kümmerte.

Bernhard, der ehemalige Mönch, machte auf die Jungen gewaltigen Eindruck. Sie durften mit ihm und ihrem Vater auf die Jagd gehen und beobachten, wie Bernhard einen riesigen Keiler mit dem Speer niederstach. Ikias Jagdhunde hatten das wilde Tier direkt auf Bernhard zugetrieben. Er wartete ruhig, bis der Keiler direkt vor ihm war, bevor er zustach.

Auch Erik war beeindruckt von dieser Technik, hatte er doch bisher nur mit Pfeil und Bogen gejagt. Er vermisste seine Frau über alle Maßen, und obwohl es keinen Sinn haben würde, jetzt schon nach Haithabu zu gehen, hielt er es kaum mehr aus, untätig in Ramelsloh herumzusitzen.

Nachdem er gesehen hatte, dass die Zwillinge bei Hui und Ikia in den besten Händen waren, sprach er eines Abends mit Bernhard. Erik mochte den ehemaligen Mönch, der trotz seines reifen Äußeren nur ein Jahr älter war als der Wikinger.

„Bernhard", sagte Erik, „wir kennen uns erst kurze Zeit, und ich weiß nicht, ob ich das, worum ich dich jetzt bitte, von dir verlangen kann. Ich habe überlegt, wie ich Yba aus den Händen ihrer Entführer befreien kann. Jedoch kann ich es nicht allein. Außer dir käme nur Berengar infrage, mir zu helfen. Dazu musst du aber wissen, wie ich nach Hammaburg kam und was später geschah. Alles spricht dafür, dass vier grausame und gefährliche Männer ihre Hand im Spiel haben, und ich weiß nicht, wem ich in Hammaburg trauen kann."

„Halt, halt", unterbrach ihn Bernhard, „verzeih, aber ich verstehe überhaupt nichts." Nun begann der junge Wikinger, dem neuen Freund seine abenteuerliche Geschichte zu erzählen: von dem Überfall vor acht Jahren, von seiner Liebe zu Yba, vom Sklavenhändler Abbio und dessen Söhnen, vom Gerichtstag, dem Zweikampf und von dem Leben danach. „Dieser Abbio wurde zusammen mit seinen Söhnen gesehen, als die Wikinger jetzt erneut Hammaburg überfielen. Ich fürchte, sie haben alles eingefädelt."

„Ja, das denke ich auch", sagte Bernhard, der mit großer Spannung zugehört hatte. „Meinst du, dass die Sklavenhändler in Haithabu ein Haus haben?" „Davon bin ich überzeugt, obwohl sie sich eigentlich in Dorestad in Friesland niedergelassen haben."

„Dann glaube ich, dass ihr in eine Falle laufen sollt", sagte Bernhard.

„Die Männer haben die Wikinger zu dem Beutezug überredet, weil sie sich an euch rächen wollten. Wie du erzählt hast, hegt auch dieser Ragnarr keine freundlichen Gefühle euch gegenüber. Ich denke, sie wollen euch nach Haithabu locken und mithilfe der

Wikinger festsetzen. Berengar wollen sie wahrscheinlich töten und dich in die Sklaverei verkaufen. Yba wird dann bei Ragnarr bleiben müssen. Gut ausgedacht."

„Aber wenn es ganz anders ist und ich Yba freikaufen kann, gefährde ich dann mit dem Versuch, sie zu befreien, nicht ihr Leben?", fragte Erik. „Das weiß ich natürlich auch nicht, aber ich meine, wir müssen sie befreien, ohne dass man dich erkennt." „Bernhard, du sagst ‚wir', heißt das, dass ich auf deine Hilfe hoffen kann?" „Ja", antwortete Bernhard, „ich werde dir helfen."

Zwei Tage später waren Erik und Bernhard zur Abreise bereit. Hui hatte große Angst, denn sie wusste, dass sich die beiden in ein lebensgefährliches Abenteuer stürzten. Aber sie hatte Erik und die beiden Jungen gern. Außerdem wäre Bernhard, wie sie ihn kannte, auch ohne ihre Zustimmung mit dem neuen Freund gegangen.

Sie hatten ihre Waffen bei sich, außerdem hatte sich Bernhard einen schmalen Beutel aus Leder um den Leib gebunden. Als Erik ihn fragte, was er darin aufbewahre, schüttelte er nur den Kopf und lächelte. „Ich werde es wahrscheinlich brauchen", sagte er.

Als sie in Hammaburg vorbeikamen, um Berengar über ihr Vorhaben in Kenntnis zu setzen, protestierte dieser zunächst. Es sei schließlich seine

Tochter, und die jungen Burschen sollten nicht denken, er zähle schon zum alten Eisen. Überhaupt sei er ein erfahrener Kämpfer und lasse sich nicht einfach beiseiteschieben. Er habe schon ein Schwert in der Hand gehabt, als die beiden noch an der Mutterbrust genuckelt hätten. Und wer sollte ihnen überhaupt den Weg zeigen?

Erik und Bernhard ertrugen seinen Wortschwall mit Geduld. „Ihr werdet hier gebraucht", sagte schließlich Bernhard. „Wer außer Euch soll dafür sorgen, dass dies wieder ein bewohnbares Stück Land wird?", fügte Erik hinzu. „Wenn unser Unternehmen scheitert, wer kümmert sich dann um Asmund und Adalhart?" Das letzte Argument entschied den Streit. Zähneknirschend stimmte Berengar zu.

Zwischen Alster und Bille gab es von alters her einen Sporn, auf dem es sich prächtig siedeln ließ. Wo die Alster in die Elbe mündet, hatte das Eis der Urzeit einen Geesthang aufgeschoben, der den Flusslauf einengte. Wie man bei Ausgrabungen feststellte, bestand vom 6. bis zum 8. Jahrhundert an dieser Stelle, an der später die Hammaburg entstehen sollte, eine sächsische Siedlung.

Nachdem Karl der Große den Abodriten für ihre Hilfe im Kampf gegen die Sachsen die Gebiete nördlich der Elbe geschenkt hatte, entstand zu Beginn des 9. Jahrhunderts an derselben Stelle ein von Abodriten, also Slawen, bewohntes Dorf, das auch schon eine Art primitiver Burg beinhaltete.

Die Slawen gaben den Ort auf, nachdem – wie aus alten Chroniken zu erfahren ist – eine riesige Feuersbrunst alles vernichtet hatte. Es zogen wieder Sachsen ein, die aber bald unter fränkische Oberherrschaft gerieten.

Die Hammaburg bestand nur für eine kurze Zeit: Sie, die wohl in den Jahren 810 oder 811 erbaut wurde, war Teil eines fränkischen Abwehrsystems, das von der Burg Esesfeld bei Itzehoe (sie entstand zweifelsfrei 810) über Hamburg bis nach Delbende (822) reichte.

Zunächst umschloss die Burg eine winzige dem Heiligen Petrus geweihte Holzkirche, die bereits im Jahr 812 von Erzbischof Amalhar von Trier geweiht worden war. Ein Priester namens Heridac hatte die Verantwortung für eine Handvoll Seelen übernommen. Der zuständige Graf und Vorgänger von Berengar hieß Utho. Er wurde mehrfach samt seinen fränkischen Truppen von Feinden unterschiedlicher Provenienz verjagt. Auch Heridac hatte nicht viel Freude an seinem Job. Noch bevor er zum Bischof geweiht werden konnte, verstarb der arme Mann. Mit seinem Tod wurden erste Pläne einer Missionierung Nordelbiens von Hamburg aus, die schon Karl der Große erwogen hatte, auf Eis gelegt.

Die erste „ecclesia primitiva“, Heridacs Holzkirchlein, fand bald eine wiederum recht bescheidene Nachfolgerin, die den leicht übertriebenen Namen „Mariendom“ erhielt. Diese in kirchlichen Fachkreisen „ecclesia miro opere“ genannte Holzkirche entstand bereits zu Zeiten Ansgars, der wahrscheinlich im Jahre 832, kurz nachdem Ludwig der Fromme ihn in Diedenhofen zum Erzbischof gemacht hatte, nach Hamburg kam, um hier nach Corveyer Vorbild ein Kloster – ein claustra monasterii – und eine Schule aufzubauen.

80 mal 80 Meter groß – eine andere Quelle nennt die Maße 130 mal 130 Meter – soll der Innenraum der Burg groß gewesen sein, und bei Ausgrabungen in den 50er-Jahren stellte sich heraus, dass die Erbauer der Hammaburg zwei parallele, etwa fünf bis sechs Meter hohe Holzwände hochgezogen hatten, die einen Abstand von etwa einem Meter hatten. Der Zwischenraum wurde mit Erde gefüllt und durch Bretter abgedeckt. Diese Bretter ragten an beiden Seiten so weit über die Holzwand hinaus, dass man sie mit Löchern durchbohren konnte. In diese Löcher steckte man angespitzte Holzpflöcke, die wiederum in den Boden gerammt wurden. So entstanden doppelte Palisaden, zwischen denen sich die Bewohner zur Abwehr von Gefahr bequem bewegen konnten. Vor dieses Bollwerk wurden außerdem Dornenbüsche gepflanzt, die Angreifern einfach, aber wirksam das Leben schwer machten.

An der Nordseite, von der man Feinde zu Land erwartete, war vor dem Palisadenzaun ein ungefähr zwei Meter tiefer Graben ausgehoben worden. An der Südwestecke der Hammaburg waren wahrscheinlich Kampftürme eingebaut worden. Ein Tor gab es im Süden nicht. Lediglich an der Westseite gab es eines, durch das ein breiter Weg aus der Burg führte.

Nicht weit entfernt vom Westtor befand sich der Versammlungsort, ein ehemaliger Thingplatz, an dem vor allem die

Gerichtsverhandlungen stattfanden.

Das Wik, also das eigentliche Dorf, bestand aus wenigen Hütten, die vor allem im Süden und Westen der Burg standen. Hier gab es auch eine primitive Schiffslandemöglichkeit, wo vor allem kleinere Boote Liegeplätze hatten.

In diesem Wik lebten zwischen 200 und 600 Menschen, die der Oberhoheit eines Gaugrafen unterstanden. Dieser Oberhoheit war übrigens auch der Erzbischof untertan, jedenfalls soweit es weltliche Dinge anging. Innerhalb des Klosters allerdings hatte der Graf nichts zu melden, da bestimmte ausschließlich der Abt.

Nach dem verheerenden Wikingerüberfall des Jahres 845 wurde die Hammaburg nicht wieder aufgebaut. Es sollte fast zwei Jahrhunderte dauern, bis Hamburg wieder durch eine Burg geschützt wurde.

Kapitel 8

So machten sich die beiden Männer also ohne Berengar auf nach Haithabu. Sie nahmen den alten Heerweg, Ochsenweg genannt, der nach Jütland führte. Auf ihm reisten sie weit nach Norden, bis zum Danewerk, dem Wall, der das Gebiet der Wikinger von dem der Franken trennte und die gesamte Landenge zwischen Schlei und Treene einnahm.

Erik hatte die braune Stute gesattelt, Bernhard ritt einen großen Schecken. Sie hatten auch das Maultier mitgenommen, um in Haithabu, wo es von Exoten wimmelte, nicht durch allzuviel Normalität aufzufallen. Ein solches Lasttier war in nördlichen Breiten durchaus eine Seltenheit.

Auf dem Rückweg, so hatten sie sich überlegt, sollten Erik und Yba auf den schnellen Pferden nach Hammaburg zurückreiten, und Bernhard würde mit dem Muli zunächst in eine andere Richtung ziehen, um mögliche Verfolger in die Irre zu führen. Dieser grobe Plan musste jedoch den Gegebenheiten, die sie vor Ort vorfinden würden, angepasst werden. Bewaffnet waren beide mit Schwertern, Erik hatte zusätzlich seinen Wikingerdolch dabei.

Unterwegs zeigte der ehemalige Mönch Erik, was er in der Ledertasche mit sich trug. „Dieses hier sind Wurfmesser", sagte Bernhard und zog sie heraus. Vier federleichte, scharfgeschliffene Messer mit feststehender Klinge, die so genau ausgewogen waren, dass sie einen blitzschnellen Wurf erlaubten, blitzten in der Sonne.

„Ich habe bei den Chazaren gelernt, damit umzugehen. Sieh mal", mit diesen Worten nahm er eines der Messer und schleuderte es auf den Stumpf eines Baumes, der am Wegesrand stand. Zitternd blieb die Klinge im Holz stecken. Erik hatte das Ding gar nicht fliegen sehen, so schnell war es durch die Luft gewirbelt. Er war noch nicht aus dem Staunen herausgekommen, da steckten schon das zweite, dann das dritte und das vierte Messer wenige Haarbreit nebeneinander im Holz.

Bernhard lachte, als er die Verblüffung des Wikingers bemerkte. Er hielt sein Pferd an und zog die Messer aus dem Stumpf, um sie in einen speziell angefertigten Ledergürtel zu stecken. Die todbringenden Messerklingen waren durch genau angepasste Scheiden geschützt. „Die Chazaren veranstalten mit diesen Messern Wettbewerbe, bei denen man auf große Entfernung eine Frucht auf dem Kopf eines Verwandten treffen muss.

Wer am schnellsten wirft und seinen Verwandten möglichst nicht verletzt, hat gewonnen. Meistens aber benutzen sie die Dinger, um ihre Gegner zu töten und ihnen anschließend die Kehle durchzuschneiden."

„Ein seltsamer Wettbewerb", sagte Erik nachdenklich. „Wenn ich mir vorstelle, Adalhart hätte einen Apfel auf dem Kopf, und ich müsste ..."

Der Chazaren-Wettbewerb sorgte noch für eine ganze Weile für Gesprächsstoff, denn die beiden Männer ritten gemächlich auf dem gut ausgefahrenen Weg. Zunächst ging es durch einen ausgedehnten Erlenhain, dann kamen sie durch einen hohen Eichenwald, der sich gegen Abend lichtete. Die Freunde suchten sich einen geeigneten Rastplatz am Rande eines kleinen Flüsschens, mit dessen Wasser sie ihren Durst stillten. Bei gleichbleibender Reisegeschwindigkeit würden sie bis zu ihrem Ziel wohl noch acht bis zehn Tage reiten müssen.

Zur Verpflegung hatten sie getrockneten Fisch, Brot und etwas gekochtes Huhn bei sich, in der Nähe ihres Nachtlagers fanden sie schmackhafte Beeren. Das freundliche Sommerwetter war angenehm, nachts war es fast ebenso warm wie am Tage. Die Ziegenhaardecken, die sie zur Sicherheit eingepackt hatten, würden sie auf absehbare Zeit nicht brauchen.

„Es ist so friedlich, man kann kaum glauben, dass hier schon so viel Blut geflossen ist", sagte Erik, als er sich zur Ruhe legte. Bernhard saß aufrecht an dem kleinen Feuer, das sie entzündet hatten. Er hatte die erste Wache übernommen, in der zweiten Hälfte der Nacht würde Erik die Augen offenhalten. Die Gefahren für den, der sich einfach dem Schlaf überließ, waren groß. Da waren wilde Tiere und herumstreunendes Gesindel, das nur darauf wartete, wehrlose Reisende auszuplündern und zu töten. In dieser Nacht jedoch gab es keinerlei Zwischenfälle.

Am nächsten Morgen hatte sich der Himmel überraschend zugezogen. Dichter Hochnebel verdeckte in den ersten Stunden des Tages die Sonne, sodass es empfindlich kühl war, als die beiden Gefährten beim ersten Licht aufbrachen. Sie mussten sehr vorsichtig sein, denn der Weg führte jetzt durch ein Moor. Bei jedem Fehltritt lauerte tödliche Gefahr. Das Maultier schien dies zu spüren, denn immer häufiger blieb es stehen und war erst durch energisches Zureden Bernhards zum Weitergehen zu bewegen. Nur langsam kamen die beiden voran. Wo der Untergrund keinen Sandweg zuließ, waren Holzbohlen verlegt worden, die allerdings an vielen Stellen gebrochen waren, sodass die beiden Männer von ihren Pferden absteigen mussten. Vor jedem tastenden Schritt fragten sie sich, ob das Holz halten würde. Sie hatten das Gefühl, über eine äußerst dünne, federnde Eisdecke zu gehen.

Die Holzbohlen waren außerdem durch das feuchte Wetter glitschig, sodass die Pferde und das Maultier drohten in den Morast zu stürzen. Fast den gesamten Tag benötigten die beiden Männer, um durch das Moor zu kommen. Schließlich war es geschafft. Endlich ritten sie wieder auf einer breiten Straße, die sie ihrem Ziel schnell näherbrachte. Nun begegneten ihnen hin und wieder auch ein paar Menschen.

Einige Tage später dämmerte es bereits, als Erik und Bernhard sich ein paar Hütten näherten, die rechts des Weges lagen. Es war nicht mehr weit nach Haithabu, und keiner der beiden wusste, ob dies eigentlich noch fränkisches, sächsisches, slawisches oder schon dänisches Gebiet war.

Daher waren sie vorsichtig. Sie stiegen von ihren Pferden, nahmen die hölzernen Sättel ab und gingen an einem grauen Tümpel vorbei, leise auf ein Wäldchen zu, in dem sich zahlreiche Menschen aufhielten. Denn sie hörten beträchtlichen Lärm. „Wir sind auf Wikingergebiet. Dies ist eine Sonnenwendfeier", raunte Erik seinem Gefährten zu, „binde die Pferde und das Maultier an die Bäume."

Erik lächelte. Er würde seinem Freund jetzt etwas ganz Besonderes bieten können, denn Sonnenwendfeiern waren die wildesten Feste der Wikinger. Sie wurden zweimal im Jahr gefeiert – am längsten Tag des Sommers und am kürzesten des Winters.

Es war nicht weiter überraschend, dass sie einen Hügel hinaufklettern mussten, um näher am Geschehen zu sein. Denn wo sich die Erde aufbäumt, wo es Erhebungen gab, da wohnte nach fester Überzeugung der Wikinger die Kraft, die Leben erzeugt. Nur dort feierte man die Sonnenwende.

Als die beiden Männer die Lichtung erreichten, war die Feier in vollem Gange. Einige Teilnehmer waren sturzbetrunken und lagen bewegungslos im Gras. Sie hatten offenbar zu viel von dem dampfenden Met aus Honig, Gerste und Kräutern getrunken, das in einem mannshohen Kessel in der Mitte der Lichtung brodelte.

Dieser Kessel hing an einem zusammenlegbaren Dreifuß, dessen Beine sich wie Vogelkrallen in die Erde gruben. In der Glut lagen in Lehm gewickelte Stücke von Geflügel, Rind und Wildschwein, dessen Fleisch nach Auffassung der Menschen im Norden zu mehr Mut und Herzenstärke verhalf.

Wie gern wäre Erik jetzt in den Kreis der Feiernden hineingesprungen. Sein Wikingerblut meldete sich. Die meisten der wilden Gesänge drehten sich um Odin, den Beschützer aller Sonnenwendfeiern. Man erzählte sich all die uralten Geschichten, wie jene, in der der Gott neun Tage und Nächte in den Ästen der Weltesche Yggdrasil hing, ohne Hoffnung und durch einen Speer schwer verwundet. Wie er die magischen Stäbchen entdeckte, es irgendwie schaffte, sie zu erreichen und schließlich verjüngt vom Baum fiel. In pantomimischen Scharaden stellten die Feiernden diese Szenen nach.

So schleppte sich unter dem Gejohle seiner Kumpane ein junger Wikinger an einen Baum, hängte sich hinein und versuchte, einen mit Met gefüllten Topf zu erreichen. Er zog ihn hoch, trank den Inhalt mit einem Zug aus und purzelte, von schallendem Gelächter begleitet, wieder auf die Erde zurück.

Da zu Odin auch die Jagd auf junge Mädchen gehörte, war kein weibliches Wesen weit und breit vor den Nachstellungen der angetrunkenen Männer sicher. Was diesen aber ganz recht zu sein schien. Man sah überall auf der Lichtung sich liebende Paare, die, völlig ineinander versunken, sich von dem infernalischen Lärm um nicht stören ließen.

Einen besonderen Spaß machten sich fünf junge Männer daraus, Odin auf seinem achtbeinigen Pferd Sleipnir darzustellen. Vier von ihnen trugen den fünften auf den Schultern und sausten um den Met-Trog herum, vor Jugend und Kraft nur so strotzend.

Erik gab das Zeichen zum Rückzug. Obwohl die Wikinger zurzeit anderes zu tun hatten, als vorbeikommende Reisende zu jagen, wollte er sich nicht unnötig in einen Kampf mit den wilden Gesellen verwickeln lassen. Ob die Feiernden ohne Weiteres

Fremde als Gäste begrüßen würden, war höchst zweifelhaft. Sie wollten sich möglichst niemandem ohne Not zeigen, niemandem, der argwöhnisch werden könnte. Dies hätte Yba in große Gefahr gebracht.

Am nächsten Tag zur Mittagszeit kam Haithabu in Sicht. Die Wikingerstadt war von einem Wall in doppelter Manneshöhe umschlossen und von Süden her nur durch ein Tor passierbar, das schwer bewacht war. Bewaffnete Posten hielten sie am Tor auf. „Wohin wollt ihr?", fragte ein riesiger Kerl mit feuerrotem buschigen Vollbart und sah die beiden Männer argwöhnisch an. Hier kam Erik zugute, dass er so viele Jahre Seite an Seite mit Ragnarr gekämpft hatte. Ohne sich mit Bernhard abzusprechen, antwortete er: „Wir sind Gefolgsleute von Ragnarr Lodbrok und sollen hier auf ihn treffen." Der Riese sah ihn misstrauisch an. „Ragnarr Lodbrok ist nicht da." „Ich weiß", sagte Erik, und es war ihm klar, wie viel davon abhängen würde, was er jetzt sagte. Er betete innerlich zu Gott, dass der Prokurator richtig verstanden hatte, was Abbio ihm gesagt hatte. So fügte er hinzu: „Ragnarr soll in den nächsten Tage wieder hier sein." „Da weißt du mehr als ich", brummte der Rotbart.

„Und du?", wandte er sich Bernhard zu. Erik erschrak – daran hatte er nicht gedacht. Wie sollte sein Freund diese Frage verstehen und auch noch in einer fremden Sprache antworten? Sie hatten sich bisher in der Sprache der Wikinger verständigt. Er wollte schon eingreifen und sagen, dass sein Gefährte taubstumm sei, als Bernhard völlig ungerührt und breit grinsend sagte: „Ich? Ich bin auch ein Gefolgsmann. Hab lange keine Sächsin mehr geritten. Wird Zeit, dass Ragnarr mich wieder mitnimmt."

Der Wikinger hielt sich vor Lachen den Bauch, und Bernhard zwinkerte dem verblüfften Erik verschmitzt zu. Mit einer Handbewegung ließ der Rotbart die beiden Männer passieren. Seinen Gefährten tischte er sogleich die letzte Bemerkung Bernhards auf, woraufhin auch diese in dröhnendes Gelächter ausbrachen.

„Ich wusste gar nicht, dass der Witz so gut war", sagte Bernhard, als sie ein gutes Stück vom Tor entfernt waren. Erik erholte sich erst langsam von seiner Überraschung. „War er auch nicht. Aber wo hast du unsere Sprache gelernt?", fragte er. „Ach, weißt du, eigentlich sollte es niemand erfahren, aber ich bin einer jener Jungen, die Ansgar aus der Gewalt des König Horik freigekauft hat. In des Königs Küche habe ich alles gelernt." Erik atmete tief durch. Sein Gefährte steckte voller Überraschungen.

Die Pferde und das Maultier hatten sie für einen horrenden Preis einem Mann gegeben, der die Tiere füttern und unterstellen würde. Jetzt bewegten sie sich auf einem zwei Schritt breiten, kunstvoll konstruierten Holzbohlenweg, der von einem breiten Bach begleitet war, auf den Marktplatz von Haithabu zu. Eigentlich war die gesamte Stadt ein einziger Marktplatz.

Sowohl Erik als auch Bernhard sahen die Siedlung zum ersten Mal. Am meisten überraschte sie, dass alles so ordentlich ausgerichtet war. In Hammaburg standen die Häuser kreuz und quer in der Gegend herum, hier waren sie fein säuberlich auf einen begradigten Bach ausgerichtet. Diese Stadt schien von einem ordnenden Geist geplant worden zu sein. Die Häuser waren klein. Selbst das größte von ihnen war kaum größer als eines der mittleren Bauernhäuser in Hammaburg.

Der vorherrschende Typ waren Grubenhäuser, alle etwa eine Armlänge in den Boden eingelassen und nicht mehr als fünf oder sechs Schritte lang und breit. Alle Häuser hatten nur einen Raum, eine niedrige, schmale Tür und waren von flachen Lattenzäunen umgeben. Über den Bach führten schmale Stege, die meistens aus Holz, manchmal auch aus einem flach geschlagenen Stein bestanden.

Die Gebäude waren schmal und lang, an ihrer Rückseite befanden sich Ställe und Scheunen sowie meist auch ein Brunnen. In der gesamten Stadt wimmelte und wogte es von Menschen. Man lachte, schrie, zankte und heulte. Es war derartig überfüllt, dass Erik und sein Gefährte nicht auffielen. Voller Abscheu sahen sie, dass vor einigen Häusern an Pfählen enthäutete Ziegen oder Teile von Ochsen hingen, ein Zeichen, dass der Hausherr sich mit den Göttern gut stellen wollte.

Überall herrschte unvorstellbarer Lärm. Die meist mit langen Tuniken bekleideten Kaufleute verhandelten laut und priesen ihre Waren mit grölender Heiterkeit an. Wenn man sich handelseinig geworden war, schnitt der Käufer von einem Silberbarren so viel ab, wie der Händler von ihm forderte. Schnitt er von genau einer Marke zur anderen, so hatte er eine „Mark" abgetrennt, was in etwa so viel wog wie ein gutes Stück Rindfleisch für einen hungrigen Mann. Kleinere Geschäfte wurden in Haithabu mit vor Ort geprägten Münzen abgewickelt, ganz im Gegensatz zu den anderen Wikingerhandelsplätzen, in denen sich arabische Dirhams schon seit Jahrzehnten als das gängige Kleingeld durchgesetzt hatten. In der falschen Annahme, dies würde auch für Haithabu gelten, hatte Bernhard Dirhams bei sich. Er würde sie wohl schwerlich brauchen können.

Manche waren betrunken. Sie sangen hemmungslos ausnahmslos grässliche Lieder. Exotisch aussehende Kaufleute in bunten Gewändern beobachteten dies Treiben mit sichtbarem Widerwillen. „Was sind das für Leute?", wollte Erik wissen. „Es sind Araber, die Pelze und Taue aus Walfischhaut oder auch ein paar Sklaven kaufen wollen, vermute ich“, flüsterte Bernhard.

Fast alle Kaufleute waren bewaffnet, was darauf schließen ließ, dass sie ständig mit handfestem Streit rechneten. Das galt für die langen und gefährlichen Reisen, auf denen zu Land mit Wegelagerern und zu Wasser mit Seeräubern zu rechnen war. Manche Leute verfügten allerdings über die Gabe der blitzschnellen Verwandlung: So kam es häufig vor, dass aus einem ehrenwerten Kaufmann in null Komma nichts ein Seeräuber wurde und umgekehrt. Das sah man nicht so eng.

„Und was ist das?“, kicherte Bernhard. Es war wirklich ein komischer Anblick. Eine Wikingermatrone, über und über mit Silberschmuck behangen, wackelte wenige Meter vor ihnen über den Marktplatz. Sie schnaufte beträchtlich, was nicht verwunderlich war, denn außer den schweren Silberketten und -armbändern trug sie noch Dutzende von Perlenketten aus Zinn, Bronzedraht, violettfarbenem Amethyst, Bernstein und grünem Glas. Um den Kopf hatte sie ein Stirnband aus Goldknoten gewickelt, und an den Händen trug sie zu allem Überfluss goldbestickte Handschuhe. Erik holte tief Luft und bereute es sofort: Die stämmige, leicht angegraute Dame roch doch tatsächlich nach gekochtem Schinken.

Dafür waren aber die drei jungen Mädchen, die sie begleiteten, eine Augenweide. Ihre kurzen Röckchen und die hübschen Stiefel, die die Knöchel bedeckten, fesselten Eriks und Bernhards Blicke so auffällig, dass es ganz gut war, dass ihre Frauen dies nicht mitbekamen. Die Gefährten sahen sich kurz an, zogen die Augenbrauen hoch und mussten herzhaft lachen. Beiden wurde in diesem Augenblick bewusst, wie sehr sie ihre Frauen vermissten. Dann geschah einer jener seltenen Zufälle, die das Leben zur Hölle machen oder aber das große Glück bescheren können. Als Erik den Kopf drehte, um den jungen Mädchen nachzublicken, sah er aus dem Augenwinkel, wie sich ein Mann hinter einem der kleinen Häuser an einem Brunnen zu schaffen machte. Der Mann füllte gerade einen Holzeimer, als Erik erkannte, wer es war.

Erik hatte Eilwart fast sieben Jahre nicht gesehen, aber er hatte sich kaum verändert. Immer noch wuchsen ihm die Haare in Büscheln aus der Nase, und immer noch sah der kleine Mann bullig und drahtig zugleich aus. Er rief jetzt etwas ins Haus hinein. Kurze Zeit später erschien eine Frau, die, obwohl noch jung, bereits graues Kopfhaar hatte. Eilwart schrie sie an und zeigte auf den Eimer. Die Frau eilte zu ihm und schleppte das schwere Gerät ins Haus.

Erik stieß Bernhard an. „Sieh dich vorsichtig um“, flüsterte er, „die Sklavenhändler sind hier.“ Als

Bernhard stehen blieb, raunte Erik, „geh weiter, als wenn nichts wäre. Der Mann kennt mich, er hatte schon einmal mein Schwert an seiner Kehle."

Das war gut, dachte Erik. Jetzt konnten sie Pläne machen. Er war sicher, dass ihn Eilwart nicht entdeckt hatte, nun mussten sie jedoch die Augen offen halten, denn es war reines Glück, dass er den Sklavenhändler zuerst gesehen hatte.

Langsam gingen die beiden Gefährten weiter in Richtung des kleinen Hafens, der in einer natürlichen Bucht des Flusses Schlei lag. Zahlreiche Schiffe aller Größen waren dort an Land gezogen worden oder an Pflöcken im Wasser festgezurrt. Die Ausfahrt war durch eine Palisade eingeengt, um den Schiffsverkehr gut kontrollieren zu können.

Sie setzten sich im Schatten eines Bootes nieder, wobei Bernhard den Gürtel mit den Messern abnahm und in Reichweite seiner rechten Hand legte, bereit, die Waffe jederzeit zu benutzen. „Die Sklavenhändler besitzen hier ein Haus, und wir wissen, wo es ist", sagte Erik mit Befriedigung in der Stimme. „Das Beste ist, wir töten sie und warten dann auf die Ankunft von Ragnarr." „Ich halte das für unklug", gab Bernhard zu bedenken. „Was ist, wenn Ragnarr sie als Erstes nach seinem Eintreffen aufsuchen möchte? Wer weiß, was er tut, wenn er erfährt, dass sie tot sind? Vielleicht muss Yba dann sofort sterben." Die Freunde schwiegen betroffen. „Wir sollten versuchen, an die Sklavin heranzukommen, vielleicht ergibt sich daraus ein erfolgreicher Plan“, sagte Erik, und Bernhard stimmte ihm zu.

Sie wollten um das Haus herumschleichen und eine geeignete Möglichkeit abwarten, mit der Frau zu sprechen. Nach reiflicher Überlegung entschieden sie, dass einer von ihnen sich vor dem Haus aufhalten sollte, während der andere sich in einem Schuppen in der Nähe des Brunnens verstecken sollte. Weil Eriks Gesicht den Sklavenhändlern bekannt war, einigten sich die beiden schnell auf die Rollenverteilung.

Bernhard war äußerst vorsichtig. Er schlich von hinten an das Haus heran und schlüpfte behende in den Schuppen. Lärm musste um jeden Preis verhindert werden, denn es war zu befürchten, dass auch die Hunde in der Nähe waren. Bisher hatten sie keine Spur von ihnen entdeckt.

Es war schon ziemlich dunkel, als die Frau erneut aus dem Haus kam und zum Brunnen ging. Bernhard hielt den Atem an. Da die Sklavin nach geraumer Zeit nicht wieder erschien, musste Erik sie wohl erwischt haben.

Und so war es. Schon auf dem Weg zum Brunnen hatte Erik sie von hinten ergriffen und ihr den Mund zugehalten. Sie zappelte und versuchte zu schreien, und sie überraschte ihren Angreifer mit einer erstaunlichen Kraft, die er in ihrer zarten Person nicht erwartet hätte. Erik zog sie an sich und hielt ihr den Mund zu. „Kannst du mich verstehen?", flüsterte er. Die Frau nickte, sah ihn aber mit weit aufgerissenen Augen an. Erik las in diesen Augen Todesangst.

„Ich will dir nichts tun. Wir sind Feinde deiner Herren, und wir wollen sie töten. Verstehst du mich?" Wieder nickte die Frau. „Wenn du schreist, töten wir auch dich", zischte ihr Erik ins Ohr. „Ich nehme jetzt meine Hand fort. Wenn du uns hilfst, werden wir dich aus der Sklaverei befreien." Das hatten die Freunde zwar nicht besprochen, es schien aber eine gute Idee zu sein, um die Frau auf ihre Seite zu ziehen. Sie zitterte am ganzen Körper, sagte aber nichts, als Erik seine Hand fortnahm. „Hör zu", flüsterte er ihr zu, „ist dies der einzige Ort, an dem wir uns treffen können, oder darfst du dich auch von dem Haus entfernen?"

Sie sah ihn mit großen Augen an. Sie hatte ein fein geschnittenes Gesicht mit auffallend hohen Wangenknochen. „Wer seid ihr?", fragte sie leise, „seid ihr Räuber?" „Nein", versicherte ihr Erik, „aber deine Herren haben so viele Verbrechen begangen, dass sie den Tod verdient haben. Kennst du Hammaburg?" Die Frau schüttelte nachdenklich den Kopf. „Nein, aber ich habe schon einmal davon gehört." „Wir können jetzt nicht weiterreden. Nur noch zwei Fragen. Sind die Hunde im Haus?“ Die Frau schüttelte zur großen Erleichterung Eriks den Kopf. „Und vor allem: Willst du uns helfen?“ Die Frau nickte, was Erik mit Freude zur Kenntnis nahm. „Dann stell einen Eimer vor die Tür, wenn deine Herren nicht da sind. Dies soll ein Zeichen sein, uns im Schuppen zu treffen. So, und jetzt geh!“ Erik ließ sie los, die Frau sah ihn lange und nachdenklich an, dann drehte sie sich um, ging zum Brunnen, holte Wasser und verschwand im Haus.

Erik entfernte sich, so schnell er konnte, und ohne dass es jemandem auffiel. Was er getan hatte, war riskant. Sie hatten jedoch eine gute Chance, ihre Pläne umzusetzen, wenn die Frau mitspielte. Deshalb waren die nächsten Augenblicke von großer Bedeutung. Wenn jetzt die Sklavenhändler aus dem Haus stürzen, dachte Erik, dann hätte die Frau sie verraten.

Aber nichts geschah. Alles blieb ruhig.

Am nächsten Tag warteten Erik und Bernhard, dass ihnen die Sklavin das Zeichen geben würde. Sie beobachteten, wie zuerst Filwart, dann Diethart und schließlich Denihart das Haus verließen. Und tatsächlich, kurze Zeit nachdem der dicke Sklavenhändler den Weg vor dem Haus betreten hatte, sahen sie, wie die Sklavin den Holzeimer vor die Tür stellte.

Um sicherzugehen, dass sie nicht beide in eine Falle tappen würden, schlich Erik zunächst allein in den Schuppen. Die Sklavin wartete schon auf ihn.

„Die Männer werden einige Zeit fort sein", flüsterte sie, „aber ich muss meine Arbeit tun, sonst merken sie, dass etwas nicht stimmt. Es muss also schnell gehen." Dabei lächelte sie. Offenbar hatte sie Vertrauen zu Erik gefasst.

„Erzähl von dir", sagte er. „Du bist doch Fränkin oder Sächsin, wie kamst du hierher?" Die Miene der Frau verdüsterte sich, sie legte die Stirn in Falten und sah Erik offen an. „Ich weiß es nicht", sagt sie, „ich kann mich an mein vorheriges Leben nicht erinnern. Es muss einige Jahre her sein. Ich wachte im Haus eines Bauern aus tiefer Ohnmacht auf. Ich kannte dort nichts. Einige Zeit später wurde das Haus überfallen und der Bauer getötet. Mich verschleppten die Räuber hierher. Ich wurde auf dem Sklavenmarkt an diese Männer verkauft. Es gibt auch noch einen Vater", fügte sie hinzu, „der ist aber nicht hier."

Erik biss sich auf die Lippen. Das war keine gute Nachricht. Andererseits musste Abbio schon sehr alt sein. Vielleicht war er inzwischen gestorben. Die Sklavin konnte diese Frage jedoch nicht beantworten. „Wir wollen eine junge Frau aus den Klauen eines Wikingers befreien. Deine drei Herren hatten bei ihrer Entführung die schmutzigen Hände im Spiel", begann Erik. Er sagte ihr, dass sie die Ankunft Ragnarrs abwarten müssten, da die Frau bei ihm sei und der Seekönig seine drei Freunde sicher aufsuchen würde. Bisher dahin müssten sie die Sklavenhändler noch verschonen. Es hieß also Geduld zu haben.

Bei der Erwähnung des Namens Ragnarr zuckte die Sklavin merklich zusammen, was Erik der Frage veranlasste: „Kennst du ihn?“ „Nein“, antwortete die Frau, „aber er ist sehr grausam und mächtig. Wie viele Männer seid ihr?“ „Genug“, antwortete Erik. Er wollte nicht zu viel verraten. Man konnte ja nie wissen.

Mit Bernhard hatte Erik verabredet, dass er ihn durch den schnellen viermaligen Ruf einer Taube warnen würde, falls einer der Sklavenhändler frühzeitig zurückkommen würde. Noch war nichts zu hören. Sie konnten also weiterreden. Die Frau gefiel Erik. Sie wurde schon Jahre hier festgehalten, und dennoch schien sie genügend Kraft zu haben, aus ihrem Gefängnis auszubrechen.

Aber da gab es ein Problem. Mit der Sklavin und Yba wären sie zu viert, hatten aber nur drei Reittiere. Wenn die Umstände sie zwangen, schnell zu flüchten, könnten die beiden Frauen zusammen unmöglich nur ein Pferd benutzen. Die Verfolger würden sie in Windeseile einholen, zumal es nur wenige feste Wege aus Haithabu hinaus gab.

„Wie heißt du eigentlich?“, fragte Erik. „Sie nennen mich hier Hildgard, aber ich weiß, dass dies nicht mein richtiger Name ist. Ich werde ihn wohl nie mehr erfahren", fügte die Sklavin traurig hinzu. „Hildgard, welche Wege kennst du, um aus Haithabu herauszukommen?" Die Frau überlegte.

„Nur zwei. Entweder durch das Tor oder aus dem Hafen." Erik dachte nach. Der Hafen. Das wäre eine Möglichkeit. Aber wohin mit den Pferden und dem Maultier?

„Weißt du, ob die Sklavenhändler ein Schiff haben?" „Ja, aber es liegt nicht hier, sondern an der Treene. Von dort kann man direkt nach Dorestad segeln." Erik war enttäuscht. Das ging also nicht. „Hier liegt nur ein kleines Segelboot", fügte die Sklavin hinzu. „Kannst du es mir zeigen?", fragte Erik. „Man kann es von hier aus nicht sehen", antwortete die Sklavin. „Dann beschreib es mir." Sie würden es sehr schnell finden, denn es sei das einzige, das am Bug den geschnitzten Kopf einer Dogge habe. Eine Dogge, natürlich, dachte Erik und presste die Lippen aufeinander.

Als Erik die Frau ansah, bemerkte er, dass ihre Augen sich mit Tränen füllten. „Und Ihr wollt mich wirklich mitnehmen? Was wollt Ihr dann mit mir machen?" Darüber hatte Erik noch nicht nachgedacht. „Du wirst frei sein. Wenn du willst, kannst du bei uns in Hammaburg bleiben. Da gibt es viel zu tun." „Wo ist dieses Hammaburg?", fragte sie. „Nicht weit von hier", antwortete Erik, „nur ein paar Tagesreisen. Es liegt an der Mündung eines Flusses, der in einen großen Strom mündet. Schön ist es dort."

„Du bist ein lieber Junge", sagte sie und streichelte seine Wange. Erik war gerührt. Er fühlte sich an Yba erinnert. Es war ihre Lieblingsgeste. Der junge Mann räusperte sich und sagte: „Wir müssen aufhören zu reden. Wir müssen vorsichtig sein." Erik spürte, wie sie leicht seinen Oberarm drückte. Dann war sie auch schon verschwunden.

Als Erik kurze Zeit später auf Bernhard traf, berichtete er ihm, verzichtete allerdings darauf, zu erzählen, was er Hildgard versprochen hatte. Unter dem Vorwand, eine weitere Fluchtmoglichkeit entdeckt zu haben, lockte Erik seinen Freund in den Hafen.

Sie sahen sich das Boot an, von dem Hildgard gesprochen hatte. Es war eines jener kleinen Küstenboote aus Birke, Kiefer oder Eiche, die überall im Hafen von Haithabu zu sehen waren. Dieses war aus Eiche und das einzige mit einem hölzernen Doggenkopf am Bug. Das Boot war kleiner als die anderen und so das einzige, das sie mit ihren begrenzten Kräften ins Wasser würden schieben können. Es würde schwer werden, ohne Havarie aus dem Hafen zu kommen. Damit es gelänge, müsste der Wind günstig stehen, denn wie alle Küstenboote, die hier lagen, verfügte es über keine Ruderriemen, sondern lediglich über Segel.

„Schönes Schiff“, sagte Bernhard und strich mit der Hand über die sorgfältig verarbeiteten Planken. „Kannst du damit umgehen?“, fragte er und sah Erik an. Dieser glaubte, nicht richtig gehört zu haben. „Ob ich was?“, fragte der zurück. „Ich will wissen, ob du damit umgehen kannst“, entgegnete Bernhard gelassen. Erik sah ihn mit weit aufgerissenen Augen an, zog die Mundwinkel herunter, warf sich in die Brust und sagte: „Ich bin Wikinger.“ Bernhard lächelte. „O ja, verzeih, ich vergaß“, sagte er sanft und schlug Erik auf die Schulter.

Dann aber schmiedeten sie Pläne. Sobald Ragnarrs Flotte eingelaufen war und der Häuptling mit den Sklavenhändlern gesprochen hatte, wollten sie feststellen, wo sich Yba befand. Dann würden sie die Dunkelheit abwarten, die Sklavenhändler töten und das Haus anzünden, um die Nachbarn abzulenken.

Dann wollten sie Yba befreien und zum Boot bringen. „Ob wir es schaffen, das Boot hinauszusegeln?“, fragte Erik. Bernhard schüttelte den Kopf. „Wir werden nicht genug sehen können, um die Segel zu setzen. Vielleicht sollten wir neben dem Boot her schwimmen und es durch die Kraft unserer Arme aus dem Hafen bringen.“ Erik überlegte. Er musste zugeben, dass dies der bessere Plan war. „Jo“, sagte er knapp.

Erst auf dem offenen Wasser wollten sie Segel setzen und hoffen, dass der Wind günstig stand. Erik schlug vor, die Schlei hinauffahren, bis sie sich sicher fühlen konnten. Und dann würden sie schon auf dem Weg nach Süden an die Elbe kommen. Und dann immer nach Westen bis Hammaburg.

„Ein guter Plan“, sagte Bernhard, „ich glaube aber nicht, dass wir es so schaffen.“ „Warum nicht?“, fragte Erik enttäuscht, denn er hatte sich alles so gut ausgedacht. „Es ist zu gefährlich. Wenn nur eine Kleinigkeit nicht so läuft, wie du denkst, ist es aus. Ich glaube, wir müssen aus dem Augenblick heraus handeln. Wir sollten die Pferde bereithalten. Es ist gut zu wissen, dass dort ein geeignetes Boot im Hafen liegt, aber wir müssen unsere Pläne unter Umständen ändern, wenn es die Lage erfordert.“

Beide schwiegen eine Weile. „Du meinst, wir sollten alles ganz still machen? Kein Feuer und kein Ablenkungsmanöver?“, fragte Erik. „Ich meine sogar“, fügte Bernhard hinzu, „wir sollten die Sklavenhändler am Leben lassen, Yba befreien und schnell und ohne Aufhebens verschwinden.“

Nun musste Erik gestehen, dass er der Sklavin versprochen hatte, sie mitzunehmen. Bernhard war wütend. „Du bist wahnsinnig!“, zischte er Erik an. „Wir können sie nicht befreien! Es ist schwer genug ohne sie, mit ihr ist es unmöglich! Da mache ich nicht mit! Entscheide dich, sie oder ich!“

„Du weißt, dass ich es ohne dich nicht schaffe,

Bernhard“, versuchte Erik, seinen Freund zu beruhigen, „aber ich habe es ihr nun einmal versprochen.“ „Wenn es so ist, wirst du ohne mich auskommen müssen“, sagte Bernhard und stand auf. Er glättete umständlich seine Kleidung. Als wollte er Erik eine letzte Möglichkeit geben einzulenken.

„Nun warte doch“, sagte Erik, „du kannst doch nicht einfach gehen und mich hier allein zurücklassen.“ „Und ob ich das kann“, versetzte Bernhard und sah Erik scharf an. „Ich habe, genau wie du, zwei Kinder und eine Frau, nach denen ich mich sehne. Und ich möchte sie gesund wiedersehen. Ich war bereit, dir bei der Befreiung deiner Frau zu helfen, aber von wildfremden Sklavinnen war nicht die Rede. Was wir vorhaben, wird wahrscheinlich ohnehin böse enden, aber das wäre mir deine Freundschaft wert gewesen. Noch einmal: Entweder sie oder ich.“

Erik hatte Bernhard bisher noch nie so erlebt: Er war immer so gelassen und überlegen, hatte sich nie herumgestritten. Deshalb traf ihn dieser Auftritt besonders hart. Nein, er konnte unmöglich dieser Frau gegenüber sein Wort brechen. Dann würde er eben Yba allein herausholen – und die Sklavin ebenfalls.

Erik stand auf. Er sah Bernhard ernst an. „Bernhard“, sagte er feierlich, „du bist mein Freund, und ich danke dir, dass du mir so weit gefolgt bist. Ich hätte dies nie von dir verlangen dürfen. Und du bleibst mein Freund, wie immer dieses Abenteuer auch enden mag." Er legte Bernhard beide Hände auf die Schultern. „Aber ich kann nicht zurück, ich habe der armen Frau mein Wort gegeben. Ich bin ihre ganze Hoffnung."

„Du bist ein Träumer, Erik. Aber ich wünsche dir viel Glück." Bernhard machte einen Schritt zurück, drehte sich um und verschwand, ohne sich noch einmal umzusehen.

Erik sah ihm lange nach, als er den Holzbohlenweg hinauf ging. Dann setzte er sich nieder. „Dann muss ich es eben allein schaffen", murmelte er, und sein Gesicht bekam einen trotzigen Ausdruck. „Vielleicht ist es so viel besser."

An den beiden nächsten Tagen konnte er sich nicht mit Hildgard treffen. Offenbar war immer einer der Sklavenhändler im Haus. Als Erik am zweiten Tag am Stall vorbeikam, in dem sie ihre beiden Pferde und das Maultier untergebracht gewesen waren, sah er, dass die Tiere verschwunden waren. Bernhard hat die Stadt verlassen, dachte Erik, aber er hätte ihm seine Pferde dalassen können. Aber es machte ihm nicht viel aus. Dann würden sie eben mit dem Schiff fliehen müssen.

Am dritten Tag nach der Trennung von Bernhard spürte Erik schon, als er im Morgengrauen erwachte, dass etwas Ungewöhnliches in der Luft lag. Die Stadt war still, nur ganz von Ferne hörte er dumpfe Trommeln und ein Geräusch, das er seit Jahren nicht vernommen hatte und das ihn erstarren ließ. Es war, als schlügen Hunderte von Männern gleichzeitig mit Schwertern auf Holzschilde. Er hatte als junger Mann dieses Geräusch schon ein paarmal gehört. Sie taten es immer dann, wenn ein König gestorben war.

Die Stadt summte vor Aufregung. Als Erik zum Hafen kam, sah er, dass dort einige Wikinger mit dem Aufstapeln von Holz begonnen hatten. Außerdem begannen sich die Plätze zwischen den Häusern zu füllen. Jeder freie Platz war mit Wikingerzelten vollgestellt. Ragnarrs Flotte war eingetroffen! Erik spürte, dass ihm das Herz bis zum Hals schlug. Der Augenblick der Entscheidung rückte näher. Er durfte auf keinen Fall entdeckt werden. Auch wenn inzwischen einige Jahre vergangen waren, viele Männer aus Ragnarrs Gilde würden ihn wiedererkennen. Wehe, sie würden ihn entdecken.

Deshalb hatte er seine Lederkappe tief in die Stirn gezogen und versuchte, sein Gesicht mit einem Tuch zu verdecken. Vor allem durfte er nicht auffallen. Vielleicht wusste Hildgard Genaueres. Da, der Eimer stand vor der Tür! Blitzschnell wand sich Erik durch die Menge, die unablässig den Holzbohlenweg entlangströmte. Hildgard war schon da. Und was sie erzählte, raubte ihm den Atem: Ragnarr Lodbrok war bei seinem Überfall auf England heimtückisch von König Ella von Northumberland durch Giftschlangen getötet worden. Der König hatte den Seekönig, an den er seit einem früheren Überfall Tribut zahlte, in sein Schloss geladen. Ragnarr war dieser Einladung gern gefolgt, denn von den Sauf- und Fressorgien von Northumberland schwärmte die gesamte dänische Küste.

Nach reichlich Wildbret und Met hatte sich Ella heimlich entfernt und Ragnarr mit acht seiner Getreuesten in der Festhalle eingeschlossen. Dann ließ er Giftschlangen auf die schlafenden Männer los. Da die Bisse der Tiere schmerzlos waren, wachte keiner der Männer auf; die meisten starben im Schlaf. Ragnarr hatte sich angeblich noch bis an die hohe Bohlentür geschleppt, bevor auch er dem Gift erlegen war.

All das hatten die Sklavenhändler heute am frühen Morgen erfahren und im Beisein Hildgards besprochen. Auch, dass Ragnarrs Söhne, Ubbe und Halvdan, ihren Vater schon gerächt hatten, indem sie Ella mit glühenden Zangen die Brust geöffnet und die Lunge herausgerissen hatten.

Eine weitere Nachricht aber traf ihn mitten ins Herz. „Sie wollen auf der Totenfeier eine junge Sklavin zusammen mit Ragnarr verbrennen.“ Erik presste die Lippen zusammen. „Wurde ein Name genannt?“

„Nein“, antwortete sie, „aber die drei Männer schienen sie zu kennen. Sie haben sehr gelacht und sich die Hände gerieben. Ich hörte, wie Eilwart sagte: ‚Für eine gute Sache muss man auch mal seine Frau opfern können.‘ Ich weiß nicht, was er damit gemeint hat.“ Aber ich, dachte Erik.

Sie wollten also Yba zusammen mit Ragnarr verbrennen. Erik wusste, was dies bedeutete. Ein alter Brauch befahl, dass ein bedeutender Mann wie der Seekönig der Wikinger eine Menge Dinge mit nach Walhall nehmen sollte: zunächst einmal ein Pferd und andere Tiere, dann seine Waffen, ein Schiff, Brot, Fleisch und Zwiebeln, kostbare Gewänder, Pelze und vieles mehr, was ihm beim unendlichen Gelage in der jenseitigen Welt nützlich sein könnte, darunter vor allem Sklaven.

Diese wurden nach dem Tod des Königs ausgewählt und streng bewacht. Sie wurden aufs Feinste eingekleidet in neue Kleider, die eigens für diesen Zweck angefertigt wurden, und durften vor ihrem Tod so viel essen, wie sie wollen.

Vielleicht barg der Ritus eine Gelegenheit, Yba zu befreien? Erik hatte schon einmal eine Totenfeier für einen Wikingerkönig erlebt. Zunächst hatten sie damals den Toten in ein Grab gelegt und dort zehn Tage ruhen lassen.

Innerhalb dieser Zeitspanne wurde das Vermögen des verstorbenen Kriegers in drei Teile geteilt.

Ein Drittel erhielt die Familie, für ein weiteres Drittel wurden Kleider hergestellt, und für das restliche Drittel wurde Met für den ganzen Stamm gebraut.

Dann zog man das Schiff des Königs an Land und stellte es direkt am Meer zwischen vier hohen Holzpflöcken aus Birke, Eiche, Buche und Erle auf. Der Innenraum des Schiffes wurde mit weichen Kissen und Bänken versehen. Felle wurden ausgebreitet. Unter das Schiff wurde bis zur Höhe der Wasserlinie trockenes Holz und Reisig geschichtet.

Die Sklavin, die dazu bestimmt war, den König nach Walhall zu begleiten, wurde in dieser Zeit von zahlreichen Kriegern und anderen Sklaven sowie vom „Todesengel" bewacht. Dies war damals ein alte, brutale, fette Frau gewesen, die das junge Mädchen mit offensichtlichem Vergnügen auf dem Scheiterhaufen umgebracht hatte. Sie hatte es mit einer Schnur erwürgt und ihm dann ein Messer ins Herz gestoßen.

Dieser Todesengel war auch dabei, wenn das Opfer am Tage der Totenfeier in die Zelte der Häuptlinge gebracht wurde, um diesen dort gefügig zu sein. Jeder der Männer sagte nach altem Brauch: „Erzähle deinem Herrn, dass ich dies aus Liebe zu ihm tat."

Erik strich sich über das Kinn. Ein noch unfertiger Gedanke durchzuckte sein Hirn.

Doch sogleich war auch die Erinnerung wieder da: Damals waren unter dem Gejohle des Volks

Hunde und Ochsen geschlachtet und Pferde über das Gelände gejagt, bis sie weiß von Schweiß waren. Sodann wurden auch sie getötet und wie die anderen Tiere in Stücke gehauen. Diese warfen die Wikinger in das Schiff des toten Königs.

Nachdem die Sklavin vom Todesengel zum Scheiterhaufen geführt worden war, musste sie ein Huhn köpfen und dies ebenfalls in das Schiff werfen. Dann trugen sechs Krieger den toten König durch ein Spalier, das die Waffengefährten bildeten. Diese schlugen unermüdlich auf ihre Schilde, was einen alles übertönenden Lärm machte. Daraufhin wurde der König in das Schiff gelegt, die Sklavin getötet, und die engsten Verwandten des Toten entzündeten das Feuer.

Wenn alles niedergebrannt war, stürzten sich alle auf das Met, was weitere Todesfälle zur Folge hatte. Der Gedanke in Eriks Kopf verfestigte sich. Er war tollkühn und gefährlich.

Das Wichtigste war jetzt, dass er erfuhr, wo sie Yba hinbringen würden, denn er war fest davon überzeugt, dass sie es war, die Ragnarr nach Walhall begleiten sollte. Er sprach offen zu Hildgard, die mit aufgerissenen Augen seine Pläne vernahm. „Die junge Frau, die verbrannt werden soll, ist die, die ich befreien will“, begann er. Hildegard solle den Eimer herausstellen, wenn sie erfahren habe, wo Yba untergebracht war. „Das weiß ich bereits“, sagte die Sklavin, „sie ist im Zelt von Ulf

Meerbock, dem nächsten Seekönig.“ „Weißt du, wo das ist?“ „Nein, aber es ist das größte im ganzen Ort.“

Erik schaute sich um. „Wo hältst du dich nachts auf?“, wollte er wissen. „Ich schlafe in einer kleinen Ecke im Haus. An der Rückseite dieser Wand.“ Damit zeigte sie auf die Holzwand, an die der Schuppen angebaut worden war. „Meinst du, du würdest es hören, wenn ich ganz leise mit einem kleinen Stein an die Wand klopfe?“, fragte Erik. Hildgard überlegte. „Wenn ich mich so hinlege, dass mein Kopf in der Nähe der Wand ist, sicher. Aber es ist gefährlich. Was ist, wenn einer meiner Herren dich auch hört?“ Erik dachte nach. „Dann musst du dir eine Ausrede einfallen lassen. Ich muss jedenfalls wissen, ob du das Klopfzeichen gehört hast. Wenn du dann mit deinen Fingernägeln an der Wand kratzt, soll dies das Zeichen sein, dass du kommst. Wenn du nicht kommen kannst, klopfst du. Wenn sie dich erwischen, kannst du ja sagen, du hättest seit Tagen große Ratten auf dem Grundstück gesehen.“ Hildgard nickte.

„Ich werde hier im Schuppen sein und dich erwarten“, fügte Erik hinzu, „dann nehmen wir dich mit. Bis dahin sollten wir uns nicht mehr sprechen.“ Er nahm sie zum Abschied kurz in den Arm. Er spürte, wie sie zitterte. „Viel Glück“, hauchte sie ihm ins Ohr und verschwand. Er sah ihr lange nach und schlich schließlich aus dem Schuppen.

Den ganzen Tag und den Beginn der Nacht verbrachte Erik auf einer kleinen Anhöhe in der Nähe des Walles, von wo aus er die Stadt gut überblicken konnte. Was sich vor seinen Augen abspielte, war schier unvorstellbar. Hunderte von Wikingerkriegern begleiteten die Leiche Ragnarrs, die auf einer breiten Holzplanke aufgebahrt war, durch die Stadt und schlugen dabei auf ihre Schilde. Die Händler und Kaufleute sowie die Einwohner von Haithabu bildeten Spalier, sodass die Menschenmasse aus der Entfernung wie ein riesiger Lindwurm aussah, der sich durch die Stadt wand. An der Spitze wurde der Tote getragen, und obwohl er ihn nur aus der Entfernung sehen konnte, lief Erik ein kalter Schauer über den Rücken. Da lag er also, der gefürchtete Ragnarr, Schrecken der Christenheit. Man sah ihm auch im Tod noch an, dass er ein gefährlicher Mann gewesen war. Fast rechnete Erik damit, dass er sich erheben und mit „He!“ auf ihn zeigen würde.

Unmittelbar hinter dem Toten sah er jenen Kerl, den er damals in Hammaburg verprügelt hatte. Sollte er etwa der Nachfolger von Ragnarr werden? War er Ulf Meerbock? Es schien so zu sein, denn – es gab Erik einen tiefen Stich ins Herz – er zog eine gefesselte junge Frau an einem kurzen Seil hinter sich her. Obwohl sie den Kopf gesenkt hatte, erkannte er sie sofort: Es war Yba. Ihnen folgten zwei junge Männer, die ihre Ähnlichkeit mit dem Vater nicht verbergen konnten. Es waren zwei riesige Kerle mit steinharten Gesichtern und langen blonden Haaren. In der Menge entdeckte Erik die drei Sklavenhändler. Auch sie machten ungewohnt ernste Gesichter. Der Spaß schien selbst ihnen vergangen zu sein. Erik blieb den ganzen Tag an seinem Platz. Er hatte einem Fischer ein Stück Stockfisch abgekauft, an dem er lustlos knabberte. Sein Kopf schwirrte. Er wollte es bereits in der kommenden Nacht versuchen. Vielleicht kam ihm das allgemeine Chaos, das in Haithabu herrschte, zur Hilfe.

Der Abend wollte kein Ende nehmen. Eine halbe Ewigkeit stand die Sonne am Himmel, bis sie endlich im Meer versank. Es war ein schöner Spätsommertag, das Wasser der Schlei war angenehm warm, wie er festgestellt hatte. Sollten sie also mit einem Boot flüchten müssen, könnte er tatsächlich neben dem Schiff schwimmen und es auf diese Weise aus dem Hafen bringen. Die Sklavin würden sie in das Boot legen, und Yba würde auch schwimmen müssen. Das machte ihm jedoch keine Sorgen, Yba war eine ausgezeichnete Schwimmerin, nachdem er ihr dies vor einigen Jahren beigebracht hatte.

Hier lag also nicht das Problem. Schwieriger war schon, dass sich der Liegeplatz des „Doggen-Bootes" in der Nähe der Stelle befand, an der die Totenfeier stattfinden würde. Und Erik wusste, dass der tote

Ragnarr streng bewacht werden würde. Ein anderes Boot kam nun erst recht nicht mehr infrage, da sie ja nur noch zu dritt waren.

Erik streckte sich auf einem Stück Gras aus und legte den Kopf in die verschränkten Hände. Den Himmel färbte nach Osten schon das tiefblaue Dunkel der Nacht, nach Westen hielten sich noch einige helle Lichtstreifen. Die ersten Sterne waren zu sehen. Erik wunderte sich, dass dem Schicksal nicht mehr einfiel, als ihn acht lange Jahre nach seinem Überfall auf die Hammaburg heute in beinahe dieselbe Lage zu bringen wie damals.

Auch damals rettete er Yba das Leben. Er wollte sie vor dem bewahren, was sie jetzt doch noch durchleiden musste. Er musste sie wieder diesem Mann entreißen, dessen Namen er erst jetzt erfahren hatte: Ulf Meerbock. Dieser stinkende, besoffene Raufbold! Und wieder hatte er es mit Abbios Söhnen zu tun, dem verschlagenen Eilwart, dem listigen Diethart und dem beschränkten Denihart. Nur Ragnarr war tot. Und er war allein. Kein Berengar. Kein Ansgar. Und, das schmerzte besonders, auch Bernhard hatte ihn verlassen.

Vielleicht war das alles gut so. Wenn sein Plan misslingen würde, hätten wenigsten nicht zwei Familien ihre Väter verloren. Seine Söhne wären ohnehin Waisen. Erik atmete tief durch. Nein, das durfte nicht geschehen! Er musste es schaffen! Schon wegen Asmund und Adalhart! Außerdem konnte und wollte er sich ein Leben ohne Yba nicht vorstellen. Er sehnte sich nach ihrem fröhlichen Lachen, ihrer zärtlichen kleinen Hand, die ihm durch die Haare fuhr, ihrem weichen und doch kraftvollen Körper und nach ihrem Duft, der so erfrischend war wie ein Bad in einem klaren, kalten Bach.

Erik spürte, dass er müde wurde. Er richtete sich auf. Überall in Haithabu hatten inzwischen die Wikinger kleinere und größere Feuer entzündet. Hier briet ein ganzer Ochse am Spieß, an anderer Stelle hielten die Krieger Fleischstücke in die Glut. Dazu floss Met in Strömen. Und nicht nur Met. Offenbar hatten sie auf ihren Raubzügen jede Menge Wein erbeutet, der jetzt schnell auf Wikingerart genossen wurde: Sie soffen ihn wie Wasser.

Ja, so waren sie, dachte Erik, und stellte mit Verwunderung fest, dass er sich selbst nicht mehr hinzuzählte, Wikinger sind allzeit zu einem Gelage bereit. Wahrscheinlich würden sie in wenigen Stunden besinnungslos im Gras liegen und ihren Rausch ausschlafen. Bis dahin aber waren sie unberechenbar. Er musste um jeden Preis verhindern, dass er einem in die Arme lief. Es würde unweigerlich zu einer Schlägerei kommen, und sein ganzer schöner Plan wäre dahin. Jetzt hieß es, Geduld zu haben.

Es war jedoch gegen Eriks Natur, einfach nur so dazuhocken und zu warten. Es fiel ihm unendlich schwer. Aber er riss sich zusammen.

Das Zelt von Ulf Meerbock hatte er schon lange im Auge, und er beobachtete es mit besonderer Aufmerksamkeit. Gleich nach dem Leichenzug waren der neue Seekönig, Yba, eine hässliche alte Frau und zwei weitere Krieger darin verschwunden.

Die beiden Krieger waren nach einiger Zeit wieder herausgekommen und hatten sich vor dem Eingang postiert. Dann war Ulf herausgetreten und hatte sich wie nach einem erholsamen Schlaf ausgiebig gestreckt. Erik hoffte, dass er Yba noch nicht angerührt hatte. Das war allerdings nicht zu erwarten, denn damit hätte er gegen die Gesetze einer Wikinger-Totenfeier in unverzeihlicher Weise verstoßen. Die dem Tode geweihte Sklavin stand den Häuptlingen erst am Tage der Verbrennung zur Verfügung.

Einige Zeit später waren auch die drei Söhne Abbios gekommen. Sie hatten Ulf herzlich umarmt. Eilwart tat sich mit besonders obszönen Gesten hervor. „Ich hätte ihn damals doch umbringen sollen, diesen Hundesohn“, murmelte Erik. Da nun alle drei Sklavenhändler das Haus verlassen hatten, überlegte er kurz, noch einmal zu Hildgard zu schleichen. Er verwarf den Gedanken aber wieder. Was hätte er mit ihr besprechen sollen? Sie waren verabredet.

Die Nacht nahm kein Ende. Nach und nach erloschen die Feuer in Haithabu, und die wilden Tänze und die grölenden Gesänge erstarben. Nur noch vereinzelt torkelte der eine oder andere betrunkene Krieger umher. Die meisten lagen dort, wo sie erschöpft zusammengebrochen waren, auf der Erde.

Erik streckte sich und erhob sich langsam. Seine Muskeln und Gelenke schmerzten, er musste sich unbedingt ein wenig lockern. Rund um die Stelle, an der er gelegen hatte, war weit und breit niemand zu sehen, sodass er begann, erst langsam und dann immer schneller auf der Stelle zu laufen. Das hatte ihm Ragnarr beigebracht, wenn seine Glieder vom langen Herumsitzen im Drachenbooten steif geworden waren. Langsam kehrte wieder Leben in seinen Körper zurück. Er verspürte etwas Hunger und wollte den Rest Stockfisch zu sich nehmen. Er verzichtete dann aber darauf, weil dieser wie eine ranzige Speckschwarte roch.

Er trank einen Schluck Wasser und schlich los. Bei Morgengrauen hätte er entweder Yba befreit oder sie waren beide tot. Über andere Möglichkeiten machte er sich keine Gedanken.

•••••••••••••••

Da Erik einige Zeit braucht, um bis zum Zelt von Ulf Meerbock zu gelangen, nutzen wir die Gelegenheit, uns jene seltsame Wikingermetropole im Norden Hamburgs genauer anzusehen: Das alte Haithabu war vor allem ein Ort, an dem es sich prächtig handeln ließ. Neben Mühlsteinen und Vieh, Sklaven und Getreide waren es vor allem Luxusgüter, die hier ihren Besitzer wechselten: Spiegel und Glas aus dem Rheinland beispielsweise, irische Kunstschmiedearbeiten oder Schmuck aus dem westlichen Frankenreich. Besonders wichtige Handelsartikel waren Häute des Ur, den es damals noch in einigen Exemplaren gab. Auch Felle von Büffeln, Elchen, vom Hermelin, Marder, Biber, Zobel und sogar vom Eisbären wurden gehandelt. Wikinger aus Island boten sogar lebende Vögel an, vor allem Gerfalken, mit denen es sich prachtvoll jagen ließ.

Hier wurden auch Waffen zusammengebaut. Die Klingen stammten aus dem Rheinland, die Griffe aus dem Norden, wie zahlreiche Funde bei Ausgrabungen beweisen. Der berühmteste Waffenschmied des frühen Mittelalters hieß übrigens Ulfberth. Er stammte aus dem Rheinischen und war somit ein früher Vorgänger Kruppscher Waffenproduktionen oder Solinger Klingenkunst.

In Haithabu arbeiteten zahlreiche Handwerker: Töpfer, Schmiede, Kammmacher, Goldschmiede und Metallgießer. Was sie herstellten, war vom Feinsten. Hier wurden Messergriffe gefertigt, Spielsteine und Würfel aus Geweih und Knochen. Die schildkrötenförmigen Fibeln aus Bronze und Spangen, die aussahen wie Kleeblätter, schmückten weit über das Reich der Wikinger hinaus Frauen in aller Welt. Und sie fanden – stets ein untrügliches Zeichen von Erfolg – überall Nachahmer.

Hier gab es Öfen zum Brennen von Glas, hier bearbeiteten geschickte Hände Bernstein aus den baltischen Ländern. Sogar eine ausgeprägte Keramikkultur war vorhanden. Reste von Handspindeln und sonstige Weberutensilien lassen darauf schließen, dass auch Textilindustrie angesiedelt war.

Warum gerade Haithabu und warum gerade hier, inmitten der Halbinsel, die Nord- und Ostsee trennt? – Es war wohl vor allem die strategisch günstige Lage, die den Dänenkönig Göttrich im Jahre 808 veranlasste, Haithabu zu gründen. Von Haithabu aus war es nämlich möglich, Schiffe über den schmalen Landrücken zwischen Schlei und Treene zu transportieren und sich auf diese Weise die durch Eis, Stürme und gefährliche Strömungen bekannte Umrundung Jütlands zu sparen.

Diese Vorzüge des auf einer Landenge zwischen Treene und Schlei gelegenen Ortes hatten zuvor schon Franken und Friesen erkannt. Sie transportierten ihre Waren bis Hollingstedt, luden sie auf Pferd und Wagen um und brachten sie dorthin, wo später Haithabu entstehen sollte. Hier wurden dann seegängige Schiffe beladen, und weiter ging es Richtung Ostsee.

Richtig bedeutend wurde die bis dahin bescheidene Siedlung, als Dänenkönig Göttrich im Jahre 808 die sagenhafte Slawenhauptstadt Rerik überfiel und die dort arbeitenden fränkischen, friesischen und normannischen Händler in sein neues Handelszentrum Haithabu verschleppte.

Dieses Rerik hat schon manchem Forscher schlaflose Nächte beschert, denn bis auf den heutigen Tag weiß man nicht genau, wo es lag. Manche Historiker meinen, es handele sich um das alte Starigard, das heutige Oldenburg, andere vermuten es auf Rügen oder in der Wismarer Bucht. Neu ist eine Theorie, dass es in der Nähe von Timmendorf an der Ostsee gelegen haben soll. Der letzte Beweis ist jedoch noch nicht erbracht. Wie ernst es Göttrich mit dem Aufbau einer Stadt nach seinen Plänen war, zeigt die Tatsache, dass er mit dem Danewerk gleichzeitig einen bereits seit Jahrzehnten bestehenden Schutzwall ausbauen ließ, um das zu tun, was man später im amerikanischen Westen „den Claim abstecken" nannte. Haithabu selbst umgab er mit einem halbkreisförmigen Wall, der wie die Hammaburg aus zwei Pfostenreihen bestand, in die Erde, Gras und Knüppel gefüllt wurden. Darauf baute man einen Palisadenzaun mit Wehrtürmen, die über einen Wehrgang zugänglich waren. Einlass in die Stadt bekam man durch zwei Tore, je eines im Norden und Süden. So entstand in erstaunlich kurzer Zeit Haithabu, ein befestigtes Wik mit Hafen (dessen Liegeplätze allerdings kaum mehr waren als in den Boden gerammte Pfähle, an denen die Schiffe festgebunden wurden). Es wurde eine Siedlung für Kaufleute und Seefahrer, in der sich alle Welt traf.

Haithabu war aber irgendwie ein Fremdkörper, wie schon die Ableitung aus dem Wort „Haddeby" zeigt, was so viel heißt wie „Ort auf der Heide". Rund 250 Jahre hat es nur existiert, eine kurze Laune der Geschichte, die hier, in der Mitte von Nirgendwo, eine lebendige Stadt entstehen ließ.

Die Wikinger und Friesen, für die Haithabu ein wichtiger, wenn nicht der wichtigste Umschlagplatz für ihre Waren war, waren eben Zugvögel, stets unterwegs und nirgends sesshaft.

Bis zum Jahre 1066 dauerte die Herrlichkeit an der Schlei. Dann kam Haithabu nacheinander unter schwedische, deutsche und dänische Herrschaft und wurde schließlich durch Ausläufer eines Wendenaufstands bei einer Brandkatastrophe völlig zerstört. Die Einwohner flohen und kehrten nie mehr zurück. Die Heide holte sich wieder, was ihr der Mensch entrissen hatte – bis auf ein paar winzige Spuren, die noch heute, vor allem aus der Luft, zu erkennen sind.

Auf der anderen Seite der Schlei, genauer an ihrem Nordufer, profitierte eine andere Siedlung von Haithabus Niedergang: Schleswig, das alte „Sliesthorp", das schon im Jahre 804 erstmals erwähnt wurde. Die Bedeutung Haithabus als Handelszentrum erreichte es nie. Diese Rolle übernahmen später Lübeck und ... Hamburg.

Jetzt wollen wir weitersehen, wie es Erik und Yba in Haithabu ergeht.

Kapitel 9

Langsam, ganz langsam und vorsichtig näherte sich Erik dem Zelt des neuen Seekönigs der Wikinger. Jede kleinste Deckung nutzte er aus, er robbte und rollte, um ja nicht aufzufallen. Die sternklare Nacht war nicht gerade ein Vorteil für ihn, und mehr als einmal erstarrte er mitten in der Bewegung, weil er in jedem Augenblick eine Entdeckung befürchtete.

Da war das Zelt. Erik bewegte sich unter Vermeidung eines jeden Geräusches vorwärts. Das Schwert hatte er sorgfältig in seiner Kleidung versteckt. Ein unbedachtes Anschlagen an einen Stein, ein leises Klirren, und sie hätten ihn erwischt. Offenbar aber rechnete in dieser Nacht niemand mit einem besonderen Ereignis. Erik und Bernhard hatten Glück gehabt, dass sie schon mehrere Tage vor dem Eintreffen der Flotte nach Haithabu gelangt waren, denn seitdem waren die Wachen an den Toren verstärkt worden, und jeder, der hinein oder hinaus wollte, wurde scharf kontrolliert.

Das Zelt des Wikingerhäuptlings war nur am Eingang bewacht, sodass Erik leicht an die Rückseite schlüpfen konnte. Er kniete nieder. Dann begann er, ganz vorsichtig, die übereinanderliegenden Tierhäute auseinanderzuziehen.

Seinen Wikingerdolch hatte Erik zwischen die Zähne gesteckt. Langsam schob er Schicht für Schicht beiseite. Bisher hatte er lediglich ein leises Schnarchen gehört, ansonsten war alles ruhig.

Das Innere des Zeltes, das etwa zehn Schritt lang und doppelte Manneshöhe hatte, überraschte selbst Erik, der schon häufiger Wikingerzelte von innen gesehen hatte. Auf dem Boden und an den Wänden lagen und hingen wertvolle orientalische Teppiche, über den gesamten Raum waren kunstvoll geschmiedete lange, schmale Bronzetischchen verteilt.

Drei hübsch geschnitzte Eichentruhen standen dort und ein großer Webstuhl, was darauf hindeutete, dass im Zelt des Wikingerhäuptlings Frauen arbeiteten – womöglich, während sie Yba bewachten. In der Mitte stand ein geräumiges Bett, auf dem eine farbenprächtige Daunendecke lag. Die vier Pfosten des Bettes waren mit geschnitzten Tierköpfen – Falke, Hund, Drache und Katze – verziert. In diesem Bett lag Ulf Meerbock und schnarchte. Er hatte den Mund weit geöffnet, sodass Erik die gelben unregelmäßigen Zähne sehen konnte. Er zog die Luft durch den Mund ein, was ein meckerndes Geräusch verursachte, schloss ihn dann und blies die Luft durch die Nase wieder heraus. Das ergab einen gepressten Laut, dem Wiehern eines Pferdes nicht unähnlich. Yba war an einen der Pfosten gefesselt. Sie trug ein langes, weißes Kleid. Das Gewand des auferstandenen Christus, schoss es Erik durch den Kopf. Sie hatte ihn noch nicht bemerkt, war auf den Boden gesunken und schlief. Erik unterdrückte den Wunsch, auf sie loszustürzen und sie sofort zu befreien. Er hatte erst noch etwas anderes zu erledigen.

Nur wenige Handbreit von Yba entfernt lag auf einer Matte eine alte Frau. Der Todesengel. Sie war dazu ausersehen, die zum Tode bestimmte Sklavin zunächst zu bewachen, sie bis zum Tag der Totenfeier zu verpflegen und sie schließlich zu töten. Auch der Todesengel schlief – bis zu diesem Augenblick.

Gerade als Erik sie ansah, öffnete die alte Hexe ein Auge – nur einen winzigen Spalt. Aber Erik war es nicht entgangen. Blitzschnell setzte er ihr seinen Dolch an die Kehle. Die Alte riss die Augen auf. Erik machte ihr durch eine Geste klar, dass sie zu schweigen hätten, wenn ihr das Leben lieb wäre. Offenbar lag ihr etwas an demselben. Jedenfalls schwieg sie.

Yba musste wohl seine Anwesenheit gespürt haben, denn Erik hörte jetzt ein leises Stöhnen. Bitte, wach nicht auf, flehte er. Aber es lenkte ihn ab. Nur aus dem Augenwinkel sah er etwas aufblinken. Die alte Hexe hatte ein Messer in der Hand und versuchte, es ihm in den Rücken zu stoßen. Erik reagierte sehr schnell. Seine Faust traf ihr Kinn. Die alte Frau fiel sofort um.

Bis auf ein leises Rascheln hatte der kurze Kampf keinerlei Geräusch verursacht. Dennoch hatte Ulf aufgehört zu schnarchen. Erik kauerte nieder. Er hielt den Atem an. Er machte sich bereit, den Seekönig mit einem Sprung zu erreichen zu töten.

Ulf begann jedoch sogleich wieder mit seinem eindrucksvollen Konzert. Erik schlich langsam an Yba heran und hielt ihr die Hand vor den Mund. Sie war schlagartig wach. „Ruhig", flüsterte ihr Erik zu, „ich bin es. Sei ganz ruhig. Ich werde dich hier herausholen." Ein schneller Schnitt, und Erik hatte ihre Hände aus den Fesseln befreit, ein zweiter Schnitt, und auch die Füße waren frei.

Yba sah ihn mit großen Augen an. Erik machte ihr ein Zeichen, still zu sein, um jeden Preis still zu sein. Sie nickte. Erik blickte sich um. In Reichweite lag das, was er suchte. Ein schwarzer Überwurf, der dem Todesengel gehört hatte. Er nahm ihn an sich und bewegte sich Richtung Zeltwand. Er winkte Yba zu, ihm zu folgen.

Yba schüttelte den Kopf. Erik schlich zu ihr zurück. „Was ist"?, flüsterte er. „Ich kann nicht", antwortete Yba, „ich habe kein Gefühl in Armen und Beinen. Wir müssen warten, bis ich mich wieder bewegen kann."

Erik kniff die Lippen zusammen. Mit dieser Verzögerung hatte er nicht gerechnet. Er streichelte Yba über das Haar und umarmte sie. „Es wird alles wieder gut.“ Yba lächelte, obwohl jetzt die Schmerzen begannen. Hände und Beine brannten wie Feuer, sie konnte sich kaum beherrschen. Dann ließ das Kribbeln plötzlich nach. Sie gab Erik ein Zeichen. Mit äußerster Vorsicht schlichen sie zur Zeltwand.

Ein Fell nach dem anderen wurde beiseitegeschoben. Und dann waren sie draußen.

„Schnell, zieh das über!“, flüsterte Erik und reichte ihr den schwarzen Umhang. Dann zog er sie an sich. Er spürte ihre Wärme. Sie küssten sich. Es war ein langer, leidenschaftlicher Kuss, der ihnen fast die Besinnung raubte. Eng umschlungen lagen sie einen Augenblick vor dem Zelt.

Aber sie mussten ja weiter. „Yba, kannst gehen?“, fragte Erik besorgt. „Ich will es versuchen“, sagte sie sanft und erhob sich. Sie war noch etwas wackelig auf den Beinen, aber es würde schon besser werden, wenn sie erst einmal in Bewegung kam, raunte ihr Erik zu.

Ein gutes Stück vom Zelt des Wikingerhäuptlings entfernt stellte Yba die Frage, die ihr am meisten unter dem Herzen brannte: „Wie geht es den Kindern?“ Dabei sah sie Erik bang an. „Es geht ihnen gut“, antwortete Erik. „Sie sind gesund, und dein Vater passt auf sie auf.“ Vor Erleichterung schluchzte

Yba auf. „Gott sei Dank! Wann kann ich sie sehen?“ „Wir müssen noch jemanden abholen, der mit uns fliehen wird“, sagte Erik. Yba verstand nicht. „Was müssen wir?“, fragte sie und blieb unvermittelt stehen. „Wer ist es?“

„Du kennst sie nicht“, antwortete Erik kurz angebunden. „Komm jetzt, bevor sie nach uns suchen.“ Damit zog er Yba kurzentschlossen hinter sich her. Sie konnten sich keine Verzögerung leisten.

Es war noch immer Nacht, aber der sternklare Himmel und der Mondschein ließen sie ihren Weg leicht finden. Nur noch wenige Schritte, und sie schlüpften in den Schuppen am Haus der Sklavenhändler. „Setz dich hin“, flüsterte Erik und schob sich bis zur Wand vor. Dann klopfte er. Ganz leise. Mit atemloser Spannung wartete Erik auf Antwort. Da! Ein ganz leises Kratzen. Sie kommt.

Erik kroch zu Yba und flüsterte ihr ins Ohr. „Es dauert nicht mehr lange. Wir können gleich gehen. Sie kommt.“ „Wer?“, fragte Yba. „Eine Sklavin. Eine Frau, die mir sehr geholfen hat.“ Sie schmiegten sich eng aneinander und warteten.

Hier, in der Ecke des Schuppens, wurde Yba erst klar, was passiert war. Sie lag tatsächlich in den Armen ihres geliebten Mannes. Er hatte sie aus den Klauen der Wikinger befreit. Noch war es nicht vorüber, aber ihre Kinder lebten, Erik war bei ihr, und ihr Leben, das schon beendet schien, hatte plötzlich wieder eine Zukunft.

Die letzten Wochen waren ein Albtraum gewesen. Zuerst der Angriff auf die Hammaburg, ihr verzweifelter Versuch, die Kinder zu retten, indem sie sie im Grubenhaus versteckte. Dann der Schock, als die Sklavenhändler plötzlich vor ihr standen. Sie hatte zuerst gedacht, dass sie sie quälen und töten wollten. Wie sehr sie Eilwart hasste!

Er hatte sie an den Haaren aus dem Haus geschleppt, die Wikinger hatten sie dann fortgebracht. Als sie ein letztes Mal zurücksah, brannte das Haus, von ihren Kindern sah sie keine Spur.

Die Wikinger brachten sie auf eines der Drachenboote. Sie banden sie an den Mast und gaben ihr regelmäßig zu essen und zu trinken, bis die gesamte Wikingerschar zurückkam. Die meisten waren betrunken, und als einige versuchten, sie anzufassen, ging ein riesiger grauhaariger Mann dazwischen und verjagte sie. Es war Ragnarr, der Seekönig.

Offenbar hatte sie ihm auf den ersten Blick gefallen. Er behandelte sie sogar mit Höflichkeit. Sie wurde losgebunden und durfte sich frei bewegen. Sie bekam reichlich zu essen, und, zu ihrer Überraschung, vergriff sich niemand an ihr. Sie hatte beobachtet, dass die Sklavenhändler vor der Abfahrt einen großen Sack voller Kostbarkeiten an Bord hatten schaffen lassen, den sie Ragnarr übergaben.

Ragnarr achtete darauf, dass ihr nichts geschah. Wenn die brennende Sorge um die Kinder, Erik, ihren Vater und das Dorf nicht gewesen wäre, hätte sie die Fahrt in dem schnellen, eleganten Drachenboot vielleicht sogar genossen. Sie hatten Wind von achtern und erreichten bald die Küste von Northumberland.

Yba, die an Bord gelassen wurde, beobachtete, wie die Wikinger Dörfer, Klöster und Burgen eroberten und niederbrannten. Nur den letzten Ort verschonten sie. Seltsamerweise war es auch kaum zu einem Kampf gekommen. Sie konnte sich darauf keinen Reim machen, bis sie am Morgen das Rachegeschrei der Wikinger hörte. Dann brachten sie Ragnarr. Er war tot. Sie wusste nicht, was passiert war, konnte aber sehen, wie später ein Mann aus der Burg geschleppt wurde. Zwei Wikinger öffneten ihm mit glühenden Zangen die Brust und rissen ihm die Lunge heraus.

Diese beiden Männer kümmerten sich auf der Rückreise um sie. Auch sie sorgten dafür, dass ihr nichts geschah. Als sie dann in Haithabu ankamen, wurde sie einem Mann übergeben, der, obwohl er sie ständig gierig anstarrte, es nicht wagte, sie anzurühren. Sie brachten sie in sein Zelt. Dorthin kamen auch die Sklavenhändler. Als sie Eilwart ansprach, schlug der ihr ins Gesicht.

Als sie ihn anflehte, ihr zu helfen, schrie er sie an: „Du Wikingerhure! Du wagst es, mit mir zu sprechen? Wie sagt unser Freund immer? ‚Die Rache ist mein, spricht der Herr‘, nicht wahr? Hast du vielleicht gedacht, wir würden einfach so hinnehmen, was ihr uns angetan habt? Du wirst bald sterben. Und dein Erik mit dir. Dann nehmen wir uns deinen verräterischen Vater und die niedlichen kleinen Söhne vor. Das wirst du aber leider nicht mehr erleben.“

Sie war zusammengebrochen und hatte das Bewusstsein verloren. Als sie wieder aufwachte, spürte sie einen unerträglichen Schmerz an ihrer rechten Hand. Die alte zahnlose Hexe hatte ihr eine glühende Nadel unter den Fingernagel geschoben und mit deutlicher Vorfreude erzählt, was auf sie wartete. Dass sie ihr Todesengel sei und dass sie mit Ragnarr zusammen verbrannt werden würde. Dabei hatte sie sie unablässig mit einer Menge kleiner Gemeinheiten gefoltert. Wieso hatte sich die Alte eigentlich nicht gerührt, als Erik sie befreite? Yba beugte sich zu ihrem Mann hinüber, um ihn danach zu fragen, als sie in der Tür einen Schatten bemerkte.

„Hallo“, flüsterte eine ihr seltsam vertraute Stimme. Und noch einmal: „Hallo, wo seid ihr?“ Yba glaubte, dass ihr Herz aussetzte. „Mutter?“, stieß sie hervor. „Mutter, bis du es?“ Stille. „Yba?“ Bevor es Erik verhindern konnte, stürzte Yba auf die Frau zu, die er als Hildgard kannte. Sie lagen sich in den Armen. Erik wollte warnend dazwischen gehen. Aber es war schon zu spät.

„Ach, wie nett. Schau an, die ganze Familie“ rief eine Stimme, und eine Fackel erleuchtete die Scheune. Im Türrahmen stand Eilwart und hinter ihm, mit gezogenen Schwertern, seine Brüder. Diethart sprang blitzschnell in die Scheune und hielt Yba die Spitze seines Schwertes unter das Kinn.

„Gut gemacht“, sagte Eilwart. „Unser junger Freund wird jetzt sicher gern sein Schwert und seinen Dolch abgeben. Sonst sterben seine Frau und ihre arme Mutter sofort.“ Erik war so überrumpelt von der Situation, dass er tatsächlich sein Schwert niederlegte. „So ist es recht, das ist brav“, sagte Eilwart. „Denihart, sei doch so nett und bring es mir.“

Der Dicke benötigte einige Zeit, bevor er begriff, was hier geschehen war, aber auf einen energischen Zuruf seines Bruders hin beeilte er sich, Eriks Schwert aufzuheben. „So, und jetzt noch den Dolch. Fein gemacht. Denihart gibt mir das Schwert. Und nun halt die Fackel.“ Der Dicke tat, wie ihm sein Bruder befahl.

Eilwart hob jetzt Eriks Schwert und sagte: „Wie habe ich diesen Augenblick herbeigesehnt. Es ist zwar nicht ganz so gekommen, wie geplant, aber ich will nicht unbescheiden sein. Besonders hübsch finde ich, dass unsere liebe Edda ihr Töchterchen noch einmal sieht. Das macht alles noch ein wenig würziger. Kannst du dich überhaupt noch an deine Tochter erinnern, du alte Schlampe?", fuhr er Edda an, die zu weinen begann. „Es ist eigentlich schade, dass wir dich verlieren", fügte Eilwart hinzu, „aber wir können dich jetzt nicht mehr leben lassen, oder? Das siehst du doch sicher ein, nicht wahr? Außerdem haben wir jetzt eine Galavorstellung für die Frau, die mir mal versprochen war. Kurz bevor sie stirbt, hat sie das seltene und mit Sicherheit einmalige Vergnügen, ihre Mutter und ihren Mann sterben zu sehen. Leider habt Ihr unseren lieben Grafen Berengar zu Hause gelassen. Was ist mit ihm? Setzt ihm das Alter schon zu?" Eilwart lachte laut auf. „Er wird seiner gerechte Strafe nicht entgehen, und die beiden kleinen Bastarde auch nicht."

Er wandte sich wieder an Erik. „Deine Frau werden wir den Wikingern zurückbringen. Sie werden sich sehr freuen und uns sehr dankbar sein: Das zahlt sich immer aus. Und in ein paar Tagen stirbt sie auf der Totenfeier. Nicht, dass du dir darüber das Gehirn zermartern solltest, denn dir wird dazu schon in wenigen Augenblicken ein wichtiges Stück fehlen, nämlich dein Kopf. Du kannst schon mal den Tisch decken in Walhall, denn jetzt schlage ich ihn dir mit deinem Schwert ab."

Bevor Erik noch irgendetwas sagen konnte, hob Eilwart das Schwert. Die beiden Frauen schrien auf. Plötzlich jedoch hielt Eilwart mitten in der Bewegung inne. Er ließ das Schwert fallen und sah Erik mit großen, ungläubigen Augen an. Bevor er umfiel, konnte Erik sehen, dass in seiner Gurgel etwas steckte, was dort nicht hingehörte. Es war ein Messer.

Im selben Augenblick hörte er mehrere dumpfe Schläge wie Sandsäcke, die gegen eine Wand geschlagen werden. Dann einen wirbelnden Schatten. Noch drei, vier klatschende Geräusche, und auch Denihart und Diethart sackten ohne ein Wort zu Boden. Die Fackel, die Denihart getragen hatte, war in einer Ecke der Scheune gelandet und hatte dort die Wand entzündet. „Nun müssen wir aber raus", sagte die ruhige Stimme von Bernhard.

Die beiden Frauen standen erstarrt in ihrer Umarmung, und auch Erik war wie gelähmt vor Verblüffung. Erst als Bernhard ihm auf die Schulter schlug und sagte: „Hilf mir, die Männer nach draußen zu ziehen", kam wieder Leben in den jungen Wikinger.

Sie zogen die beiden bewusstlosen Sklavenhändler ins Freie, wobei es bei Denihart wegen seines erheblichen Gewichts einige Schwierigkeiten gab. Als Erik auch Eilwart hinausziehen wollte, legte ihm Bernhard die Hand auf den Arm. „Lass ihn liegen, er ist tot."

Die beiden Frauen hatten sich unterdessen stumm angesehen. „Mutter“, wisperte Yba, „wie ist das möglich? Wo warst du? Warum bist du nicht zurückgekommen?“ „Jetzt nicht!“, raunte ihnen Bernhard zu. „Wir müssen zum Boot. Seid leise und vorsichtig. Es darf uns niemand sehen.“

Es war immer noch finster, nur ganz weit im Osten war ein schmaler Streifen helleren Lichts zu erkennen. Das trieb sie zur Eile an, denn sie mussten an den Palisaden vorbei sein, bevor die Sonne aufging. So hasteten sie weiter, als sie Rufe hinter sich hörten. Als Erik sich umdrehte, sah er, dass das Haus der Sklavenhändler bereits lichterloh brannte.

Immer mehr Menschen schrien und riefen durcheinander. Die ersten aus der Nachtruhe gerissenen Stadtbewohner kamen ihnen schon entgegen und fragten sie verstört, was geschehen sei. In Windeseile hatte sich die Nachricht vom Feuer verbreitet. Ein Feuer bedeutete für eine Stadt, die praktisch nur aus Holzhütten bestand, eine tödliche Gefahr.

Es war nicht mehr weit bis zum Boot. Dort lag es! Sie verlangsamten den Schritt. „Schnell!“, rief Erik den Kriegern zu, die das Schiff des toten Ragnarr bewachten und unschlüssig das Feuer beobachteten. „Schnell, lauft und helft löschen!“ Es waren vier Mann, die jetzt zusammenstanden und beratschlagten, was zu tun sei. Einerseits hatten sie ihre Befehle, andererseits war das Feuer gefährlich. Bernhard zögerte nicht lange. Er trat auf sie zu und setzte sie durch einige blitzschnelle Schläge außer Gefecht. Wieder konnte Erik nicht genau erkennen, wie er das gemacht hatte. Es ging viel zu schnell, aber das Ergebnis war ebenso verblüffend wie eben in der Hütte: Die vier Männer lagen regungslos am Boden.

Erik hatte eine Menge Fragen, dazu war jedoch später Zeit. „Schnell, wir müssen das Boot ins Wasser schieben!", rief er den Gefährten zu. Den Plan, das Boot schwimmend fortzubewegen und leise aus dem Hafen hinauszubringen, gaben sie auf, denn das Feuer hatte bereits ein zweites Haus erfasst, sodass man sie im Licht der Flammen schnell ertappt hätte.

Nun mussten sie alles riskieren und vorgeben, vor dem Feuer auf der Flucht zu sein. Erik zog die Rah an einem Tau hoch, das durch einen an der Spitze des Masts angebrachten Ring lief. Sofort fuhr der Wind in das Segel, und das Schiff nahm Fahrt auf. Yba und Edda saßen engumschlungen im Heck des Bootes. Bernhard stand am Ruder, das mit einem geflochtenen Lederband an der Reling befestigt war. In das Ruderblatt war ein kleines Loch gebohrt, durch das ein Lederriemen gezogen und mit einem dicken Knoten festgesetzt worden war. Diesen Lederriemen hielt er in der linken Hand, in der rechten die Pinne. Sie hatten leichten Wind von achtern. Niemand schien sich um sie zu kümmern.

Bis ein Verfolgerschiff klargemacht werden konnte, hätten sie ohnehin einen schönen Vorsprung, hoffte Erik. Er setzte sich zu Bernhard, um das Ruder zu übernehmen. Dieser machte auch sogleich Platz. „Jeder das, was er am besten kann", sagte er grinsend. „Wenn schon ein Wikinger an Bord ist, soll der auch am Ruder sitzen."

Als sie die Palisaden passierten, rief sie die Wache an. „He, was ist da los?" „Die Stadt brennt. Wir verschwinden lieber." „Passt auf die Untiefen im Süden auf", rief ihnen der Mann zu. „Danke!", schrie Erik erleichtert. Jetzt hatten sie es fast geschafft.

Die Geburt des neuen Tages kam den vier Menschen im Boot mit dem Doggenkopf wie der Beginn eines neuen Lebens vor. Stumm beobachteten sie, wie die Sonne aus dem Wasser auftauchte. Noch hatten sie nicht ganz begriffen, was in den vergangenen Stunden geschehen war und was alles hätte schiefgehen können.

Niemand hatte bisher daran gedacht, aufzuklären, welches Schicksal die vier hier zusammengeführt hatte. Yba machte den Anfang. „Erik", sagte sie und ging auf ihren Mann zu, um ihn zu umarmen. „Das ist meine Mutter", dabei liefen ihr die Tränen über das Gesicht, „es ist ein Wunder, ein großes Wunder."

Sie löste sich von ihm und zog Edda zu sich. „Mutter“, schluchzte sie, „das ist Erik, mein Mann.“ Edda war nicht in der Lage, auch nur ein Wort herauszubringen. Stumm schüttelte sie den Kopf, während ihr die Tränen aus den Augen liefen. „Und wer ist er?“, fragte Yba jetzt leise und zeigte auf Bernhard. „O ja, natürlich. Du kennst ihn ja gar nicht“, antwortete Erik. „Das“, sagte er nicht ohne Stolz, „das ist mein Freund Bernhard.“

„Ich denke“, stellte Yba trocken fest, „wir haben uns eine Menge zu erzählen.“ „Ja“, sagte Erik zu Edda. „Warum hast du mir nicht verraten, dass du aus Hammaburg kommst?“ „Ich wusste es nicht mehr. All die schrecklichen Ereignisse müssen mir das Gedächtnis geraubt haben. Als du den Namen Hammaburg erwähntest, keimte in mir etwas, aber ich wusste nicht, was es war. Erst als ich Yba hörte, war plötzlich alles wieder da. Ich kann es mir auch nicht erklären. Aber ich habe ja noch gar nicht nach Berengar gefragt. Geht es ihm gut?“, fragte Edda und sah Yba besorgt an.

„Ich hoffe es, nicht wahr, Erik?“ Der nickte. „Und da gibt es noch etwas, was du nicht weißt. Du hast zwei wunderbare Enkel, Asmund und Adalhart. Sie sind gerade sechs Jahre alt.“ „Was, beide?“ „Ja, es sind Zwillinge.“ Edda schlug die Hände zusammen und schaute in den Himmel. „Nein, was für ein Glück!

Erzähl mir von ihnen!" Und Yba begann zu erzählen: von Erik, von dem Überfall, dem Zweikampf, ihrer Liebe, den Zwillingen und dem letzten Überfall, bei dem die Hammaburg in Flammen aufgegangen war.

„Ja", mischte sich Erik ein. „Sie wird wohl nicht mehr aufgebaut werden." „Und Ansgar?", wollte Edda wissen, „was macht Ansgar, wenn er seine Kirche und sein Kloster verloren hat?" „Das weiß ich nicht", antwortete Erik, „ich habe ihn seit dem Überfall nicht mehr gesehen. Er war sehr beschäftigt." Dabei verzog er ein wenig den Mund, denn eigentlich hatte er erwartet, dass sich der Erzbischof nach dem Überfall in Hammaburg einmal hätte blicken lassen. Aber vielleicht war er ja inzwischen dort.

Nun erzählte Erik von der Reise nach Corvey, von Bernhard, und Bernhard erzählte von Hui und seinen beiden kleinen Töchtern. Und von Ikia, die alle so gastfreundlich aufgenommen hat. Sie beschlossen, zuerst dorthin zu reisen, weil anzunehmen war, dass mindestens die beiden Jungen, Hui und die Mädchen dort sein würden. Mit etwas Glück auch Berengar.

Aber so weit war es noch lange nicht. Sie hatten einen langen gefährlichen Weg vor sich. Inzwischen stand die Sonne schon viel höher am Himmel, und es wurde so warm, dass Yba den schwarzen Umhang auszog, ihn auf dem Boden des Schiffes ausbreitete und darauflegte. „Ich glaube, ich muss ein wenig ruhen", sagte sie noch. Dann war sie eingeschlafen. Auch Erik spürte, dass ihn der Schlaf zu übermannen drohte. So bat er Bernhard, das Ruder zu übernehmen. Er legte sich zu Yba und nahm sie in den Arm. „Ich bin so glücklich", hauchte sie ihm ins Ohr, und er zog sie noch fester an sich.

Ruhig und friedlich segelten sie dahin. Eine steife Brise aus West blähte die Segel, sodass sie schneller vorankamen als erwartet. Am frühen Nachmittag weckte Bernhard seinen Freund. Er musste ihn allerdings ziemlich rütteln, um ihn wachzubekommen.

„Wir bekommen Besuch!", raunte er ihm zu. Als Erik sich aufrichtete, sah er in einiger Entfernung ein Dutzend oder mehr der rechteckigen gestreiften Segel einer kleinen Wikingerflotte, die ihnen entgegenkam. „Nein, nicht schon wieder!", dachte Erik. Man konnte ja nie wissen, was den Männern aus dem Norden gerade in den Sinn kam. Wenn es ihnen Spaß machte, könnten sie plötzlich beidrehen, sie ausrauben und sie, nur so zum Spaß, töten.

Um schnell an Land zu gehen, war es schon zu spät. Schlimm wäre es, wenn die Wikinger ihr Boot als das der Sklavenhändler erkennen würden. Jetzt hieß es ruhig bleiben und vor allem die Frauen verstecken. Erik zischte ihnen zu, sie sollten flach auf dem Boden liegen bleiben und sich nicht rühren. Auf keinen Fall sich rühren.

Die Wikinger mussten rudern, da sie gegen den Wind fuhren. Kreuzen konnten sie nicht, dazu war der Fluss an dieser Stelle zu schmal. Sie würden sich dennoch nahe kommen.

Meter um Meter schob sich die Flotte heran. Am Bug des ersten Schiffes hatten sich zwei Wikinger postiert, um zu sehen, ob sich ein kleiner Überfall lohnen würde. Sie lachten und stießen sich dabei in die Rippen. Erik hatte das Ruder übernommen. Sein Schwert hatte er neben sich gelegt. Bernhard setzte sich locker in das Heck des Schiffes und schaute betont gelangweilt zu den Schiffen hinüber. „Woher kommt ihr?“, schrie der Mann im Bug des ersten Bootes. „Aus Haithabu!“, antwortete Erik. Alles andere hätten sie ihm ohnehin nicht geglaubt. „Warum bleibt ihr nicht zur Totenfeier?“, schrie der Mann jetzt. Oje, sie wussten also vom Tod des Seekönigs. Jetzt nur nicht zögern, jetzt keine falsche Antwort. Erik schossen Schweißperlen auf die Stirn.

Bernhard nahm ihm die Sorge ab. „Wir wollen noch ein paar Rinder und Schweine bei unserem Lieblingsbauern besorgen. Wir hoffen, er hat noch welche! Oder habt ihr sie schon abgeholt?“, schrie er.

Die Frage gefiel den Wikingern. Aber sie ließen nicht locker: „Was habt ihr an Bord?“

„Nichts, das seht ihr doch.“

„Das wollen wir doch mal sehen!“

„Gern, kommt her. Hier ist nichts. Nur wir beide.“

Die beiden Wikingern gerieten in Streit miteinander. Sie schrien sich an. Der, der bisher gesprochen hatte, machte eine wegwerfende Handbewegung und setzte sich. Der zweite Mann rief ihnen etwas zu.

„Was willst du?“, fragte Erik. „Fahrt weiter!“, rief der Nordmann, „Bringt mir ein schönes Stück mit.“ Erik und Bernhard winkten zustimmend. Die Schiffe rauschten eines nach dem anderen an ihnen vorbei. Hoffentlich, schoss es Erik durch den Kopf, hoffentlich ist keiner unter ihnen, der mich kennt. Für ein Verstecken wäre es jetzt zu spät gewesen. Er musste es darauf ankommen lassen.

Die Frauen hatten sich unterdessen nicht gerührt. Sie schauten mit ängstlichen Augen zu ihnen auf. Sie konnten zwar hören, was Erik und Bernhard sagten, wussten aber nicht, was auf sie zukam. Yba hatte die eiskalten Hände ihre Mutter genommen. Edda war zu keiner Bewegung fähig, die Todesangst hatte sie erstarren lassen. Immer wieder drehten sich Erik und Bernhard um, um zu sehen, ob die Wikinger es sich vielleicht noch anders überlegen würden. Aber sie hatten Glück.

Sie waren ein gutes Stück vorangekommen, als Erik kleinlaut fragte: „Bernhard, ich weiß, es ist vielleicht ein wenig spät, aber wie wollen wir von hier aus Hammaburg erreichen? Ich kenne diesen Weg nicht.

Ich weiß nur, dass wir auf dem Hinweg die Sonne im Rücken hatten, wenn sie am höchsten stand, jetzt ist sie an der Seite. Wohin kommen wir, wenn wir weitersegeln?“

„Wir haben es nicht mehr weit, dann gehen wir an Land. Ich habe noch eine Überraschung für Euch.“ Wie sich in der Abenddämmerung herausstellte, hatte Bernhard, nachdem er sich in Haithabu von Erik getrennt hatte, die drei Reittiere zu einem Bauern gebracht und ihm reichliche Belohnung versprochen, wenn er sie für einige Tage unterstellen und verpflegen und ihnen überdies noch ein oder zwei weitere Pferde verkaufen würde.

Die Bauern waren Sachsen, und sie hassten die Wikinger, die oftmals aus reinem Übermut ihr Gut zerstört hatten. Sie hatten sich inzwischen stark bewaffnet und hohe Palisaden um den inneren Kern ihres Hofes gezogen. Da sie sich erbittert wehrten und die Wikinger immer häufiger bei ihren Angriffen schwere Verluste erlitten hatten, verloren die Nordmänner allmählich die Lust.

Nun wurde es allerdings Zeit, dass sie an Land kamen, denn inzwischen hatte man in Haithabu Ybas Verschwinden und den Diebstahl des Doggen-Boots bestimmt entdeckt. Mit großer Wahrscheinlichkeit hatte sich schon eine Flotte zur Verfolgung aufgemacht. Sie müsste sie bald eingeholt haben.

Von den Verfolgern war nichts zu sehen, als die vier ihr Boot anlandeten und mit Zweigen bedeckten. Später wollten sie es versenken, aber erst, wenn sicher war, dass sie an Land weiterkommen würden.

Die Bauern waren freundlich, empfahlen aber – nachdem sie gehört hatten, was in Haithabu geschehen war –, unverzüglich aufzubrechen, da die verfolgenden Wikinger mit Sicherheit jedes Gehöft am Wege durchsuchen würden. Sie würden doch sicher verstehen, dass sie sich ihretwegen nur ungern auf einen Kampf einlassen würden.

In einem kleinen Wald, nicht weit vom Gehöft und weit genug vom Wasser entfernt, könnten sie übernachten. Danach sollten sie sich zunächst in Sichtweite des Flusses halten, an diesem entlang Richtung aufgehende Sonne reiten und sich dann nach Süden wenden.

Die Bauern schickten sie zum sogenannten Limes Saxoniae, dem sächsischen Grenzwall, der unsichtbar eine Linie zwischen fränkischem und slawischem Stammesgebiet zog. Dies war keine richtige Grenze, aber sie trennte dennoch schon seit ein paar Jahrzehnten die zerstrittenen Völker und hatte sich bewährt. Der Limes folgte Flüssen, Mooren, Wäldern, Bächen, Hügeln und Niederungen. Er führte an der Quelle der Bille vorbei, hinunter an die Elbe. Dann war es einfach. Man musste nur noch flussabwärts bis zur Hammaburg reiten.

Die Bauern hatten ihnen reichlich Verpflegung mitgegeben, allerdings wagten sie nicht, ein Feuer anzuzünden. Es war auch schon fast dunkel, als sie den vorgeschlagenen Rastplatz erreichten. Um die Pferde und das Maultier mussten sie sich nicht kümmern, die waren gut gepflegt und versorgt worden.

Sie steckten noch voller Fragen, aber das würde Zeit haben für die Gespräche auf dem langen Ritt nach Hause.

Etwa zwei Wochen später saßen Berengar, Ikia und Hui unter einem großen Apfelbaum vor dem Gut in Ramelsloh. So recht genießen konnten sie den schönen Sommerabend nicht. Zu groß war ihre Sorge, was wohl in Haithabu geschehen sein könnte.

„Keine Angst", sagte Hui gerade – sie hatte erstaunlich schnell die neue Sprache erlernt –, „wenn Bernhard dabei, kein Gefahr. Er schlau und stark." Dabei nickte sie voller Überzeugung und lächelte. „Schon", setzte Berengar die Unterhaltung nach kurzer Zeit fort, „aber sie sind allein, dein Bernhard und Erik. Es kann so viel passieren. Ich wünschte, ich wäre mitgegangen. Warum nur hat Ansgar nicht versucht, Yba freizukaufen? Er kennt diese Brüder doch. Er macht ständig Geschäfte mit ihnen." Jetzt mischte sich Ikia ein, die bisher zu den Vorgängen meistens geschwiegen hatte. Sie legte dem Grafen behutsam die Hand auf den Oberarm und sah ihn beruhigend an. „Nein, Berengar, Ihr irrt. Nach allem, was ich weiß, handelt es sich hier nicht um ein Geschäft, sondern um Rache. Ansgar hätte nichts erreicht. Und: Wer hätte sich um Eure wunderbaren Enkel gekümmert, wenn nicht Ihr? Ich glaube fest daran, dass Ihr bald alle gesund vereint seid.“

Berengar hatte bisher stets erfolgreich seine Sorgen um das Schicksal von Erik und Yba vor Asmund und Adalhart verheimlicht. Es fiel ihm jedoch in letzter Zeit immer schwerer, zuversichtlich zu lächeln, wenn sie ihn fragten, wo denn Vater und Mutter seien.

Es traf ihn jedes Mal wie jener Pfeil vor Jahren in die Brust, wenn sie ihn traurig ansahen. Er spürte ihre Ungeduld und ihren wachsenden Argwohn, ob er ihnen wirklich die Wahrheit erzählt. Oft war er kurz davor, selbst nach Haithabu aufzubrechen. Vielleicht konnte er doch helfen. Dann hielt ihn immer wieder die Vernunft zurück. „Gut“, sagte er sich, der Wiederaufbau in Hammaburg geht voran, wenn ich nicht in ein oder zwei Wochen etwas aus Haithabu höre, gehe ich. Dann kann Ikia sagen, was sie will.“

In diesem Augenblick sah er etwas. Noch schemenhaft, ganz weit weg, im Schein der niedrigstehenden Sonne kaum erkennbar, eine Gruppe von Reitern. Er spürte, dass sein Herz ihm plötzlich bis zum Halse schlug. Dafür gab es eigentlich keinen Anlass, denn es kamen häufig Reiter nach Ramelsloh. Aber irgendwie war es diesmal anders.

Die beiden Frauen saßen mit dem Rücken zu den Neuankömmlingen. Sie hatten noch nichts bemerkt, und Berengar vermied es, sie auf die Reiter aufmerksam zu machen. Er hatte in der Vergangenheit schon oft gedacht, dass sie es wären, und war doch immer bitter enttäuscht gewesen. Das Gefühl der Hoffnung hatte jedoch noch nie so heiß gebrannt.

Deshalb war er auch nicht ganz bei der Sache, als Ikia ihn ansprach: „Berengar, Verehrtester, Ihr hört ja gar nicht zu." „Verzeiht, was sagtet Ihr?" „Ich sagte gerade, dass Ansgar mit etwas Glück auch noch Erzbischof von Bremen werden wird." „So?" „Ja, durch Gottes Fügung ist Leuderich von uns gegangen." „Wer ist Leuderich?", fragte Berengar abwesend, wobei er die Reiter nicht aus den Augen ließ. Noch konnte man nicht genau erkennen, wie viele es waren, aber das konnte nicht mehr lange dauern. „ … hätte ich aber doch angenommen", sagte Ikia gerade. „Verzeiht, was sagtet Ihr?", murmelte Berengar.

„Was ist bloß los mit Euch? Es ist nicht gerade höflich, so wenig Interesse an dem zu zeigen, was ich sage. Wo seid Ihr mit Euren Gedanken?" Berengar wollte sich gerade rechtfertigen, dann zögerte er. In diesem Augenblick erkannte er, dass es vier Menschen waren, die sich näherten. Vier. Dann konnten sie es nicht sein.

Oder vielleicht doch? Ob sie Gesellschaft bekommen hatten auf der langen Reise, jemand, der ihnen den Weg zeigte? Ach, doch wohl eher nicht. Berengar atmete tief durch. Das Ende einer Hoffnung. „Ich bitte vielmals um Vergebung, aber dort hinten nähern sich Reiter, und ich hatte für einige Augenblicke gedacht, dass es, dass es ... na, Ihr wisst schon."

Jetzt drehten sich die Frauen um. Berengar bemerkte, wie Hui plötzlich auf ihrer Bank stocksteif wurde. „Es ist, es ist Muli dabei", stotterte sie und sprang auf. „Es ist Bernhard!" Kaum hatte sie es gesagt, rannte die junge Frau auch schon los. Berengar wollte sie noch zurückhalten, aber sie hörte ihn nicht mehr. Sie lief und lief. Aus der Gruppe löste sich ein Reiter und sprengte mit großer Geschwindigkeit auf sie zu. Mit offenem Mund sahen Berengar und Ikia, wie ein Mann vom Pferd sprang und auf Hui zueilte. Dann umarmten sie sich.

„Sie hatte recht", sagte Berengar trocken. Und er hatte einen dicken Kloß im Hals, denn das hieße ja ... „Und wer sind die anderen? Ich kann es mit meinen schlechten Augen nicht erkennen. Es sind doch noch drei, oder?", sagte Ikia und legte eine Hand über die Augen.

„Ja, du hast recht, es sind drei. Ein Mann und zwei Frauen. Und es ist der Schecke, den Erik mitgenommen hat. Und es ist Yba!" Sein Herz jubelte. Die

Tränen schossen ihm in die Augen, und die Stimme versagte. Er war aufgestanden, musste sich aber erst einmal wieder setzen. „Wer ist die zweite Frau?“, fragte Ikia voller Neugier. „Sie sitzt ein wenig unsicher im Sattel, sie scheint es nicht gewöhnt zu sein.“ Berengar jedoch hatte nur Augen für seine Tochter und für Erik. „Sie haben es geschafft, mein Gott, sie haben es geschafft“, murmelte er und sank auf die Knie. Er beugte das Haupt und betete. Es war das längste und innigste Dankgebet, das er je in seinem Leben sprach.

Als Berengar den Kopf hob, war die Gruppe dichter herangekommen. Hui und Bernhard, die sich immer noch umarmten, hatten die drei schon passiert, als Berengar glaubte, dass ihm das Herz stehen bleiben musste. „Edda“, flüsterte er, „Edda, meine Edda! Ein Wunder!“ Er war unfähig, sich zu bewegen, starrte mit kalkweißem Gesicht auf die Reiter, die immer näher kamen.

„Berengar, was ist mit Euch?“, fragte Ikia, als der alte Dorfgraf einen Schrei ausstieß, wie sie ihn noch nie von einem Menschen gehört hatte. „Ja!“, brüllte er, und die Tränen schossen ihm aus dem Gesicht, „Ja!“ Und dann lief er. Er lief und lief und lief.

Yba, Edda und Erik waren inzwischen von ihren Pferden gesprungen und liefen auf Berengar zu. Ikia war ins Haus gerannt, um Asmund und Adalhart zu wecken. „Schnell, Kinder! Kommt! Sie sind da! Schnell! Sie sind da!“ So, wie sie waren, sausten die beiden Kleinen nach draußen.

Berengar und Edda lagen sich in den Armen. Sie weinten vor Glück und konnten es nicht fassen, dass sie sich im Leben noch einmal umarmen durften. „Nein, nein, nein“, wimmerte Berengar immer wieder.

Neben ihnen war Yba auf die Knie gesunken. Mit weit ausgebreiteten Armen wartete sie auf ihre Söhne, die jauchzend auf sie zugestürzt kamen. „Meine Kinder, meine Kinder“, schluchzte sie. Und immer wieder: „Meine Kinder.“ Asmund war auf Yba zugerast, während Adalhart schon am Hals seines Vaters hing. Jeder umarmte jeden, jeder wollte jedem alles sofort erzählen. So ging es ein paar lange Stunden, und auch die Kinder durften heute besonders lange wach bleiben. Schließlich meldete sich aber doch die Natur, und alle gingen erschöpft und glücklich schlafen. Ikia hatte versprochen, morgen ein großes Fest zu feiern, denn – wie das Leben so spielt – für den nächsten Tag hatte Erzbischof Ansgar einen seiner seltenen Besuche angesagt.

Länger als ein halbes Jahr hatten sie sich nicht gesehen, und Yba fiel auf, dass Ansgar noch dünner geworden war seit seinem Aufbruch nach Corvey. Die Sorge um sein Erzbistum, um die Zukunft der Mission im Norden, hatten ihn auch in anderer Weise verändert, fand sie.

Als sie sich umarmten, spürte sie ein wenig mehr Zurückhaltung als früher bei ihrem alten Freund. Und so wagte sie, ihn zu fragen: „Sagt, Ansgar, Ihr seid so fremd. Ihr wirkt, als drückten Euch schwere Sorgen." Der Erzbischof zögerte. „Da hast du wohl recht. Es tobt ein großer Machtkampf, und ich stecke mittendrin. Aber ich bin froh über jede gute Nachricht. Eure Errettung ist eine solche." Dabei lächelte er abwesend.

Ybas Vermutung, dass dies nicht die ganze Wahrheit war, erhielt eine rasche Bestätigung durch Rimbert, den sie nach den Gründen von Ansgars so seltsamen Verhalten befragte. „Nun", sagte Rimbert, „Ihr müsst das verstehen. Sein ganzes Herz hing an Hammaburg. Durch ihre Zerstörung ist sein Lebenswerk, die Bekehrung der Heiden im Norden, mehr denn je in Gefahr. Übrigens habt Ihr selbst zur Verschärfung der Probleme beigetragen." „Wie das?", fragte Yba völlig entgeistert. „Es war vor ein paar Tagen eine Abordnung des Dänenkönigs Horik bei Ansgar mit einer Beschwerde, dass Christen aus Hammaburg die Totenfeier eines Wikingerhäuptlings gestört hätten. Dies sei ein schwerer Verstoß gegen alle Abkommen. Man erwarte ihre Auslieferung. Wenn dies nicht geschehe, müssten alle Missionsstationen im Norden geschlossen werden. Ansgar wies alle Anschuldigungen zurück und lehnte eine Auslieferung natürlich ab, aber es ist eine äußerst schwierige Lage."

Yba war entsetzt. Sie sollte ausgeliefert werden? Ihretwegen sollten Missionsstationen geschlossen werden? Sie verstand das alles nicht und wollte es auch nicht verstehen. Vor allem missfiel ihr, dass Ansgar zu denselben Männern, die ihre Nachbarn umgebracht hatten, Hammaburg zerstört und sie fast getötet hätten, offenbar enge Verbindungen pflegte.

Die finsteren Gedanken waren aber am Abend vergessen. Ramelsloh erlebte ein Fest, von dem noch Generationen später erzahlt wurde. Ikia hatte einen ganzen Ochsen braten lassen und alles aufgefahren, was Haus und Keller hergaben. Sogar den elsässischen Wein in den aus dem Rheinland stammenden Amphoren, die ihr seliger Mann stets wie seinen Augapfel gehütet hatte, fiel der großen Wiedersehensfeier zum Opfer. Alle mussten an diesem Abend von den Abenteuern, die sie erlebt hatten, erzählen. Die Hammaburg gab es nicht mehr, aber sie lebten noch.

....

Die Vernichtung der Hammaburg durch die Wikinger war zugleich ein schwerer Rückschlag für den „Apostel des Nordens". Die Katastrophe des Jahres 845 stellte infrage, wie erfolgreich Ansgars Missionierungsarbeit wirklich war. Fest steht, dass die in großer Mehrzahl damals noch heidnischen Schweden Ansgars Vertreter Gauzbert ziemlich übel zurichteten. Sein Haus in Birka wurde im Schicksalsjahr 845 verwüstet, und sein Neffe Nithard wurde getötet.

Dabei handelte es sich, wie Rimbert in seiner Ansgar-Biografie treuherzig versichert, durchaus nicht um einen „Befehl von oben", sondern um eine „Gärung im Volke". Plündern war nun einmal eine Lieblingsbeschäftigung der Wikinger. So sehr sich Rimbert auch bemüht, das „theologische Gleichgewicht" wiederherzustellen (er behauptete, dass die Missetäter ihre gerechte Strafe vom Herrn persönlich erhalten hätten), so kränkelte das „Unternehmen Nord" doch sehr.

Allerdings hatte Ansgar auch mit dem Aufbau des neuen Erzbistums Hamburg-Bremen so viel um die Ohren, dass er sich erst sieben Jahre nach dem Gauzbert-Massaker wieder um den Außenposten Birka kümmern konnte.

Birka war, ähnlich wie Haithabu, eine ungewöhnlich reiche Stadt: groß, weltoffen und von vermögenden Kaufleuten bewohnt. Sie lag, ein wenig versteckt, im Nordwesten der Insel Björkö im Mälarsee, war aber durch die zahlreichen Wasserarme des Mälar mit vielen Orten Mittelschwedens aufs Beste verbunden. Das Städtchen wurde überragt von einer Trutzburg, die Garant dafür war, dass die Dinge, die den Wikingern am Herzen lagen – Seide, Pelze, Waffen, Silber und sonstige Kostbarkeiten – nicht in falsche Hände gerieten.

Ansgar wurde dort glücklicherweise von dem getreuen Heigeir vertreten, der mit Mühe und allerlei Kunststücken aus der

Wunderkiste (so gewann er eine Wette mit seinen heidnischen Nachbarn, dass ihn während eines Wolkenbruchs nicht ein einziger Tropfen treffen würde. Oder er bewies die Kraft seines Glaubens, indem er sich selbst von einem schweren Beinleiden befreite) mühsam die Fahne des Christentums hochhielt.

Die Jahre nach 845 waren nicht leicht für Ansgar. Zwar hatte ihm König Ludwig der Deutsche spontan das nach dem Tod Leuderichs verwaiste Bistum Bremen überlassen wollen, aber Ansgar bestand darauf, dass darüber eine Bischofssynode entscheiden sollte. Offensichtlich kannte er seine Pappenheimer. Die beschlossen auf der Synode schlitzohrig, dass der gute Ansgar selbstverständlich sein Erzbistum Hamburg-Bremen bekommen sollte, allerdings müssten die Bistümer Bremen und Verden wieder so hergestellt werden wie zu Zeiten Ludwig des Frommen. Ansgar sollte Bremen bekommen, während Waldgar, der Bischof von Verden, „selbstverständlich den ihm gebührenden Teil seines Bistums zurückerhielt".

Dies allerdings führte zu der seltsamen Situation, dass Hamburg nunmehr nicht Ansgar, sondern Waldgar unterstand. Kein besonders befriedigendes Ergebnis für unseren Ansgar, wie sich denken lässt. Den Unsinn dieser Regelung sahen die Herren auf der Bischofssynode am 1. Oktober 847 in Mainz ein und korrigierten sie. Waldgar wurde mit Land im Bremer Raum entschädigt.

Das war aber noch immer nicht der Sieg für Ansgar. Der neue Erzbischof von Köln schoss quer. Er sah das alles überhaupt nicht ein, der gute Gunther. Schon weil diese Regelung die Würde des Erzbischofs von Köln mindern würde. Nun blieb er allerdings mit seiner Meinung allein, sodass er einlenken musste. „Gut, gut", ließ er verlauten, wenn auch der Papst die Ansgarsche Regelung so anerkenne, dann wolle auch er Ja und Amen sagen.

Also schickte der deutsche König Ludwig den Bischof von Konstanz mit dem einschlägig bewährten Namen Salomon und Nordfried, einen Vertrauten Ansgars, nach Rom zu seiner Heiligkeit Nikolaus I. Der Papst zog mit, wie Rimbert ausführlich zitiert. „Wir bestimmen Hamburg, den zu Ehren des heiligen Erlösers und seiner heiligen unbefleckten Mutter Maria geweihten Bischofssitz Nordelbiens, fortan zum Erzsitz. Wir verfügen schließlich unter Anrufung des göttlichen Gerichts, dass nach dem Tode des oft genannten eifrigen Missionsbischofs, Erzbischof Ansgar, jeweils ein für ein so hohes Amt geeigneter Mann zum Nachfolger gewählt werden soll."

So sehr diese Urkunde der von Nikolaus' Vorvorgänger Gregor ähnelt, so gibt es doch einen entscheidenden Unterschied: Das Legat, im Norden, bei „Schweden, Dänen und Slawen", zu missionieren, war nicht mehr an die Person Ansgars gebunden, sondern Aufgabe des jeweiligen Erzbischofs.

Wie klug das war, stellte sich bald heraus, denn durch unerfindliche bürokratische Verzögerungen in den päpstlichen Schreibstuben wurde diese Urkunde erst im Jahre 864 ausgefertigt. Da hatte Ansgar nur noch ein Jahr zu leben.

Aber wir haben ein wenig vorgegriffen. Noch lebte Ansgar, und er nutzte die finanzielle Bewegungsfreiheit, die ihm die Übernahme des Bistums Bremen beschert hatte, vor allem für verstärkte Missionsarbeit.

Dass er dabei dem mächtigen Dänenkönig Horik um den Bart strich, jenem Horik, der an der Zerstörung Hammaburgs nicht ganz unbeteiligt war, ist ihm gelegentlich negativ angerechnet worden. Aber auf der anderen Seite hatte er großen Erfolg: Er spielte die Rolle des Vermittlers und Beraters, da es ihm gelungen war, sowohl das Vertrauen des deutschen Königs Ludwig als auch seines dänischen Gegenspielers zu gewinnen.

Eines erreichte Ansgar: Horik erlaubte seinen Untertanen, wenn sie es wünschten, Christen zu werden, und ließ sogar den Bau einer Kirche nebst Ansiedlung einer Priesterschaft in Haithabu zu. Ob Horik selbst Christ wurde, ist nicht erwiesen.

Horik unterstützte eine Reise Ansgars ins missionsmäßig verwaiste Birka, sozusagen mit besten Grüßen von Kollege zu Kollege an den schwedischen König Olaf. Nach einigen nervenzermürbenden Regularien durfte Ansgar in Schweden weiterarbeiten, eine Aufgabe, die er später einem gewissen Priester Erimbert übergab, von dem einige meinen, es handelte sich um unseren Rimbert.

Ansgar selbst hatte neue Sorgen, denn sein Gönner Horik und mit ihm alle Freunde, die Ansgar am dänischen Hofe hatte, fielen einer Palastrevolte zum Opfer. Sein Nachfolger hielt nicht viel vom Christentum, Wotan, Odin und Freya waren wieder angesagt.

Die Kirche in Haithabu musste auf Betreiben eines gewissen Grafen Hovi, eines landbekannten Christenhassers, schließen. Wieder hatte Ansgar jedoch Glück, oder, wie er es ausgedrückt hätte: Der Wille des Herrn half ihm. Der neue König vertrieb

Hovi und bat von sich aus um Niederlassungen des Christengottes auf dänischem Boden. Er ließ sogar zu, dass die Kirchen Glocken hatten, was zuvor eine unannehmbare Zumutung in Heidenland gewesen wäre.

Ja, sie war kurz, die erzbischöfliche Geschichte Hamburgs, und erst in unseren Tagen, nach mehr als 1100 Jahren, wurde Hamburg wieder Sitz eines Erzbischofs.

Da die Hamburger Geschichte ja voller Geschichten steckt, sei noch folgende erzählt, die sich nicht um einen Erzbischof, sondern sogar um einen veritablen Papst dreht. Um Papst Benedikt V., der während des Investiturstreits (wobei es, äußerst verknappt, darum ging, wer Bischöfe und Äbte einsetzen durfte, der Kaiser oder der Papst) von Kaiser Otto I. entmachtet worden war und der beim Hamburg-Bremischen Erzbischof Adaldag Unterschlupf bekam. Es dauerte nur wenige Monate – es war im Jahre 966 –, da segnete der Papst in Hamburg das Zeitliche, was in Hamburg durch all die Jahrhunderte immer wieder zu Spekulationen geführt hat. Ob es das ungewohnt schroffe Klima war oder eine „Lebensmittelvergiftung" oder ein gebrochenes Herz? Genau wissen werden wir das wohl nie. Und doch: Die Hamburger haben sich dieser Episode ihrer Geschichte immer gern erinnert, denn welche Stadt nördlich der Mainlinie kann schon von sich behaupten, Sterbestätte eines leibhaftigen (wenn auch außer Dienst befindlichen) Papstes gewesen zu sein?

So feierten die Hamburger viele Jahrhunderte hindurch den Todestag „ihres" Papstes (den 4. Juli), und sie nutzten diesen Umstand in der Mitte des 14. Jahrhunderts, indem sie keck behaupteten, Papst Benedikt habe der Stadt das Privileg zuerkannt, dass der Erzbischof von Bremen in hamburgische Angelegenheiten nicht hineinzureden zu habe.

Ein Denkmal des Papstes Benedikt V. war übrigens Hauptanziehungspunkt des Hamburger Domes, dessen Abriss in den Jahren 1804 bis 1807 ein besonders trauriges Kapitel hamburgischer Kirchen- und Architekturgeschichte darstellt. Aber das ist eine andere Geschichte. Vorläufig befinden wir uns noch im frühen Mittelalter und stellen mit Freude fest, dass das kleine Dorf an der Mündung der Alster in die Elbe blüht und gedeiht – auch wenn es die Hammaburg nicht mehr gibt.

Kapitel 10

Die schlechten Zeiten waren vorbei. Viele lange glückliche Jahre lagen vor Hammaburg und seinen Bewohnern. Ansgar ließ sich nur selten blicken, wichtige kirchenpolitische Aufgaben raubten ihm die Zeit. Er versäumte jedoch nie, in Ramelsloh vorbeizuschauen und Ikia zu besuchen.

Der Aufenthalt im Wald an der Schlei, als sich Erik und Yba nach langer Zeit wieder liebten, blieb nicht ohne Folgen. Im Frühling des darauffolgenden Jahres wurde Adalgar geboren. Ein Jahr später meldete sich Tochter Thordis und ein weiteres Jahr darauf kamen noch einmal Zwillinge zu Welt. Diesmal waren es Töchter, und diesmal setzte sich Yba durch. Sie erhielten christliche Namen, Katharina und Kristiana.

Da auch Bernhard und Hui nicht untätig waren (sie bekamen insgesamt sieben Kinder), wuchs schnell eine neue Generation heran, die wiederum für eine neue Generation sorgte. So wuchs Hammaburg und wuchs und wuchs.

Für reichlich Ärger und Verdruss, aber auch für eine Menge Spaß sorgte der seltsame Ehrgeiz Eriks und Bernhards, ihre Kinder jeweils auf unterschiedliche Art auf Raufereien vorzubereiten: Während Bernhard die Kampftechnik weitergab, die er in dem buddhistischen Kloster gelernt hatte, hielt es Erik eher mit den gröberen, aber nicht weniger durchschlagenden Prügelmethoden der Wikinger. Erst nach mehreren blauen Augen und Schürfwunden konnten Yba und Hui ihre Männer dazu überreden, mit dem Unsinn aufzuhören und dem Nachwuchs etwas Nützliches beizubringen, wie Fische zu fangen oder Beeren zu sammeln.

Die Zwillingspärchen Asmund und Adalhart sowie Kim und Lin hatten als Kinder kaum Interesse füreinander, dazu war der Altersunterschied zu groß. Plötzlich aber, es muss irgendwann im Sommer des Jahres 861 gewesen sein, wurde das schlagartig anders.

Das war nicht weiter verwunderlich, denn aus Kim und Lin waren zwei bildhübsche junge Mädchen geworden, die die sanfte Schönheit, die asiatische Gelassenheit und ausgleichende Klugheit ihrer Mutter ebenso geerbt hatten wie den kühlen Witz und die schlitzohrige Intelligenz ihres Vaters. Und Asmund und Adalhart waren ja auch nicht von schlechten Eltern.

So kam es, wie es kommen musste. Im Frühjahr des darauffolgenden Jahres erlebte das kleine Hammaburg die erste Doppelhochzeit seiner Geschichte. Nur ein Jahr später wurden sowohl Kim als auch Lin fast gleichzeitig Mütter von zwei Jungen. Sie bekamen die Namen Helge und Edo.

Nur mit Ansgar ging es immer mehr bergab. Der ständige Ärger und der andauernde Kampf, die innerkirchlichen Querelen, die zähe Arbeit mit den starrköpfigen Heiden hatten ihn allmählich zermürbt, und im Jahr 865, Ansgar hatte gerade seinen 64. Geburtstag bescheiden wie immer gefeiert, wurde ein Darmleiden, das ihn schon längere Zeit plagte, immer schlimmer.

Die unendlichen Qualen, Mühen, die Überfälle und Plünderungen hatte er vor allem überstanden, weil er stets in der Hoffnung gelebt hatte, einst als christlicher Märtyrer vor den Herrn zu treten. Alle Visionen und Erscheinungen seines langen Lebens hatten ihm dies gezeigt, so dachte er. Und nun schien es doch anders zu kommen. Rimbert, der getreue Rimbert, litt mit ihm. Zwar schmerzte es ihn, die hoffnungslose Schwermut eines sterbenden Menschen im Gesicht des verehrten Bischofs zu lesen, aber der Starrsinn, mit dem der Alte immer wieder sein Leid klagte, war dennoch nur schwer zu ertragen. Trotzdem versuchte Rimbert immer wieder, ihn zu trösten. „Der Herr hat Euch nie versprochen, dass Ihr durch das Schwert umkommt, im Feuer verbrennt oder ertrinkt. Er hat Euch nur versprochen, dass Ihr mit der Märtyrerkrone vor ihn tretet."

Seine Krankheit sei ebenso eine Art Martyrium. Erlitten habe er „weiß Gott!" unendlich viel. Doch Ansgar wollte von alldem nichts wissen. Er quengelte weiter herum, war zutiefst enttäuscht und niedergeschlagen – kurz, er fühlte sich von Gott, seinem Herrn, schlecht und ungerecht behandelt. Erst als er eines Tages während der Messe eine Stimme hörte, die ihn wegen seiner Zweifel heftig angriff und sagte: „Glaube nur ganz fest, und zweifle nie daran. Gott wird dir in seiner Gnade beides schenken, Vergebung deiner Sünden, um die du dir solche Sorgen machst, und Erfüllung all seiner Verheißungen", erst da fand er seine Ruhe. Ob Rimbert, dessen Geduld mit dem Genörgel des alten Herrn allmählich am Ende war, bei dieser Vision irgendwie nachgeholfen hatte, ist nie nachgewiesen worden.

Und so kam der 6. Januar des Jahres 865, ein kalter, ein eiskalter Tag. Die Gewässer waren, wie fast immer zu dieser Zeit, zugefroren, und auch im Kloster zu Bremen kroch die Kälte in jede Ecke. Selbst die offene Feuerstelle verhinderte es nicht, dass Ansgar und Rimbert fröstelten. Dem Erzbischof stand dennoch Schweiß auf der Stirn.

Er hielt einen Brief seines alten Weggefährten Ebo von Reims in der Hand, in dem er immer wieder las, wenn er Trost brauchte. „Sei ruhig!“, stand da. „Was wir im Namen Christi zu schaffen begonnen, muss Frucht tragen im Herrn. Das ist mein Glaube, dessen bin ich gewiss; ich weiß es sogar; auch wenn unser Unterfangen bei diesen Völkern ob unserer Sünden zuweilen aufgehalten wird, gänzlich ausgelöscht werden kann es niemals; es wird jedoch Frucht tragen in der Gnade Gottes und erfolgreich sein, bis der Name des Herrn die Grenzen des Erdreiches erreicht.“ Ansgar stöhnte auf, ließ die Schriftrolle sinken und blickte an die Decke seiner Kammer.

„Rimbert, mein Sohn“, sagte er sanft und legte seine ausgemergelte Hand auf dessen Arm. „Ich möchte am Tage der Reinigung Mariens sterben. Man muss sehr alt werden, um zu erkennen, wie kurz das Leben ist. Und meines ist zu Ende.“

Rimbert sah ihn erschrocken an. Bisher hatte der Alte zwar häufiger davon gesprochen, dass ihn der Herr bald heimholen würde, aber bisher hatte er immer noch die Hoffnung gehabt, dass sich Ansgar noch einmal von seinem Leiden erholen würde. Als er ihn jedoch genauer ansah, musste er feststellen, dass Ansgar nur noch aus Haut, Sehnen und Knochen bestand. Kein Zweifel, der Tod hatte schon die Hand nach ihm ausgestreckt.

„Wie wollt Ihr das so genau bestimmen?“, fragte Rimbert. „Es sind bis dahin noch ... wartet ... 27 Tage. Ich bin sicher, dass Ihr bis dahin gar nicht mehr an den Tod denkt. Es geht Euch doch jeden Tag besser.“ „Nein“, entgegnete Ansgar matt, „das ist nicht wahr. Aber bis dahin ist noch viel zu tun. Sei so gut und sorge dafür, dass noch einiges erledigt wird. Du bist mein getreuester Gefährte gewesen, und ich wüsste niemanden außer dir, dem ich diese wichtigen Aufgaben anvertrauen würde.“ Er lächelte Rimbert an, als dieser, überwältigt von einem tiefen Gefühl der Dankbarkeit, seinen Tränen freien Lauf ließ. So hatte Ansgar noch nie zu ihm gesprochen. Er hatte ihn nur selten gelobt, obwohl er jederzeit bereit gewesen wäre, für seinen Meister durchs Feuer zu gehen. Rimbert kniete nieder, und Ansgar segnete ihn.

In den nächsten Tagen diktierte Ansgar ihm mehrere Briefe, unter anderem einen an König Ludwig, in dem er diesen nachdrücklich ermahnte, die Missionstätigkeit im Norden weiter zu fördern. Außerdem beauftragte er seinen Schüler, die Privilegien, die ihm Papst Nikolaus I. vor wenigen Monaten schriftlich bestätigt hatte, abzuschreiben und an alle Bischöfe des Reiches zu versenden, jene Privilegien, die ihm das Legat als „Apostel des Nordens“ bestätigten und die Hammaburg zum Erzbistum gemacht hatten.

Rimbert war dies sehr recht, wurde doch dadurch die Macht des Erzbischofs von Köln, der bisher immer für reichlich Ärger und Unruhe gesorgt hatte, beschnitten. Er selbst, Rimbert, hatte schließlich allerbeste Aussichten, Nachfolger Ansgars als Erzbischof von Bremen und Hammaburg zu werden.

So setzte er aus eigenem Antrieb einen kleinen Zusatz hinzu, in dem er darauf hinwies, dass das Erzbistum Hammaburg bereits seit dem Jahre 831 existierte, obwohl er wusste, dass dies nicht ganz der Wahrheit entsprach. Zwar war Ansgar in jenem Jahr schon Erzbischof, das kaiserliche Privileg Ludwig des Frommen, das Hammaburg zur Erzdiözese machte, wurde jedoch erst im Jahre 834 erteilt. Das war aber nur eine Formalität. Wichtig war, Hammaburg als Sitz eines Erzbischofs festzuschreiben, und da zählte jedes Jahr.

Schließlich gab Ansgar Anweisungen für den Tag seines Todes: Es sollten drei große Kerzen aus dem allerbesten Wachs gegossen werden, die am Altar der Heiligen Maria, am Altar des Heiligen Petrus und an dem Johannes' des Täufers entzündet werden sollten. Außerdem sollten Geistlichkeit und Arme an diesem Tag besonders gespeist werden.

Als der Tag kam, ordnete Ansgar den Predigttext an und sprach noch einmal mit all seinen Getreuen über den göttlichen Auftrag, den sie auch in Zukunft, wenn er nicht mehr unter ihnen weilte, zu erfüllen hätten. Danach empfing er in der Kommunion Leib und Blut des Herrn, hob die Hände und betete. Dann verließen ihn die Kräfte. Er bat Rimbert, für ihn immer wieder zu singen: „In deine Hände Herr, befehle ich meinen Geist." So sehr er sich bemühte: Auch der allerletzte Wunsch blieb Ansgar versagt. Er starb nicht am Tage der Reinigung Mariens, sondern erst am Tag darauf, am 3. Februar 865.

Am nächsten Tag sandte der trauernde Rimbert einen Bericht an die heimatliche Abtei Corbie in der Picardie. Er schrieb: „Nun sind wir seiner Gegenwart beraubt und empfinden sehr wohl, wie sehr wir um seinetwillen klagen, um seinetwillen danksagen müssen." Rimbert war traurig, aber in derselben Stunde, in der er den Bericht geschrieben hatte, erfuhr er, dass er der neue Erzbischof von Bremen und Hamburg sei. Und dabei blieb es auch. Zwar hatte ihn Ansgar nicht direkt zu seinem Nachfolger bestimmt, aber er hatte doch mit der für ihn typischen, beinahe koketten Bescheidenheit die dringende Empfehlung ausgesprochen. „Was Rimberts Verdienste anlangt, so wisset, dass er eher Erzbischof als ich Subdiakon zu werden verdiente."

Der neue Oberhirte machte seine Sache sehr gut. Er war ein gottgefälliger, geduldiger und nachsichtiger Mensch. Und er schrieb ein Buch; das erste, das jemals in Hamburg geschrieben wurde, die „Vita Anskarii“, die große Lebensgeschichte seines Vorbilds Ansgar. Ihm zur Seite stand dabei ein junger Mönch namens Adalgar. Dieser wurde dann, viele Jahre später, seinerseits Nachfolger Rimberts.

Der neue Erzbischof liebte Hammaburg über alles. Immer wenn er es ermöglichen konnte, kam er an die Elbe, um seine alten Freunde zu besuchen. Nebenbei vollbrachte er noch die seinerzeit üblichen Wunder, wie Stürme durch Gebete zu besänftigen, Blinden mit Salböl das Augenlicht wiederzugeben und Besessene vom bösen Geist zu befreien.

Sein größter Wunsch wurde auch dem heiliggesprochenen Rimbert nicht erfüllt: Er starb nicht in Hamburg, sondern im Jahr 888 in Bremen, wo eine Gedenkplatte im Dom heute noch an ihn und seinen Nachfolger Adalgar erinnert.

Edda und Berengar hatten sich, nachdem sie sich wiedergefunden hatten, aus der täglichen Arbeit zurückgezogen und genossen einander in vollen Zügen. Oft sah man sie vor ihrem Häuschen sitzen und den Enkelkindern und später Urenkeln zuschauen, die vor ihren Augen spielten. Oder sie gaben hier und da einen guten Rat, Berengar beim Hausbau und der Landarbeit, Edda bei häuslichen Tätigkeiten. Ansonsten taten sie das, was gesunde ältere Menschen so machen: spazieren gehen, Nachbarn besuchen, ein wenig im Garten arbeiten, nachmittags ein kleines Nickerchen und insgesamt das Leben auskosten.

In all den folgenden Jahren hat niemand jemals beobachtet, dass Edda und Berengar unglücklich gewesen wären. Sie betrachteten ihr Zusammensein als eine von Gott geschenkte Zeit. Und sie waren dankbar.

Dennoch ereilte sie ihr Schicksal durch ein Ereignis, das im Laufe der Jahrhunderte die Menschen an Elbe und Alster immer wieder in Angst und Schrecken versetzte. Auch diesmal – es muss um die Weihnachtszeit des Jahres 871 gewesen sein, Berengar hatte bereits das seinerzeit biblische Alter von 72 Jahren erreicht, und Edda war auch nur ein Jahr jünger – kam die Flut völlig überraschend. Die Bewohner von Hammaburg wussten aus Erfahrung, dass Sturmfluten, die man damals „Wasserfluten" nannte, dann entstehen, wenn in Neu- oder Vollmondnächten starke Winde das Wasser des großen Meeres in den Flusslauf der Elbe drücken.

Dies war an jenem Tag der Fall, weswegen in Hammaburg der aus Richtung Südwesten tobende Sturm sorgenvoll beobachtet wurde. Am späten Abend hatte es allerdings etwas abgeflaut, und so legten sich die Hammaburger zur Ruhe. Schließlich hatte sich der selbst gebaute Deich aus zusammengebundenen Reisigbündeln, der nun bereits seit Jahrzehnten zum Schutz gegen das Wasser bestand, hervorragend bewährt. Gegen Mitternacht hatte der Sturm jedoch erneut aufgefrischt und sich zu einem Orkan entwickelt. Er blies jetzt aus Nordwest und drückte die Wassermassen der Nordsee in die Elbmündung. Die Sturmwarnungen blieben aber aus. Auch die neuen Glocken im erst seit 14 Jahren wiederaufgebauten Dom läuteten nicht.

So tobte die Flut von den Bewohnern der Hammaburg zunächst unbemerkt und riss Bäume, Sträucher, Hütten, Menschen und Vieh in Richtung Alstermündung. Wäre Hartwin nicht in der Nacht mit einem unguten Gefühl im Magen aufgewacht und wäre er nicht voller Sorge um sein neues Boot aus dem Haus gegangen, um zu sehen, ob es sicher vertäut sei, dann wären in dieser Nacht noch mehr Menschen gestorben. So aber hatte der alte Fischer das schnell steigende Wasser gesehen und die Gefahr erkannt. Er kämpfte sich, bereits bis zu den Knien in der Flut, durch das Dorf und schrie aus Leibeskräften gegen den tobenden Sturm an.

Viele hörten ihn, einige nicht, andere waren bereits von selbst aufgewacht.

Edda und Berengar hatten Hartwins Warngeschrei nicht gehört. Sie waren erst erwacht, als der Sturm einen abgerissenen Ast gegen ihr Haus schleuderte. Bisher hatten sie sich vor hohen Fluten immer sicher gefühlt, da ihr Haus von einem hohen Wall aus getrocknetem Schlamm und Dung umgeben war.

Der Wall hatte in den vergangenen Jahren allen stürmischen Angriffen der Elbe getrotzt. Diesmal aber war es anders. Als Berengar unter Mühen die Tür geöffnet hatte, gegen die bereits von außen die Wassermassen drückten, sah er, dass in den Wall ein riesiges Loch hineingerissen war, durch das eine schmutzig-graue Wasserbrühe in breitem Strahl auf das Haus zuströmte. Ohne eine Sekunde zu zögern, stürzten Edda und Berengar aus dem Haus. Sie wollten zu einer nicht weit entfernten alten Eiche fliehen, um sich in deren Krone zu retten.

Berengar zog Edda, der das Wasser bereits bis zu den Hüften stand, hinter sich her. Sie hatten noch ein gutes Stück vor sich, als er spürte, dass ihre Hand schlaff wurde. Er drehte sich um. Edda war zusammengesunken. „Geh weiter", rief sie mit schwacher Stimme, „geh weiter, rette dich. Ich kann nicht mehr." Dabei sank ihr Kopf in das aufgewühlte Wasser. Die kalten Fluten bewirkten, dass sie den Kopf nochmals hob. „Bitte geh weiter", flehte sie noch einmal mit weit aufgerissenen Augen, „lass mich hier, ich kann nicht weiter." Berengar dachte nicht daran, sie loszulassen. Er wollte seine Frau nicht noch einmal verlieren. Er zog sie an sich. „Halte durch!", brüllte er gegen den rasenden Sturm an, „ich werde versuchen, dich zu schieben!“

Er umfasste Edda mit seinen noch immer starken Händen und schob sie vor sich her. Sie hatten schon ein paar Meter geschafft, als sich Edda plötzlich umdrehte und ihren Mann umklammerte. „Ich schaffe es nicht“, sagte sie und umfasste seinen Nacken. Berengar zog sie fest an sich. Er spürte ihren Kuss an seinem Hals.

In diesem Moment verlor der Graf den Halt unter den Füßen. Er konnte noch stammeln: „Ich liebe dich“, dann riss beide das Wasser davon – eng umschlungen in die Ewigkeit. Ein paar Tage später fand man sie tot in einem Gestrüpp aus Ästen, Latten, Bäumen und Sträuchern, viele Meilen elbaufwärts. Sie hielten sich noch immer in den Armen. Und so wurden sie auch beerdigt.

Der alte Fischer Hartwin war, nachdem er mit seinem Warngeschrei die Bürger von Hammaburg geweckt hatte, unter großen Mühen in sein eigenes Haus zurückgekehrt. Zusammen mit seiner Frau, seinem Sohn, dessen Frau und den fünf Enkelkindern hatten sie sich zu dem neuen Boot durchgearbeitet und es auch geschafft, hineinzuklettern. Sie banden es los und versuchten, durch die Strudel, die sich allenthalben in der schäumenden Flut gebildet hatten, in ruhiges Wasser zu gelangen. Dabei schaukelte das Boot so stark, dass sie ständig in der Gefahr schwebten, eines der Kinder in einer Welle zu verlieren. Mehr als einmal ergriff Hartwins Sohn in letzter Sekunde eines der Kinder und zog es wieder zurück.

Es war nicht daran zu denken, irgendeinen Kurs zu halten: Der alte Fischer, der zunächst am Ruder gestanden hatte, ließ dieses los und überantwortete das Schiff der Gewalt des Wassers. Sie wurden hin und her geworfen, ohne das Geringste tun zu können.

Dabei schlug immer mehr Wasser ins Boot, und obwohl sie unablässig schöpften, lief es immer voller. Sie hatten keine Vorstellung davon, wo sie waren, nur dass es mit rasendem Tempo die Elbe hinaufging Mehr als einmal hatte das Boot auf seiner rasenden Fahrt Grundberührung, einmal lief es auf einen Stein auf, wurde von treibenden Baumstämmen getroffen. Jedesmal purzelte die Familie wild durcheinander. Schließlich wurde das Boot mit ungeheurer Gewalt auf den Sand eines Hügels gedrückt, der so hoch war, dass die Flut ihm nichts anhaben konnte. Knirschend bohrte sich das Schiff in den sanft ansteigenden sandigen Boden und blieb stecken.„Raus!“, befahl Hartwin, „Alles raus!“ Sie kletterten aus dem Boot und wankten den steiler werdenden Hang hinauf, bis sie in Sicherheit waren. Dort umarmten sie sich und dankten Gott für ihre Errettung. Am nächsten Tag stellte sich heraus, dass sie viele Meilen getrieben waren und auf einer kleinen Insel festsaßen, auf der es weder zu essen noch zu trinken gab. Mit ihren Kleidern versuchten die Frauen, die wenigen Regentropfen aufzufangen, die hin und wieder aus dem grauen Himmel fielen. Es reichte nicht, um ihren Durst zu stillen.

Das Wasser um sie herum war nicht trinkbar. Es war salzig wie das Meer. Wieder hatten sie Glück. Am zweiten Tag trieb eine tote Kuh an den Strand. Ihr Euter war noch voller Milch, sodass wenigstens die Kinder trinken konnten. Mithilfe seines alten Fischermessers mit dem kunstvoll geschnitzten Griff aus Hirschgeweih zog Hartwin zog der Kuh das Fell ab, und sie aßen ihr Fleisch roh. Das stillte den ärgsten Hunger. Am dritten Tag sank das Wasser, sodass sie es wagen konnten, elbabwärts nach Hammaburg zurückzukehren. Sie brauchten mehrere Tage, um zurückzufinden.

Der Kleinbauer Hartwig, der sein gerade erst fertiggestelltes Haus auf einer kleinen Alsterinsel errichtet hatte, hatte nicht so viel Glück. Sein Haus und die darin lebenden Menschen waren schutzlos den Fluten ausgesetzt. Zunächst hatte er es geschafft, seine Frau und zwei der drei Kinder auf das Dach zu schieben, wo sie, mit dicken Seilen aneinandergebunden, vor Kälte zitternd und voller Angst beobachteten, wie Hartwig versuchte, auch den Säugling zu retten.

Das Kind hatte den Beginn der Flut verschlafen und war erst, als seine hölzerne Wiege zu schwimmen begann, aufgewacht. Hätte es nicht wie am Spieß geschrien, so wäre Hartwig gar nicht darauf aufmerksam geworden. So aber sah er im letzten Augenblick, wie die Wiege drohte von den Wassermassen davongetragen zu werden. Er watete, so schnell er konnte, hinterher und bekam sie zu fassen. Als er das Kind gerade aus der Wiege herausnehmen wollte, sah seine entsetzte Familie, wie ein riesiger Baumstamm dem Sturm nicht mehr trotzen konnte und auf Mann und Kind niederstürzte. Hartwig war sofort tot, als ihn der Baum traf, das Kind wurde aus der Wiege geschleudert und trieb, noch lange, viel zu lange, als kleines weißes zappelndes Bündel erkennbar den Fluss hinab. Dann war es plötzlich verschwunden. Beide wurden nie gefunden.

Viele Menschen hatten sich in den Dom geflüchtet, in der Hoffnung, der Herr möge sie erretten. Gerade als sie den Psalm „Rette mich Gott, die Wasser reichen mir bis an die Kehle. Eingesunken bin ich in tiefem Schlamm, es findet mein Fuß keinen Grund. Ich kam in die Tiefen der Wasser, die Fluten strömen hinweg über mich“ beteten, stürzte das Dach des Doms an einigen Stellen ein. Das Wasser hatte die tief in den Boden gerammten Bohlen umspült und gelockert.

Ein Dutzend der betenden Menschen wurde von den Trümmern erschlagen, andere wurden eingeklemmt und mussten hilflos mit ansehen, wie das Wasser ständig stieg, ohne dass sie sich befreien konnten.

Zwar versuchten die Unverletzten, zu helfen, aber das Wasser stieg so schnell an, dass sie fliehen mussten, um ihr eigenes Leben zu retten.

Yba und Erik und auch Bernhard und Hui hatten ja ihre Häuser erhöht am Geestrand erbaut. Da einige ihrer Kinder inzwischen selbst Familien gegründet hatten, war hier oben eine kleine Siedlung entstanden, die von den Bewohnern Hammaburgs mit Argwohn beobachtet wurde. So hatte man ihnen schon häufiger vorgeworfen, sie würden sich von der Dorfgemeinschaft absondern und sich für etwas Besseres halten.

So aber war es durchaus nicht. Heute Nacht sollten sie recht behalten mit ihrer Meinung, der Geestrand sei sicherer. Alle Familien mussten, kaum bekleidet, auf ihre Hausdächer klettern, da die Räume bereits unter Wasser standen. Sie hatten sich aneinandergebunden, um nicht fortgeweht zu werden. Ihre größte Sorge war, dass das Wasser die Pfeiler des Hauses unterspülen würde und das geschehen würde, was beim Dom eingetreten war: dass ihr Haus durch die Gewalt des Wassers unter ihnen zusammenbrechen würde.

In der völligen Finsternis konnten sie nichts erkennen, der rasende Sturm verschluckte alle Geräusche bis auf die entsetzlichen Schreie und das grauenvolle Jammern der Ertrinkenden. Keiner von ihnen konnte dies je im Leben wieder vergessen.

Das Licht des folgenden Tages offenbarte das ganze Ausmaß der Katastrophe. Im Wasser trieben tote Menschen, Kühe, Pferde und Schweine. Gestrüpp von Reisig, Holz und Baumstämmen schwamm in großer Geschwindigkeit elbabwärts. Hier und da waren auch Feuer ausgebrochen, die zum Teil noch nicht gelöscht waren. Sie waren entstanden, als die verängstigten Menschen in der Nacht Fackeln angezündet hatten, um in der vollständigen Dunkelheit sehen zu können. Dabei war das leicht entzündliche Baumaterial der Dächer in Brand geraten.

Dann hieß es wieder einmal für die Bürger von Hammaburg: die Zähne zusammenbeißen, die Ärmel aufkrempeln, das Chaos beseitigen und neu anfangen. So wie sie taten es noch viele Generationen nach ihnen mit nie erlahmender Kraft.

Ach ja, wir haben Abbio, den alten Sklavenhändler, und seine beiden Söhne aus den Augen verloren. Sie gaben ihre Tätigkeit in Haithabu nach der Befreiung Ybas und Eddas auf und widmeten sich von Dorestad aus dem Handel mit friesischen Tuchen für den Kaiser in Byzanz.

Obwohl es an der Meerenge, an der Europa aufhört und Asien beginnt, eigentlich zu heiß ist, um friesische Tuche zu tragen, lief das Geschäft glänzend. Abbio hatte wohl darüber nachgedacht, seinen Sohn Eilwart zu rächen, aber der kluge Diethart riet ihm angesichts der schlechten Erfahrungen mit den Leuten an der Elbe ab.

Als Abbio starb, übernahm Diethart das Geschäft. Denihart, den Bernhard mit seinem Schlag zu genau getroffen hatte, verfiel seit den Ereignissen in Haithabu immer mehr dem Schwachsinn, was allerdings nur die wenigen Menschen merkten, die ihn genauer kannten. Er folgte seinem Vater bald darauf in den Tod.

Diethart begann noch einmal aufzuleben. Er nahm sich eine junge Frau, zeugte Kinder und war der Urvater einer tüchtigen und gerissenen Kaufmannsfamilie, die im Laufe der Jahrhunderte den Hamburgern das Leben schwer machte. Sie halfen mit, Rotterdam aufzubauen, was dem Hamburger Hafen bis heute großen Verdruss bereitet.

So gibt es noch viele Geschichten zu erzählen von den Kindern und Kindeskindern von Yba und Erik, von Bernhard und Hui und all den anderen, die dabei waren, als alles begann.

Manch einer von ihnen wird, wie Erik und seine Enkel Helge und Edo, nach Westen geschaut haben, in die untergehende Sonne hinein, die wie so oft von einem Schleier überzogen war. Und auch an jenem

Tag sorgten vereinzelte Regenschauer für ein Naturschauspiel, das seit Urzeiten die Menschen beeindruckte: einen Regenbogen. „Seht ihr“, sagte Erik und umfasste die Schultern seiner Enkel, „wir können ihn nicht greifen, und doch sehen wir ihn. Er ist unendlich, und dennoch hört er auf. Wenn ihr durch einen Regenbogen gehen könnt, dann werdet ihr alle Geheimnisse dieser Welt lüften.“ „Aber kann man das denn?“, fragte Helge. „Nein“, antwortete Erik, „aber man darf nie die Hoffnung aufgeben und muss es immer wieder versuchen.“

„Prägt euch dieses Bild ein, es ist eure Heimat. Der Fluss, das Land, die Menschen. Stellt das Steuer eures Lebensschiffes immer wieder so, dass ihr hierher zurückkehrt.“ Und so entdeckte Erik, der Wikinger, auf seine alten Tage sein Herz für die Poesie.

•••••••••••••••

Die Zeit ist vergesslich und ebnet alles ein. Papier jedoch ist geduldig und kann sie wieder zum Leben erwecken. Wir haben das Ende vom Anfang einer großen Stadt miterlebt. Es war die Geschichte von Menschen, die einen harten Kampf um ihr Leben führen mussten und nie verzagten.

Es ist die Verbeugung vor der Kraft unserer Urahnen, ohne die wir nicht existieren würden. In der fast 1200 Jahre alten Geschichte Hamburgs waren es immer wieder die einfachen Menschen, die Schicksalsschläge erdulden mussten und dennoch weitermachten.

Es gäbe noch viel zu erzählen, denn es waren große, aber auch viele kleine Ereignisse, die die so überaus interessante Geschichte Hamburgs prägten. Sie alle sind Teil einer großen Hamburg-Saga: der erste Müller an der Alster, der Ende des 12. Jahrhunderts eine Kornmühle am heutigen Großen Burstah betrieb, nachdem im Jahre 1189 Graf Adolf III. von Schauenburg einen Damm durch die Alster hatte ziehen lassen und sie so aufstaute.

Die Hamburger, die dabei waren, als Kaiser Barbarossa in Neuburg an der Donau im selben Jahr Hamburgs Hafen weitreichende Privilegien einräumte (oder vielleicht auch nicht, wenn – wie manche sagen – das entsprechende Dokument eine Fälschung ist). Und die Barbarossa später auf seinem Kreuzzug ins Heilige Land begleiteten und sahen, wie der Kaiser in einem Flüsschen in der Türkei ertrank.

Die Helden der Schlachten, die Anfang des 13. Jahrhunderts in und um Hamburg geschlagen wurden, und jene Heldinnen, die um das Jahr 1220 im St.-Georg-Hospital den ersten Leprakranken halfen.

Die tapferen Bürger, die miterlebten, wie die Stadt bis auf ein einziges Haus am 5. August 1284 eingeäschert wurde. Und die sie schon bald wieder aufbauten.

Der Glaser Risewith, der am dreischiffigen Hamburger Dom mitarbeitete, sodass er im Jahre 1329 (nach 81-jähriger Bauzeit) geweiht werden konnte. Risewith starb an der Pest wie viele andere Bewohner der inzwischen rund 10 000 Seelen Hamburgs. Sein Werk, der Dom, wurde im Jahre 1807 endgültig abgerissen.

Der Ratsherr Nikolaus Schoke schaffte es, zusammen mit dem gerade erst in Hamburg eingebürgerten Niederländer Simon von Utrecht, den gefürchteten Seeräuber Klaus Störtebeker zu fangen und auf diese Weise dafür zu sorgen, dass dieser am 20. Oktober 1401 auf dem Grasbrook zusammen mit 30 seiner Kumpanen geköpft wurde.

Damit niemandem je seinem Beispiele folge, wurde der Küster Hans Gorries aus Eppendorf im Jahre 1586 auf besonders grausame Weise hingerichtet: mit glühenden Zangen gequält und dann gerädert. Nun hatte es Gorries allerdings auch besonders geschickt angestellt, seine Frau ins Jenseits zu schicken: Er steckte ein Gewehr so in einen Pflaumenbaum vor das Fenster des Speisezimmers, dass er nur an einem Faden ziehen musste, damit die Kugel das Herz der Gattin traf. Nach der Tat warf er die Waffe in die Alster. Der zunächst unerklärliche Unglücksfall erwies sich später erst als Mord, als Gorries so unklug war, seine Geliebte bei sich einziehen zu lassen. Sie wurde übrigens vom Scharfrichter enthauptet.

Für die Wäscherin Wiebeke Kruse aus Bad Bramstedt wurde im Jahr 1625 ein Märchen wahr: König Christian IV. von Dänemark machte sie zu seiner Geliebten und einer wohlhabenden und wohltätigen Frau.

Der Reeder Johann Been erhielt im Jahre 1643 das Privileg, Wale zu fangen und Tran zu kochen. Er fährt als erster Hamburger ins Nördliche Eismeer.

Mitte des 17. Jahrhunderts tobt der Schweinekrieg: Die Hamburger hatten ihre Schweine zur Eichelmast in den Sach-

senwald geführt. Dagegen hatten die Herzöge von Sachsen-Lauenburg etwas, denen eine Hälfte des Waldes gehörte. Sie schossen viele Tiere ab, Hamburg ließ Truppen aufmarschieren, die Herzöge auch. Es gibt keine Verletzten. Halt, doch! Ein Reiter fiel vom Pferd und brach sich die Beine.

Als Strafe Gottes für das gottlose Hamburg, in dem sich religiöse „Freygeister" nach Herzenslust tummeln durften, wurde der Blitzeinschlag gewertet, der am 10. März 1750 in den Turm der St.-Michaelis-Kirche einschlug. Aber die „Strafe Gottes" wandte sich ins Gegenteil, denn Ernst Georg Sonnin baute einen neuen Michel, der zum Wahrzeichen der Stadt werden sollte.

Hätte sich der Dichter Gotthold Ephraim Lessing nicht mit dem Hauptpastor von St. Katharinen, Johann Melchior Goeze, gestritten, wäre im Jahre 1779 wohl nicht eines der großen Werke der Weltliteratur entstanden: „Nathan der Weise".

Am 5. März 1854 starb ein Hamburger Original, der Wasserträger Johann Wilhelm Benzen, völlig verarmt in einem Werkhaus, ohne zu ahnen, dass er eines Tages Vorbild für die weltberühmte Hummel-Hummel-Figur werden würde. Den großen Brand der Stadt zwölf Jahre zuvor hatte er noch unbeschadet überstanden.

Der Reeder Robert Miles Sloman musste im Jahre 1869 100 Taler Geldstrafe zahlen, weil an Bord seines Schiffes „Leibnitz" 100 der 544 Amerika-Auswanderern starben. Grund: ungenügende hygienische Verhältnisse an Bord. Einen Taler für ein Menschenleben.

Tierparkgründer Carl Hagenbeck erlebte im Jahre 1874 eine seine schwärzesten Stunden, als er in einer langen Reihe von „Völkerschauen“ auch eine Eskimofamilie vorführen wollte. Die ganze Familie starb an den Pocken, weil man vergessen hatte, sie zu impfen.

8605 Menschen mussten im Jahre 1892 sterben, als eine Choleraepidemie ausbricht, die Robert Koch, den Entdecker des Choleraerregers, zu dem Satz veranlasst: „Ich vergesse, dass ich mich in Europa befinde.“ Und schließlich die Dramen des 20. Jahrhunderts. Die Weltkriege mit dem verheerenden Feuersturm von 1943 und die große Flutkatastrophe von 1962.

Die Geschichte der Stadt Hamburg besteht aus Millionen und Abermillionen von Teilchen eines riesigen Mosaiks, das sich nach all den Jahrhunderten zu dem zusammensetzt, was diese Stadt heute ist. Es lohnt sich, das eine oder andere aufzuheben.

VERWENDETE UND WEITERFÜHRENDE LITERATUR

Hartwig Abraham/Inge Thinnes: Hexenkraut und Zaubertrank, Greifenberg 1995.

Adam von Bremen: Gesta Hammaburgensis ecclesiae pontificum, übersetzt von Werner Trillmilch, Darmstadt 1961.

Werner Altmeier (u. a.): Corvey, ein Wegweiser durch seine Geschichte und die heutige Anlage, Höxter 1996.

Björn Ambrosiani: Birka, Svenska Kulturminnen 2, 1992.

Vladimir Danilovic Baran: Entstehung und Ausbreitung der frühslawischen Kulturen in Starigard/Oldenburg, Neumünster 1991.

Brunos Buch vom Sächsischen Kriege, Essen 1986.

Hilma Borelius: Die nordischen Literaturen, Potsdam 1961.

Jörgen Bracker: Hamburg von den Anfängen bis zur Gegenwart, Hamburg 1988.

Johannes Bühler: Klosterleben im Mittelalter, Frankfurt a. M. 1989.

Torsten Capelle: Der Metallschmuck von Haithabu, Schleswig 1968.

Frank Deppe: Sagenhaftes Sylt, Hamburg 1996.

Jan Dhondt: Das Frühe Mittelalter, Fischer Weltgeschichte, Band 10, Frankfurt a. M. 1968.

Edith Ennen: Die Rechtsstellung der germanischen Frau. In: Streifzüge durch die Jahrhunderte, München 1987.

Erzherzog Joseph von Habsburg: Atlas der Heilpflanzen des Praelaten Kneipp, Wiesbaden 1903/1980.

Ibn Fadlan: A Viking Funeral in Eyewitness to history, Cambridge (Mass.) 1988.

Hartwig Fiege: Hamburg – ein Heimatbuch, Hamburg o. J.

Adelhard Gerke: Corvey, das Heiligtum Westfalens und ganz Sachsens, Paderborn 1985.

Hans-Werner Goetz: Die Mahlzeiten der Mönche. In: Streifzüge durch die Jahrhunderte, München 1987.

Herbert Grundmann: Über die Welt des Mittelalters. In: Propyläen-Welt-Geschichte, Berlin 1965.

Christian Peter Hansen: Beiträge zu den Sagen, Sittenregeln, Rechten und der Geschichte der Nordfriesen, Deezbüll 1880.

Jörgen Hansen: Sagen zur schleswig-holsteinischen Heimatkunde, Schleswig 1936.

Herbert Hemjeoltmanns: Aus der Geschichte des Hamburger Hafens. Aus: Hafen Hamburg – Unterrichtsmaterialien für die Sekundarstufe I und II, Amt für Schule, Hamburg 1989.

Werner Hildebrandt/Hans Riediger: Haithabu und die Wikinger, Frankfurt a. M. 1965.

Hinrich Ewald Hoff: Schleswig-holsteinische Heimatgeschichte, Kiel 1910.

Manfred Jakubowski-Tiessen: Sturmflut 1717 – die Bewältigung einer Naturkatastrophe in der frühen Neuzeit, Band 24 von: Ancien Regime, Aufklärung und Revolution, München 1992.

Christian Johansen: Die Seemannswitwe auf der Düneninsel. Erzählungen und Skizzen aus Nordfriesland, Schleswig 1930.

Andreas Kalckhoff: Karl der Große – Profile eines Herrschers, München/Zürich 1987.

Eckart Kleßmann: Geschichte der Stadt Hamburg, Hamburg 1985.

Björn Landström: Das Schiff, Gütersloh 1961.

Michael Müller-Wille: Abodriten, Polaben und Wagrier im Nordwesten der slawischen Welt in Starigard/Oldenburg, Neumünster 1991.

August Nitschke: Frühe christliche Reiche. In: Propyläen-Welt-Geschichte, Berlin 1965.

Rudolf Pörtner: Die Wikinger-Saga, Düsseldorf 1971.

Hilde Rieper: Ansgar und Rimbert, Hamburg 1995.

Heinz Ryborz: Die helfende und heilende Kraft der Symbole, Zürich 1990.

Ernst von Salomon: Deutschland, deine Schleswig-Holsteiner, Hamburg 1971.

Reinhard Schindler: Ausgrabungen in Alt-Hamburg, Hamburg 1957.

Antje Schmitz: Slawische Ortsnamen in Schleswig-Holstein in Starigard/Oldenburg, Neumünster 1991.

Ernst Christian Schütt: Die Chronik Hamburgs, Dortmund 1991.

Schwester Bernardines große Naturapotheke, München 1983.

Karl-Wilhelm Struve: Zur Ethnogenese der Slawen in Starigard/Oldenburg, Neumünster 1991.

Anne-Marie Thede-Ottowell: Hamburg vom Alsterhafen zur Welthafenstadt, Hamburg 1996.

Barbara Thode-Hopf: Hamburg – Kleine Geschichte einer großen Stadt, Hamburg 1979.

IMPRESSUM

Herausgeber Hamburger Abendblatt

Autor Dierk Strothmann

Projektleitung Olaf Schulz

Gesamtleitung Hamburger Abendblatt Marketing & Events Vivian Hecker

Gestaltung Design & Produktion Christine Steinbach

Umschlag/Vignetten Hans-Ruprecht Leiß

Gesamtherstellung MedienSchiff Bruno, Hamburg

Printed in Germany

1. Auflage 2018 (Die Originalausgabe erschien 1997)

www.abendblatt.de

ISBN 978-3-95856-023-9